散文中国 精选

YanWen zhongguo

断雁叫西风

李玉斌 著

天津出版传媒集团
天津人民出版社

图书在版编目(CIP)数据

断雁叫西风/李天斌著.—天津:天津人民出版社,2013.1
（散文中国精选） ISBN 978-7-201-07900-4

Ⅰ.①断... Ⅱ.①李... Ⅲ.①散文集—中国—当代
Ⅳ.①I267

中国版本图书馆CIP数据核字(2013)第000285号

天津人民出版社出版
出版人:刘晓津
(天津市西康路35号 邮政编码:300051)
邮购部电话:(022)23332469
网址:http://www.tjrmcbs.com.cn
电子信箱:tjrmcbs@126.com
天津市永源印刷有限公司印刷 新华书店经销

2013年1月第1版 2013年1月第1次印刷
700×960毫米 16开本 13印张
字 数:150千字

定 价:23.40元

目录

序一:尘世平民的心灵镜像/罗吉万 / 1

序二:由当下散文状态看李天斌的散文创作/杨献平 / 6

壹 **记忆与重构** / 1

平民的一生 / 3

乡村女人的爱情 / 7

夏天的秘密 / 11

农历的秋 / 16

冬天的时光 / 21

乡村物事 / 25

乡村俗语 / 31

花灯往事 / 35

贰 **日常与隐喻** / 41

似水的柔情 / 43

秋风落 / 47

九月的内心 / 53

春天的偈语或寓言 / 58

羊和剩下的事情 / 61

尘埃上的花朵 / 65

西关外的生活 / 70

逼近的细节 / 73

叁 **现场与消解** / 79
列车上的务虚时光 / 81
虚构的夜晚 / 86
时间的皱纹 / 91
女儿今年五岁 / 96
从北京走过 / 99
民族餐馆记 / 103
县委大院 / 107
写给唐人的诗笺 / 111
秋月一日 / 116

肆 **行走与阐释** / 119
忏悔记 / 121
像风一样的爱情 / 129
一九九七年的小镇 / 133
穿过村子的火车 / 137
走过江南 / 140
漏网之鱼 / 143
隐约的血脉 / 148
失忆的忆 / 152
一个村庄的历史 / 156
一条河流的背影 / 161

伍 阅读与视觉 / 165

戴明贤先生的境界 / 167

我思故我在 / 170

笔墨胸襟与文字气象 / 175

孤独的拷问与救赎 / 180

清醒的与温暖的 / 183

在喊痛的另一面 / 186

散文的出口(代后记) / 189

序一:尘世平民的心灵镜像

罗吉万

1

一连几个秋夜,我在远离乡土的街边楼寓中,抗拒着窗外嘈杂纷攘的闹市夜声,沉静于灯下,用心读完了李天斌散文集《断雁叫西风》的全部篇章。一路读来,直至掩卷,感觉不枉一读,且许多篇章值得再读,这让我很是惊喜,也很是意外。

真没有想到,这个年轻人的散文,写得这样的好。

我与天斌,同是关岭县人,老家相隔不过三十余里。未曾谋面就早闻其名,随后相见相识也有了好些年头,只不过总是匆匆一晤,一直没得坐下来好好地叙谈过。印象之中,天斌举止斯文,沉稳、内敛而不事张扬,总是安静地坐在一个角落里,或者悄然站于人堆外边,默默地听别人说道。我知道他一直在写散文,并且从乡友的谈论中得知写得还相当不错,后来,我还曾受托向《山花》月刊推荐过他一组稿件。可是,却阴差阳错未及仔细读。收入这本集子的大部分篇什,早几年就已陆续散见于各地文学刊物乃至散文名刊的海外版,竟然被我忽略而错过了如此之久。生为天斌的老乡和忘年交,我不由深感惭愧。

当今,文学写作,以及文学阅读,不幸面临一个纷繁芜杂、泥沙俱下的困顿环境,一个物欲横流、人心浮躁的喧嚣世界。快餐文化,以及所谓的时尚文化,有如当年的滇池红藻,无休止地疯长泛滥,充斥于网络、报刊及至图书,无时不在暴抢读者眼球。甚至,往往一不留神,就会触及各种打着“文学”幌子,却连快餐文化都算不上的垃圾文字。而真正意义上的文学,则日益被排挤而逐渐变得边缘化。发乎内心关乎灵魂的文学写作,则越来越变成了一种难能的坚守。在这样的境况下,李天斌数年来甘于平淡与寂寞,恪守自己的文学立场与信念,以高蹈的艺术姿态,写下了那么多品质不俗的文字,不能不令人佩服和感动。

那些关于乡土往事与记忆的篇章,纯净而诗意的文字,满怀温情与敬意的心灵叙说，让我凝然在感同身受之中穿越于尘世时空，一次次梦回桑梓，流连于已然逝去的少年时光。山里的天空，乡村的土地，以及这天地间大自然的季节流转，风物消长，有如一抹浓重的底色，亘古地映衬着祖祖辈辈父老乡亲繁衍生息、辛勤劳作的苦乐年华。而我们——如我与天斌等辈，生为农耕民族的后代，在那一片苍凉而贫瘠的土地上，依然存留着三魂七魄的气息和磨难成长的脚印……这一切，是那样的遥远而恍若隔世，却又是那样的亲切而依然如昨，读来令人揪心。这一切，在我们生命中消逝的瞬间，也同时定格在了我们的记忆深处。正如章诒和先生所叹：往事并不如烟。

2

已往岁月的乡土状貌、风物人情，从记忆深处涌到李天斌的笔下，真实重现。我们从那些片断的真实故事里边，无处不感觉着作者（“我”）的呼吸、体温和心跳。因而，我们从文本中所读到的乡土往事，不只是写实文字记录下来的现实表象，而是已然赋予作家的心灵观照，具有思想的亮度，构成了一道独特的内心风景，也是作家倾情书写的“尘世平民”的心灵镜像。

李天斌对生命的关注，对生命存在的追问及思索，几乎是与生俱来。因为，在《断雁叫西风》中，我们惊心地读到，他的这种“生命学问”情结，正是从他自己的生命开始的。在讲述了出世之初那一次死而复生的生命经历之后，他这样写道：“……母亲讲述这些细节时，我还明显地感觉得到她内心的恐惧和后怕。母亲说，我真是死中得活，要是她同意父亲把我扔了，要是那晚找不到外祖父，我早已不在人世。”

在母亲所讲述的这件往事之中，天斌尚在襁褓，不过是几个月大的婴儿。父母亲在忧心如焚中，抱起他朝三十里外的县城狂奔；而他在途中就没气了，父亲想扔了，母亲却并不放弃。赶到医院，大夫声称没救而撒手，母亲仍决不撒手；直到母亲把头顶“乌纱”的外公找来发话，于是，得抢救。于是，奇迹地活了。这小子命硬，也命大。母亲又找到一位草医，费尽周折，医好了。这就是母亲！这就是母爱的力量呵！然而，劫难了犹未了，活下来的孩子依然孱弱多病，母亲依然用灵魂紧紧呵护住这条小生命，求医问药，求神拜佛，频频为子祈祷。母亲的心里永远笃信着一尊万能的神灵，殊不知，对于儿女来说，她自己就是人世间救苦救难的观世音菩萨。

所以，母亲胆寒心痛的记忆，怎能不令九死一生的儿子在感受到生命的疼痛与脆弱之后，铭心刻骨以至于灵魂不安？他能体谅父亲的粗放与无奈，但怎能容忍一个医生在“救死扶伤”的冠冕之下对生命的漠视？我想，大约即是自此之后，李天斌便开始了对生命存在的关注和追问。

天斌在文中自喻为“鱼”，而把这性命之初的生死劫看做“鱼”的第一次“漏网”——“像一尾漏网的鱼，侥幸地存活。”而后又自嘲道：“在挣破此渔网的同时，我又钻进了彼渔网。”——从死神的“网”脱逃，又落入了人世间的生存之“网”，以及此后不断地因趋利避害而“漏网”。这是对人生命运的一种寓言式解读，也是生命处在迷惘中的灵魂呢喃。“鱼”之于“网”，与钱钟书的“人”之于“城”，如出一辙，如作者所顿悟，确有异曲同工之妙。

“生”与“活”，是如此的大不易，使天斌对自己生命的“根”十分在乎。一本残缺的“家谱”，让他在对祖先脉系的追索中唏嘘不已，一腔溯源寻根、慎终追远的悲壮；寒食、清明上坟挂青，老祖父一句质朴的俚语：怕祖宗们淋着雨，给他们来送蓑衣斗蓬……被他视为这个传统节气的真正由来，至于什么介之推的典故，不过是扯淡，只疑为野史而已……我是谁？从哪里来？要到哪里去？这句亘久回荡在地球村每个角落的千古名问，想必不止一次在他的胸臆回响。于是，生与死、福与祸、苦与乐、贫与富、尊与卑等等的人类生存状态及话题，便如魂附体，贯穿在以《平民的一生》为首卷的许多篇章之中，言说、引申和阐释。温暖而从容的笔调，附着心灵的战栗和叩问，满怀对人世的珍惜和对生命的敬畏。

3

其实，天斌的“漏网”之喻，又何尝不可以理解为是生命对于人世的珍惜？而这条幸运之“鱼”，至关重要的一次“漏网”，则是对生养于斯的土地的“背叛”。如果说，襁褓中那一次幸存之“漏”，是全赖坚忍的母爱和听天由命的话，那么，这一次的叛逆之“漏”，则是他自己主观能动的命运抗争。作为农民的儿子，这当中似乎存在着某种人性的悖论。但是，如果没有这次“叛逆”，李天斌就只能是另一种生存方式下的李天斌。那么，也许我们今天就不一定能读到这本散文集的任何文字了。

承继祖业，接力务农，是父亲的最初期望。当然，他很快就失望了——儿子未及成年，就下定了逃离土地的决心。而后来，当他居然也对土地陡生恨意之后，就决然地站到了儿子一边。恨意何来？就因为贫瘠土地上无法摆脱的贫困！他理解了儿子，他知道，儿子何曾不爱自己祖传的土地家园？可是，在无力改变贫困这个残酷现实的无奈之下，唯有选择逃离。祖祖辈辈对土地的那一份传统情结，至此彻底崩溃。天斌心里明白，这将是父辈们生命中永远难于承受之痛。这一难解的心结，在《泥土上的春天》《农历的秋》等篇章中，他无不予以情深意切的抒写，对乡土的眷眷之情始终挥之不去。

在对往事的追忆及言说当中，天斌很诚实。做人的诚挚与为文的真实，可圈可点，可敬可佩。

在我们这个被称为“初级阶段”的社会，谎言与伪装一向大行其道，有些事说得做不得，有些事做得说不得，所以报章上常见“敢于讲真话”这样的字眼，可见讲真话很不安全，很需要勇气。像“背叛与逃离”这种良苦选择和话语，如实道来，是很为尊者讳的。然而，讲真话，不是一个人，而是全人类的一种道德要求。所以，因讲真话获大罪又获大奖的俄罗斯作家索尔仁尼琴说：有时候，一句真话，比整个世界更重要。这是说真话的普世价值。聊借这句真言引申，我认为，就文学写作与阅读来说，一篇散文的一句真话、一个真实的细节，其价值远胜于十部小说中编造出来的虚假世界。天斌对自己亲历的生活往事，成长的烦恼与快乐的心路历程，即便是不太光亮的一面，甚至于涉及个人私密的空间，不掩饰，不回避，不讳言，敢于直面现实生活最本真的一面。真实，几乎真实到残酷，这正是李天斌散文的灵魂和魅力所在。

4

李天斌的文字，是从心灵泉眼中流淌出来的文字。

尤其是他的乡土散文语言，清纯、质朴而自然，没有硬“做”出来的痕迹，更没有刻意的矫情和华丽铺张，从容读来，几乎可以在想象中感觉出其间言说的语调和韵味。看似信手拈来，随意挥洒，其实如果没有恒心修来的基本功，那是拈之不来也挥洒不起的。爱好写作的人都知道，在“文学是人学”的命题之下，文学写作的艺术就是语言的艺术。语言文字的高下，决定着文章品质的优劣。然而，真正舍得潜心下力去修炼文字功夫的，至今恐怕仍然不在多数。窃以为，对文字的敬畏，也应如对生命的敬畏一样，不可肆意摆弄，否则，文字就“活”不起来。

天斌的文字活泛自然，有的抒写，已然达到一种行云流水的境界。这当然不是三天两天就能求而得之的。他的文学缘，他与文字的密切关系，其来有自，所谓聚沙成塔、水滴石穿的漫漫过程，其实差不多都被写进他的散文里边了。我们在《西关外的生活》《从北京走过》等篇章中，都可以窥见这位读书人黄卷青灯的情景。如人讽喻“无聊才读书”吗？反正，读书很苦，或很开心，都有人说。子非鱼，焉知鱼之乐与不乐？各人读写的感受，是不一样的。我自己就比较苦,却不能以为天赋也和我一样苦。即便“无聊”读书,也正是为了“有聊”罢。

我所能知道的,是从天赋的文章中估算出,他的书读得非常之多,古今中外的文学经典,几乎都有所涉猎。无边丰富的精神营养,在天长日久中潜移默化而成为他文字的质地与向度。于是,我们在他颂扬女性的《似水的柔情》中,分享到了从《诗经》到唐诗宋词的经典名篇丽句,在现代文体中的流光溢彩,活色生香;于是,在《写给唐人的诗笺》中,旁听他与李杜、与孟浩然以及王维们的“灵魂对话”,是那样的博学、睿智、自信、诗思飘逸而意旨高远。而在他敞开心灵世界的字里行间,我们还瞥见了博尔赫斯、马尔克斯以及卢梭、笛卡尔们求索游走的影子。因此,尽管天赋时常一个人独处于尘世一隅,但并不落寞,书中自有高朋来。

文学经典的阅读,加上丰富的民间文化的养分,夯实着李天赋的文字功底,并正在形成他自己的语言特点和叙事风格。这里还须一提的是,这本散文集里边,最后的压卷小辑“阅读与视觉”——对师友作品的阅读和评析,亦从另一角度显现了作家已相当成熟的文学修养。高山流水,直指要径,鞭辟入里,独陈见地,不人云亦云,虽不及评论家来得高深,但也使读者受益匪浅。天赋的历练行程,再次证明了阅读对于写作之重要。当然,诚如戴明贤先生联语:“有时倾尽千盅酒,何日读完万卷书?”不过,借《红楼梦》中一句名言歪解:“弱水三千,只取一瓢饮。”足够了。

天赋的许多散文,已然自觉切入了“灵魂叙事”的层面,在平实而透亮的文字背后,树起的是直指人心的精神维度。近年来,“灵魂叙事”这一文学话语,之所以被谢有顺等文学评论家不断地强调和重申,其针对性无疑是极具普遍意义的。即便是“纯文学”写作,时下仍有太多不虑速朽而只管速成的产品,或无所顾忌地粗制滥造,或貌似华美实则苍白无力。凡此种种,最根本的缺失,正是这种内在的叙事指归。因而,当初我曾打算就天赋的散文写作,尝试从“灵魂叙事”这一理念说点什么,但我失败了——什么也说不明白。想起一位大师曾经说过:有的好散文是拒绝阐释的。这个说法,在一些文论中也多有解读——真正的好散文,读了觉得很好,但好在哪里却说不出来,一切评说和阐释都显得多余,反而会造成阅读干扰甚至误导。故而,好散文只能阅读,只能在阅读的怡然中去感觉它的不凡。

2010年深秋至初冬

于贵阳小河望星

序二:由当下散文状态看李天斌的散文创作

杨献平

对当下散文,我觉得疲累。一方面,大家都在跟着风向跑,基本上失去了自我判断的能力,坚持和独创的更是无从表现。另一方面,散文似乎总是从一个极端走向另一个极端,诗意的被"表彰"了N多年,也出现了许多优秀的散文作家,现在是写实或平实的甚嚣尘上。有些被操作的嫌疑。我觉得,这种散文变化或者说方向是极不正常的。写作从来不是被倡导和引领的,也不是为了某种现实的利益要求而容易改弦更张、见风使舵的。我们常说,有一个人就有一种散文,可是,现在的散文,基本上是雷同的,尽管有一些独立之作,却要么无意有意地掩盖,要么一时之间被捧上云端。

这些都不是正常的文学创作行为,更像是一种造星运动。当文学被某些利益集团操作或把持后,文学就是悲哀且可怕的。因此,我觉得,当下的散文写作非常可笑,这种可笑使得文学本身有了顾影自怜甚至色差之妓女被嫖不得的幽怨或者忧愤与悲凉。具体到一些人及其作品,我现在尊敬的微乎其微,可以引为同道与同志的更是四顾无人。大家都在逐渐适应以文学博取名利的要求,向着文学场的某些潜规则靠拢,甚至为某种现实利益而迎头奋进、垂头丧气或者沾沾自喜。从2006年开始,我还发现一个很有意思的现象或事实,那就是,目前中国所有关于散文的奖项都是可怀疑的,已经没有公正,只有操作和被操作,委身与被委身。

放眼望去,当下的散文丛林中,找不到一棵杂草和歪着脖子生长的树,散文的天幕当中,缀满同样委靡的星辰,连一颗斜着眼睛的都找不到。而更令人痛心或者不满的是,很多占据或掌握了一定媒体与文学资源的人大行其道。对于新生的散文作家而言,这种状况使他们的成长更趋艰难,每个人心中都有一片惆怅,都在觉得,散文的向上之路越来越艰难,有时候,连基本的语言表达及思想发现都难以出口,更遑论行诸于媒体,"昭告"于天下了。在此令人忧虑的背景下,来看贵州作家李天斌及李天斌们的散文写作,我觉得心情沉重,也欣慰。沉重的是,李天斌及李天斌们的散文写作是有成效的,虽不可以说异军突起，但也是步步沉实，不是不可一世，也是“疾风劲吹”的。然而，散文界对这样的一个和一批散文新家保持了大面积的沉默；一些评论家也是跟风跑，一些则掌握了一些话语权，高高在上，只以利益或者感情远近而论，甚至昧着良心去说违心话，拿着红包去做亏心事。欣慰的是，李天斌及李天斌们还在坚持，他们不要求我所说的这些，只要求自己如何的坚持与精进，如何的去开掘和丰富自己。

后者是多么叫人钦敬！凡是有良知的，有锐气及独到识见与切实成绩的散文家乃至文学者，我们都应当向他们致以敬意，都应当将之引为同道及同志。

具体到李天斌个人的散文写作，据我所知，他真正写作散文的时间并不长，满打满算也就是五六年的时间。也可以说，从他写作散文以来，几乎每一篇作品，都会张贴在我当年操办的散文中国论坛上。我有时看得仔细些，有时候粗略一些。有时候有极不满意之感，有时候则为之赞叹。几年后，李天斌的散文逐渐得到了一些真有文学之心的刊物的青睐，陆续面世。我相信，天斌也和我一样，对帮助我们并秉持文学之根本良知的刊物及其编辑心怀感激。这是一种促进，一种鼓舞，在写作道路上，作者要求的仅仅是一种来自形式的肯定，是无形的心灵安慰，也还有一种动力的激发与无声的奖掖。

通过多年的阅读与观察，我以为，李天斌的散文具备以下几个方面的特色。一是心灵上的诚实。我以为，这是散文的最基本的品质和要素。心的诚实是一种本色乃至灵魂的诚实。心的诚实也是对文学乃至对自己笔下物象及人事的虔诚和负责。这一点，读李天斌的散文作品，我们可以明显地感觉到。在他这本散文集中，几乎每一篇章当中，都可以看到一个心灵诚实的人，在众多的物象及人事间穿梭，用文字去临摹，用一颗心去感知他们及它们的命运轨迹与人生体温。如《平民的一生》《时间的旧址》等篇章，他试图用心灵在时间中打捞一些令人心疼的事实乃至不可逆转的命运。这些事实及命运是自然而然的，但它们倒影在李天斌的心里，却丝丝入扣，引人无限惆怅。李天斌如此这般地去观察和书写他们，似乎是在挽救和留存，用一个此时我在的人及同类的身份，为心灵的那些消失划下一道道属于自己的痕迹。

李天斌散文的第二个特点，我以为是有一种入骨的情感。这其中，李天斌散文当中所弥漫的，是一种围着骨头跳舞的忧伤感。他对世间万事，尤其是与自己联系紧密的那些物象，是充满悲悯与同情的，也是热爱与情感深切的。这似乎是写作者共有的特点，但李天斌散文当中所体现出来的却更深切一些。他的散文是诗性的，而不是诗意的。我觉得这种方式是最好的，不要去形容和修饰，而是去用心理解与提升，将自己的情感真正地与他们融为一体。如他的《乡村物事》《花灯往事》《逼近的细节》及《列车上的务虚时光》等等，在追忆之间体验往事的深度，用心抚摸之中感触时间的苍茫空阔与微观具象。

散文应当是经验的产物。近几年来，我也一直在对自己说，“此时我在”是一个大命题，对今人而言，我们清楚的，仅仅是我们此时所在的时代或者说时间段，如果我们逃离了这个生活场，那么，一切都是可以怀疑的。恰恰，李天斌一直在这样做，他的散文都是与“我”有关的，与一个人的设身处地有关。这就是李天斌散文的第三个特点，忠实于现场。我这里所说的现场绝不是在场(写作者如果不在场，应当已经不能写下洋洋洒洒的文字了)，现场是“客观真实的场景”。李天斌散文所涉猎的，几乎都与他个人有关，即使写往事，也是借助客观存在的事实去展开的。他这本集子当中的大多数篇章，都是这样的，不骄纵，也不狂妄，不虚夸，也不漂移。那么诚实于现场，忠诚于现场，使得这些文字有了人间的气息，生命的勃勃心跳与灵魂的亮度。

这些年以来，在大量的阅读当中，我还发现一个问题，即所有的文学创造都是有漏洞的，不完美的。哪一种艺术形式及手法，都是不完满的。所以，很多人在夸耀大家或者对当世的朋友之作大加夸耀，说的天衣无缝，无懈可击，其实是偏爱甚至是违心话。在散文写作上，我也觉得，李天斌的散文写作还是有缺点的。诚实是一个基点，但不是一种写作的方式，散文写作需要的是一种出自内心及艺术上的妖冶与妩媚，过分忠于事物本相往往会导致作品的黏滞。在某种程度上，经验已经成为传说，其中有很多的误读乃至流传之后的添枝加叶，在写作当中，未必要按着一种方式去叙述和发现。

正如卡尔维诺所说：“许多因素都有助于文学唤醒的视觉形象的形成，例如对现实世界的直接观察，生活中幻影与梦影，文化传统遗留下来的不同层次的形象艺术，以及感觉经验的抽象、提炼和内化等等。”(《美国讲稿》)或许，文学本身就是一种永不拘泥，不被限制的艺术门类。在这里引用卡尔维诺的话，或许还是不太适合，但天斌应当是可以看出我的言外之意的。

最后要啰嗦的是：天斌与我多年朋友，对我支持很多。以我之才和名气，尚不足以为人作序，天斌嘱托，想来是不可拒绝的，以上诸言，算是对天斌散文写作的一点浅薄印象。

壹 记忆与重构

平民的一生

有些时候我总是想，在乡村，一个人来到世上，活了几十年，最后死去。活着没有留下什么，死去更没有留下什么。即使墓碑上的名字，也很快被风吹掉被水洗掉。时间埋葬肉身的同时，也就埋葬了一生。一生就这样过去了——这样的形式，已经组成一支生命长流，前赴后继，生生不息。

我总是有几分忧郁。生命的价值和意义曾让我置疑。尘世之上，生命可以有多种形式——泥土外的生命，可以用精神来铭记和延续，一个人可以活得超越肉体意义上的生命。在我的乡村，生命却是如此千篇一律——活过了，死了，埋葬在走过的土地上，一堆没有标签的泥土，至多作为提醒血脉传递的一种存在。然后一晃就是若干年，一晃就没有谁记住了。

比如我爷爷的曾祖母。我至今不知道她葬于何处。这从爷爷那里就已经成了秘密。爷爷总是说："时间太长了，谁还会记得呢？"一座坟墓的被遗忘，似乎很是顺理成章。还有后来村里的许多人，比我大的，比我小的，他们活过了，死了，埋葬在村野的某一隅，然后被人们忘记。被时间忘记，时间不断地制造秘密——在时间之上，他们的一生，就这样终结，成为后世的忧伤。

而我总会想起他们。他们在泥土上生，在泥土上息，悄无声息地来，悄无声息地去，他们一生的行程，究竟有着怎样的苦乐悲欢？曾经很多年，这样的心结一直成为我无比怀念他们的缘由。而我，也企图从那怀念中找寻出乡村生命的质地。

在我的乡村，我亲眼目送肉身告别尘世的第一个亲人是我的奶奶。奶奶仅活了六十四岁。但用奶奶的话说，她已经感到满足。奶奶一生多病，在四十几岁时就有好几次差点死去，只是每次都奇迹般活了过来。因为这样的原因，对于死，奶奶总是很平静。记得奶奶很早就为自己准备了寿衣。每年的六月，奶奶总要把寿衣拿到太阳底下晒。那时我还小，每看到寿衣，就会涌起对于死亡的恐惧。奶奶却不是这样的。记得奶奶总小心地把寿衣上的每一处皱褶抚平，小心地拍打每一缕尘灰——近乎某种仪式，神圣且肃穆。再后来，奶奶还为自己准备好了棺材。在她没离世的那些年，那口棺材就一直放在她的床头。她的房间光线幽暗，黑色的棺材泛着死寂的气息，使得我一直不敢走进屋去。那时候，对我而言，奶奶就像一个谜——我想奶奶为何就不惧怕死亡呢？及至后来奶奶去世，及至后来我可以静心地看着她的遗容并最后抚摸她的脸庞，及至后来——很多年后，当我也平静地考虑起死亡的话题时，才觉得了自己曾经的幼稚。而我也就明白，能平静地对待死亡，那是一种境界，更是一种生命的哲学。

在乡村，像奶奶这样走过一生的比比皆是。他们活过了，逐渐老了，就开始平静地为自己准备后事。他们把这当成一生最后的圆满，总用这样的方式迎接自己的死亡。他们内心静如止水。还有的老了，觉得活够了，谁也不告知，就悄悄作别了尘世，作别了自己。潘大爷爷就是这样的。在村里，潘大爷爷活了整整八十岁。八十岁的他依然还可以用火药枪打猎，还可以打猎的他在那个秋风来临的深夜，突然就不想活了，突然就自己把寿衣穿上，睡进棺材，并使劲盖上了棺盖。子女们发现他时，他早已安静地死去。只剩一支用红布包裹的猎枪，孤独地挂在篱笆上。没有谁知道他为何要选择这样的方式。不过死了就死了。当几炷香和几张黄纸燃过，当泥土最后把棺材覆盖，他留下的秘密，一个平民的离世，很快就被日常所淹没。

也还有这样的人，他们生于泥土，却不满于泥土的生活。他们拼了命离开泥土，企图找寻另外的路途。他们走出村子，一去多年，他们也活过了，也死了，死在异乡。家里有点钱也有点能力的，就想些办法去寻了尸体，化成一捧骨灰，最后葬进被死者遗弃的土地上。土地用它的仁慈，最终宽容了这些魂灵。更多的人家，则当没发生任何事，一任死者的尸骨在遥远的异乡长眠——至多是年节或清明之类的节日，摆上一碗饭菜，烧上几炷香和几张黄纸，远远地喊上几声死者的名字，就算对异乡亡魂的祭奠了。我幼年的伙伴老朝就是这亡魂中的一员。老朝跟我同岁。我还在读初中时，他就不顾一切离开了村子，最后在云南某县抢劫被判劳教三年。劳教归来后，很快又离开村子，最后在北方某城市因抢劫杀人被判死刑。直到现在，他的家人始终没去寻他的骨骸——他的埋骨之地成了秘密。唯一留给家人的，仅是某公安局对他执行死刑的通知书。这份通知书被他父亲仔细保管了很多年，直至他父亲最后去世。我无从知道他父亲内心的秘密——在对一份死刑执行通知书的凝望里，一个平民内心的平静或风起云涌，常会让我无限黯然。还有杨大奶奶，在村里活了六十多岁，儿孙满堂。后来却执意要外出行医卖药，后来也死在了异乡。她的死讯传到村里，已是半年之后。多年来，她的孙子们总计划着要去寻她的坟墓，但终于没有成行。好在死了也就死了，在日常的时光下，似乎已经没有谁再记起这事——一个平民的消失，一个平民的一生，一生的荣辱得失，终于被时间之尘覆盖。

我的岳叔父是今年五月死的。岳叔父死于自杀。在乡村，这样的死亡方式无处不在，此起彼伏。这样的方式很简单，简单得就像身后的一个句号。有的人活过了，老了，觉得儿子媳妇不孝顺，一气之下就用一根绳子或是一瓶农药结束了自己的生命，用生命的代价换回村人对儿子媳妇的几声骂。有的年轻女人，因为丈夫花心（色欲实在是恶之花朵，它无处不在，不分乡村城市、平民贵族），在努力挽回丈夫爱心无果后，往往也走上了这条路。我的岳叔父却不是这样。岳叔父的自杀，是因为与岳叔母吵架。在村里，两位六十多岁老人已携手走过了几十年的风雨。但他们一直有绕不过去的心结——他们一生都在打骂。用他儿子的话说，架打得狠，话骂得“花哨”——打骂构成了他们的一生。每一次打骂，都被忍了下来。偏偏这次，岳叔父一下子忍受不住，就喝了一瓶钾氨磷。在医院抢救醒来的间隙，他仍然高喊着让他死去——我想他真是想死了。他活过了，不想活了，就让生命终止于一瓶钾氨磷了。生命的过程就这样简单。一个平民的一生，爱或者恨，最后交给一瓶钾氨磷去发言。

还有的孩子（是的，他们仅是孩子，愿他们的魂灵得到地母仁慈的安慰），原本没有活够。他们来到尘世之上，很多事物，他们还没有亲历，比如婚姻，比如性。他们还没有完全成为一个生物学意义上的人。他们还想再走一走。只是疾病很快就选择了他们。只是我没有想到，当死亡来临（也许他们幼小的心也知这一宿命的不可更改），他们竟然也如成人般平静。那个叫做美的小女孩，小学四年级的学生，不幸患了重病，双眼严重凸出，最后死在某个夏天的早晨。她死时，村子四周的映山红开满了山野，耀眼的红在层层绿树中迎风怒放。那天我刚好回村，他父亲把她的尸体放在堂屋的一角。她母亲一直在哭，她母亲告诉我，美临死时，紧紧拽住母亲的手，说她并不怕死，只是叫母亲一定不要悲伤……“她是多么的懂事呵”——她母亲一直无法释怀。一个幼小的生命，就这样潦草地走过了一生。走过就走过了，就像季节，就像落花，并不因为美丽可以停留。而那个叫做鹏的孩子，一个正读高中的男孩，原本患的是脑膜炎，却被医生误诊为感冒。我去看他时，他已高烧烧得迷糊。当他父亲对他说我来看他时，他竟然跟我打了声招呼。那一声招呼里满含平静，以至于我相信他很快会好起来。但他第二天就死了。一个孩子的一生，就此匆匆画上句号，并很快被风雨吞没。

我曾仔细地计算过一个平民生命的时限（当然贵族的生命也是有时限的，我们要感谢这一点上的众生平等）。一个人大抵能亲历并记住的最多是五代人。爷爷辈、父辈、同辈、子女辈、孙子辈——这已是最大限度的福祉。生命的局限，是与更多的遗憾紧紧相连的。我们每个人，或许都不同程度地希望自己能活得长久些——这是肉体在世俗意义上的本能。但这又有什么意义呢？在我的乡村，像这样如己所愿活到近百岁的老人为数也不少。活到这样的年纪，他们依然可以上山割草，放牛，依然像年轻时一样干活，吃饭。时间在他们的肉身上，仿佛是凝固和定格的。时间流动的气息，只有通过过早死去的儿孙辈，才会传递到他们内心。村里的一个老奶奶就是这样的，活了将近百岁，儿子死了，孙子也死了，她亲手埋葬了他们。时间在她这里成了生活的利器——她一生的疼痛和忧伤，在时间的刀锋之下，一次次被切割得支离破碎。我想，她大约一定想过死——死亡又有什么大不了呢？死亡至少可以抚平和消解她的时间之痛。

这大抵就是平民的一生了。活了，老了，走过了，最后死了，活得长的，活得短的，最后都在泥土中安息——身前身后的一切都已经水流云散，就像花开了，花又落了，最后成为尘土，没有谁记住他们的名字。至多在若干年后的某个时刻，有一个人，偶尔路过他们坟前，面对坟上年年荣枯的荒草，然后轻轻地叹一声："咦，这是谁呢？这是哪一朝哪一代的坟墓呵——"

乡村女人的爱情

我总会想起她们,以及她们的爱情。

她们一脸憔悴,却收拾得干净整齐。她们没出过远门,一生就来回在厨房和地里。她们没太多的愿望,只要日子过得下去就行——

我说的是乡村女人。

她们活得很简单。在乡村,她们每天看着太阳升起,又落下。一升一落,就是一天。她们不知道时间的确切概念,只知道一天天过去,就是春夏秋冬,一天天过去,人就会变老。

她们其实也曾有梦。当初潮来临,点点血污就让她们隐约地窥到人世美丽的花朵。只可惜梦总是短暂——在乡村,一个姑娘的青春往往昙花一现,青春抵达不久,一顶迫不及待的花轿就让她们成了女人。一个梦,还没有逐渐明晰,就被彻底打碎。

乡村女人大多没有爱情。她们的婚姻,更多的只涉及日子。

记得村里有个哑巴叔,为了娶上媳妇,说亲的过程中,一直让他哥哥出面,把姑娘抬回家后,硬把哑巴叔推进洞房了事。姑娘先是大吵大闹,接着就偃旗息鼓了——在成为女人的瞬间,她很快选择了屈从。这又有什么呢?她懂得,生为女人,在乡村,跟谁都是过日子。

类似的例子,在乡村比比皆是。

比如我的外婆。婚后不久,外祖父就离开村子去了县城工作,去了再没回过村。外婆则一直居住在村里,活了八十多岁。外婆的一生,除了新婚的短暂时光外,用母亲的话说,整整守了五十多年的活寡。奇怪的是,外婆竟没有一句怨言,即使知道外祖父在外面有别的女人,也没明确说出她的怨恨,更没去找外祖父吵闹。最恨的时候,就只骂上一句“这个没良心挨千刀砍脑壳的——”在外婆这里,她的屈从,甚至麻木,让一个乡村女人的命运,近乎悲剧。只是她浑然不觉,依旧活在自己的日子里,保持一份淡定,甚至从容。

而我的母亲——我不得不也要提起她。如今她跟父亲都已六十多岁,但相互间始终有过不去的坎。在村里,他们几乎一直是吵闹着走过的。人们都以为他们是因为鸡毛蒜皮的事闹不愉快。但我知道,他们吵闹的真正原因是彼此间从未有过爱情。我父亲年轻时在一家煤矿当干部，因为有点文化，在他那个时代，他几乎是单位的佼佼者，后来还到北京开过会，见过世面。我母亲则是目不识丁的乡村女人——我一直因此猜想，他们之间的结合，一定还隐藏着另外我所不知的故事。这一猜测到我大约十二三岁时得到证实。那时候，我无意中从父亲的抽屉深处翻出一本笔记本，在上面，我读到了父亲多年前写给另一个女人的多篇情书。当我怀着好奇对母亲说出那个女人的名字时，母亲先是惊愕，脸上迅速浮过一丝不快，只说了一句："小娃娃不要问大人的事。"从母亲的神秘里，我相信在父亲的生命中，一定曾经跟另一个女人有着故事，而且那一定是父亲幸福的一段时光。这是父亲的秘密，也是我自己的秘密，我从没跟我的兄弟姐妹们说过。多年来，这个秘密让我一定程度理解了父母之间的吵闹——父亲从没爱过母亲，他们的婚姻，跟村里许多凑合的婚姻如出一辙。

当然，也有的乡村女人，是有爱情的。在村里，我就遇到很多相濡以沫的老人，他们相携着从村里的风雨中走过，从不闹别扭，就那么互相惦记着，你给我一句问候，我给你端上一盆泡脚的热水，一生的时光就在这样的细节里走过。还有一些至死都不相忘的，到了某天，其中一个离世而去，后一个就郑重地告诫子女，等自己死后，一定将其跟先去的老伴合葬……一份世俗的爱情，让乡村女人的一生，有了亮色，也有了遐想。

比如我的奶奶。她跟爷爷的爱情，就在村里传为佳话。他们不识文字，却为人厚道，懂得爱的真味。记得爷爷常年挑着一担旱烟，奔走在各个乡场上做点小生意。那时没有公路，靠的是步行。有时遇着风雨，山路湿滑多阻，爷爷迟迟不归，奶奶就一个人站在村头，在浓浓暮色中向着山路的方向眺望。直到看见爷爷走来，焦急的脸庞才泛起暖暖的笑，一句"你这死鬼，咋不来黑点，现在早着呢……"的责怪，让爷爷觉得自己犯了错，急急地给奶奶解释晚点的原因。很多年，我一直固执地认为，一个乡村女人的爱情，就藏在奶奶眺望的背影及那声亲切的责怪里。

像奶奶这样的乡村女人，她不会浪漫。她仅是知道，日子深处，必要有一份贴着地面的温暖。至于这温暖是不是爱情，她从没想过，也从没深究过。她只是知道，这一份温暖，是日子不可缺少的，就像阳光之于庄稼，水和空气之于生命。这样的乡村女人，她必定是幸福的，在一份质朴的温暖里，日子更像日子，生活更像生活。

偶尔的时候，乡村女人们的爱情，也会兴起一些波澜。

村里总有一些花心男人。比如就有一个跑江湖的，因为有钱，先后娶了好几个女人。几个女人同处一屋，自然就会互相生恨，有时还大打出手。好在后来，这些乡村女人，都以隐忍而告终。原谅丈夫的同时，也原谅了别的女人。几个女人，围着一个丈夫，同在一块地里劳作，同吃一锅饭，竟也相安无事。有一段时间，还成为村里男人们的美谈，他们言谈间流露出无限向往。直至后来，跑江湖的男人不幸遭遇车祸身亡，女人们星散四方，一段让人为之兴奋的乡村爱情，才从此风流云散。

我的一个婶娘，却为情所困，并以自杀的方式，让乡村女人的爱情，显出脆弱的一面。

十多年前，我说的这位婶娘，当丈夫跟村里一个寡妇有染后，她一下子就崩溃了。她无法接受这种背叛。在跟踪丈夫、继而跟那个寡妇大打出手，继而请村干部出面调解无果后，一个暮秋的早晨，婶娘喝下了一瓶农药。我是送葬队伍中的一个。一路上，一层好看的霜均匀地铺在枯去的草木上，时令已悄然指向另一个季节。婶娘未成年的儿子，一直在哭。其余的人，却一直在说笑，他们显然都置身这场悲剧的局外。当踩过最后一朵霜花，把婶娘的棺材放进墓穴，我蓦然心生悲凉——一个乡村女人的死亡，一段出轨的乡村爱情，并没引起哪怕一声轻微的叹息，总让人有些怅然。

在乡村，也还有这样的女人，尽管丈夫不会生育，却也不心生嫌弃。只是想要孩子时，就大着胆跟丈夫商量，想让别的男人替生孩子。丈夫虽不说话，却默默点头。孩子生下后，一切秩序照旧，三者往往互定盟约，誓守秘密。只是纸总包不住火。时间不长，悄悄地就有了风言风语。丈夫倒是沉默着(或许源于自卑，或许源于羞辱)，女人却满村乱骂，骂那些长舌男女，企图证明这仅是一个谣言，企图让丈夫保全脸面。结果事与愿违，一汪清水，越搅越浑。好在时间长了，那男的女的都老了，有的甚至死了，曾经的故事，也就如烟如尘，不再被人提及。

也还有一些乡村女人，年纪轻轻就守了寡。丈夫一死，往往就有人迫不及待登门说媒。有耐不住寂寞的，带上孩子匆匆就嫁了出去。一旦嫁过去，那男人往往容不下前夫遗下的孩子，轻者辱骂，重者拳脚相加，让女人心生悔意，却已无回头之路。村里一个我喊嫂子的，二十几岁时丈夫患病死后，带着儿子另嫁，听说这儿子就被后父打成了驼背，如今长到结婚年龄，身子还是矮矮的，连媳妇也娶不着。活生生的事例多了，丧夫的年轻妇女就多了份警惕，也多了份执著，宁愿独守空房，也不愿孩子去别姓人家受苦。我有两个堂婶娘就是这样的，三十岁上下就死了丈夫，因为生怕孩子受屈，心一横，死活再也不嫁。一生虽然寂寞，却因为对一份爱的守护，赢得了村人的尊敬。

再后来,乡村女人的爱情,就有了变化。至于如何变化,已是近几年的事,暂且不说了。真正让我挂怀的,还是先前乡村女人的爱情,现在的乡村爱情,恐怕已非我心中所想。我所想的,还是她们——那些活在旧时光中的,质朴得让你想要轻轻责怪一声的乡村女人……

夏天的秘密

立　夏

立夏伊始，田野里就热闹起来了。

田坎上、河岸上的蒿草已伸出头来，车前草借助柔润的泥土，略略展开身子，偶尔的一朵蒲公英，在风中舞动。云雀掠空，阳光普照，大地一片祥和。尤其是在夜色之下，蛙鼓响起，东一声，西一声，不多，但也此起彼伏，流水般托着村庄，亦如梦幻。蛙声响在梦里，虽然繁复，却是细致柔和的那种，如天籁，如大地的神秘之音，点缀着一个清悠静谧的夜。

母亲先前在院子里撒下的瓜种已露出嫩绿的藤蔓，正爬上那堵老墙，企图扩充自己的领地。稍后的叶子，荷叶般立在藤蔓上，雨滴落在上面，微微地颤动，透出荷影的风致。真让母亲惦念的，却不是这些。母亲记得的，是每个清晨掀开逐渐茂盛的叶，偷看是否已有瓜果现身，然后将瓜果端上饭桌，满足我们胃囊的需要。当第一个瓜果出现，母亲必定惊喜而又兴奋。一个率先破季而来的瓜果，让母亲的目光和内心添上无比晶莹的光芒。

父亲却在念叨一场雨。立夏到来，父亲就要搬出“立夏不下，犁耙高挂”的农谚。对一场雨的渴望，让父亲充满了忐忑。我就记得，每年的立夏日，父亲总坐卧不定，一会儿在堂屋坐下来，一会儿又跑出院子，不断瞅着天空，紧紧寻觅雨的行踪。那一份心神不定，让我记忆犹新。

这时候，冬麦已呈现金黄，麦芒在阳光下显出灼亮的颜色，渐趋饱满的麦穗急着俯下身子，向着大地抚摸自己的内心。燕子和麻雀飞过上空，偶尔的一只鹰盘旋在太阳上，天空更加澄明高远。成片的麦田外，秧苗已长到该移栽的时候，入夜的蛙声就隐藏在那里，并时时做好转移的准备。只待麦穗收割完毕，只待水田打好，便迅速占领整个田野，吟唱在夜的每个角落。

当然，蛙声也有迟到的时候。若是遇上持续不断的干旱，在没有一滴水的田野里，最多是偶尔的一两声蛙鸣，象征性响起后就快速消失了，就像一两声有气无力的叹息。墨黑的田野，仅剩干渴的泥土和风，麦穗们失去了往年的容颜，在一场远遁的雨里努力支撑着半枯的身子。干渴的泥土像一个不堪重负的老人，无奈地想着往年的心事。这样的夜里，父亲们是不可能入睡的。父亲们总是一个人，悄悄地坐在自家屋檐下，在一袋旱烟燃起的火星里，一遍遍抚摸自己的焦躁与不安。也有偶尔的一个，悄悄地就走进了墨黑的田野，一个人站在早已干涸的河流上，再抬头看看干燥的天空，干渴的泥土和风，像是一些时间的利箭，一次次穿透他沉重的肺腑。他们都不说话，心却是痛的。为着迟迟不来的蛙声，他们显然看到了来年的荒芜。

但蛙声总是要响起的。就像一个人内心的梦，永不会断绝。

往往是，干旱之后，一场大雨就会在人们预想不到时莅临。先前枯去的草木和叶子，重新在一片湿润的泥土里立起身来。河流、池塘，还有先前的湿地，再次盛满了水。瞬间的工夫，蛙声仿佛从天降临，在一滴雨水的身体里，迫不及待就响彻了田野。如果有月色，起伏的蛙鸣，若明若暗中还添了几许清幽的诗意。

于是，泥土终于迎来了与人类肌肤相亲的盛季。洁白光滑的水流，一阵阵漫过泥土。所有村人纷纷赤脚走进了泥土深处。一份内心的期待，一份绽开的笑容，终于贴紧了大地，充满了温润之气。万木趁机疯长起来，整个山野一片葳蕤。八角树、椿树、泡桐树、榉树、鸭掌木等不知不觉披上了盛装。各种青绿的野菜，混着草木，为山野增添了一层暗绿，波涛般席卷大地。就连荆棘一类的植物也涂上绿色，见缝插针地占据着山野的某一隅……

各色草木完成寸土必争后，夏天的帷幕就此拉开了。

芒种

芒种是在一株麦穗上悄然抵达田野的。

此时的麦穗，已长出耀眼的麦芒，像一层密密匝匝的光晕，为初夏的田野染上一片金黄。一株株麦穗，以花朵的姿势，在风中左右晃动。麦穗显然是焦躁的，初夏的风让它窥到了时间的某种秘密。

一株麦穗，成为夏天最后的寓言。

而此时，芒种却可以大张旗鼓地行走在田野里了。

在麦穗们纷纷隐身于一把镰刀之下时，一块块的水田却逐渐露出清亮的身子。先是一块，再是一块，紧接着就成了一片，一片片的水田连接起来，白花花的水在阳光下显得无比阔大，甚至有点湖泊的味道，堪称一种景致。

鸭子们则是水田的常客。一个赶鸭的老头，总是扛着一根长长的鸭竿，忙着指挥鸭群觅食。鸭子很多，鸭群窜动时，一片纷乱。鸭群在老头的眼下，却是一支有序的军队。据说老头能在鸭群赶路时快速地清点数目，并能准确无误。我为此惊疑老头是个奇人。在村里，老头是不干农活的，从春到冬，只是随着他的鸭群，走遍了田野的每一寸土地。老头以他自己的方式，讲述了村子的另一种生命。

不过这仅仅是例外。村子的其他人，在芒种到来时，就开始了日出而作、日落而息的生活。

芒种其实是村子最重要的时间刻度，一道槛。

芒种的到来，标志着夏耕季节的正式来临。芒种一到，割麦、打田、插秧、薅玉米地，所有的农活都一起纷至沓来。芒种就像村子的一场盛典，芒种一到，全村上下几乎就没了闲人，没了闲时，所有的人，所有的时间，全都交给了农活。农活成为芒种的大戏，成为你认识村子乃至泥土的标志。

母亲就常常对我们说："芒种不种，再种无用……"母亲的意思，是说芒种属于耕种季节，错过了芒种，就错过了季节。多年后想起这句话，很是感慨。想想人的生命，就跟一株庄稼一样，错过了季节，也就错过了一生。

但那些时候，我又如何能懂得这些道理呢？

我真正向往的，是山野里的那份热闹。芒种到来，那些草绿色的螳螂，已悄悄在某一个暗角里破壳而出，稍后就开始了它们对夏日的巡礼。从绿色浩渺的山野里走过，在众多的昆虫中，我一向认为螳螂是优雅的，无论是行走抑或跳跃，都极具贵族气质。我就曾仔细地扒开每一处草丛，凝神静气地欣赏它们的风度。百鸟在绿树丛中啼鸣，风从头上吹过，我却不为所动。这样的凝视我可以持续三五个小时，而不心生厌倦。

除螳螂外，蝉与蝴蝶亦是芒种时节不可或缺的主角。翩翩的蝶影，成双成对飞过蒿草上空，越过山野，向远处飞去，赶赴一个遥远的传说。蝉则按着去年的时间，隐在深树丛里鸣叫。我曾仔细研究过蝉，发现蝉是一种与阳光共生共灭的昆虫，太阳越大，蝉声愈明朗清晰，多雨的日子蝉声则销声匿迹，让人怀疑蝉又开始了冬眠的时光。

先前还东一声西一声的蛙鼓，此时已密集起来。随着秧苗全部移栽完毕，整个田野就成了青蛙的舞场。但白天你是很少看见它们的，它们注定是为夜晚而生的一群。只要一入夜，它们就纷纷登场，为墨黑的大地，为寂静的村庄献上最美的乐音。它们是单纯而华美的，它们托着一个村子的梦。在那个梦里，劳累的心也为之柔软踏实。

蛙鼓到达极致时，芒种也该结束了。母亲们早已三三两两把沾满泥巴的衣物扔进河里清洗，企图洗去一个季节带给她们的劳累。一条河流，洗涤衣物的同时，也洗涤她们的内心。

太阳逐渐烈了起来。风吹过，大地一片溽热，万木争先恐后挤在绿的深处，耀眼夺目。这时候，往往就会有一个老农从屋檐下、从一袋旱烟里不经意地抬起头来，眯着眼睛瞅了瞅明晃晃的太阳，然后自顾自说："噫，这夏天咋说来就来了呢……"

大暑

大暑时节的到来，是与一朵向日葵紧密相连的。

此时的玉米已经长成，逐渐高过人头。一片片玉米林随风舞动，清幽的山野，蓦然添了几许生气。最早的一朵向日葵，就在玉米林舞蹈的间隙，向着太阳昂起了高贵的头颅。它在那里站立，傲然、凛然，仿佛大地的某种标志。

稍后，一朵朵向日葵争先恐后地昂起了头，无一例外地向着太阳不断拔节，让你诧异的同时不得不生发敬重之情。在逐太阳而生的身影里，它们的坚韧与执著，正一点点风声水动。

它们生长的姿态，无声地透出乡野生命的某种气息。

我曾深深地被这一气息所感动。多年后，当我身处逆境，就会不期然地想起一朵向日葵。我始终认为，一朵向日葵，就是我们骨骼散发的芬芳。我们全部的微笑与隐痛，终将被一束阳光所抚平。

太阳总是一日烈过一日。先前充满活力的草木，开始恹了下去，一副无精打采的样子。只有在早晨，在露珠的亲吻下，草木们生命的本色才会被唤醒。一颗颗晶亮如玉的露珠悬挂在草叶上，玲珑剔透。一层烟岚浅浅地浮在远山上，云色清明，早起的鸟雀叩醒了树林和村子。大地一片湿润清凉，万物再次萌动勃发。不过，此后不久，太阳就快速移过东坡，跳上山顶。午后特有的溽热，复又挟裹了大地。

河流却赢得了人们的青睐。但在乡村，河流仅属于男人和孩子。男人和孩子们无论何时何地，都可以赤条条地让身体亲近一条河流，妇女们却不，妇女们的身子，是不能随意呈现的。至多在暗夜里，在河流的某一僻静处，悄悄将其放进河流，而心也总像一头惊惶的小鹿，生怕自己身体的秘密，暴露给突然闯入的男子。

在一条河流的梦里，茉莉与荷花早已翩然而至。

天气越热，茉莉开得愈盛，其香也浓郁无比。往往就在你感到溽热难耐时，一袭茉莉的清香就从那园子里，从一堵老墙边溢了出来，先是进入你的鼻孔，然后进入心肺，最后遍布全身，让你心清目明，神清气爽。荷花则呈现执著的一面，不论烈日还是暴雨，都无法阻挡它们盛开的脚步。它们以自己的娇柔之身，在夏的深处兀自开放，不为外物所动，不为环境所扰，静如处子，光芒四溢。

萤火虫快速地从腐草中获得新生，一群群从乡村的夜空飞过。它们跟蝴蝶一样，完成涅槃后，此身已是另种风情。它们一生为寻美而来，从夏日的大地上经过，一直为瞬间的美而活着。有月也好，无月也好，点点微光，仿佛夜晚盛开的花朵，又如盏盏移动的灯火，神祇般降下幽明，淡雅并静到极致。如果适逢夜来香开放，一阵短暂的幽香中，那微光，分明还多了几许迷离，让人疑心置身仙境。

一份惬意，由此弥漫了夏日的时光……

农历的秋

立秋

每年的八月初,父亲就会翻动他收藏的皇历。那是一本薄薄的小册子,上面是农历的计时。父亲每年都要买回这样的一本,父亲说这是庄稼人必备的读物,一本皇历,就是一个农人的四季。父亲翻动它的时候,目光温和,表情肃穆,一双布满老茧的粗手,在纸张的起落间小心翼翼,仿佛一个基督徒面对《圣经》的虔诚。父亲这次翻动它,除了一份虔诚外,我还看见了他的喜悦。父亲的手指落在了"立秋"那一页,父亲几乎跳了起来,然后不断重复说:"立秋了,就要立秋了。"

我明白"立秋"这个词对于父亲的意义。立秋伊始,草木开始结果,对于一个农人而言,收获的季节即是生命最大的欢欣。所以我懂得父亲,当他在立秋的时间里驻足,他一定就看见了五谷丰登的胜景。那是他内心的花朵——生命在泥土上最美丽的绽放!这还让我想起一株草木和一只鸟,它们从大地上走过,它们一生或许就为了与一滴雨露或一片云彩相遇,一瞬的相遇就构成它们生命的永恒。所以我又不可避免地有了些忧伤,总是想,在等待立秋的时间里,我的父亲,是否也如草木和鸟类一样的卑微与容易满足?

立秋的时间还是来了。似乎是在午后,在闷热的风里突然夹了一份凉意,秋天从此开始了。秋天一开始,父亲就要吩咐我和弟弟各自带上一把镰刀,在每个清晨与黄昏,向着我们家的庄稼地出发。我们总是跟在父亲身后,小心地走过每一块稻田和玉米地,小心地审视每一株庄稼——像极了巡礼,并且充满爱意。对那些企图伸出头来遮蔽庄稼的杂草,我们总是用镰刀及时将其斩除。曾经很多年,这样的细节一直成为我和弟弟生活的必修课。应该说,在这样的课程里,我们最早学会了对于一株庄稼的爱护和敬重。我们懂得,一株庄稼的世界,即是我们的世界。在对一株庄稼的等候里,有我们全部的希望与祝福。

风在此时开始露出它凌厉的一面来。这个时候,春日里的和煦,夏日里的散漫,早已换上了迅疾的容颜。在秋的山冈和田野上,风们一改往日的温婉,用一种催逼的姿势,一阵阵漫过庄稼地。几阵秋风过后,稻子黄了,玉米饱满了,天空也更加干净和高远了。此时的大地一片澄静,尘埃远遁,只有耀眼的金黄在地的深处弥漫成诱惑。偶尔一只高旋的鹰,在大地和庄稼的远方,深情地俯瞰……而父亲们,就在这样的场景里准备收割了,一个村子献给秋天的盛大仪式就要呈上。在欢笑和歌唱声中,在金属与庄稼的撞击声里,在不远的时候,真正意义上的秋天就要莅临了。

而我一定就看见了父亲的笑容。在那些年月里,父亲是不轻易笑的。生活的重压,季节中的悲苦,常常让父亲的笑容深深隐遁。一个农人的笑容,有时就是一生一瞬的花朵。所以秋天的到来一直让我无限地感恩——在秋天的一株稻或是一棵玉米上,父亲绽放的笑容总让我想起生命从容和幸福的一面来。

应该说,我和弟弟正是在秋天的笑容里慢慢长大。只是预料不到的是,长大后的我们都远离了土地和庄稼。但一个无疑的事实是,当又一个秋天来临,我们都会不约而同地想起那些在秋风中的笑容,并且深信,它们是大地和我们内心最美丽的花朵……

白露

虽说“立秋一日,水冷三分”,但实际上,气候真正凉下来,则是白露之后。白露之后,远远近近的草木们,就要结上颗颗晶莹的露珠。若不是那一份微寒的原因,这露珠的柔弱和晶亮还真让人无限怜爱。

而真正让我记住白露到来的,则是飞翔的大雁。这个时候,在我故乡的天空里,总会有一只、两只,或者一行的大雁,静静地挂在某一隅云彩之上。它们渐行渐远,一直向着远方飞去。它们越飞越小,直至最后消失在天边。它们叫声凄凉,宛如悲音。那时我还不知道它们是飞向南方,不知道这是它们注定要迁徙的宿命,也不知道“边秋一雁声”之类的离愁,只是觉得,在白露时节的天空上,飞翔的大雁是故乡最为动人的风景。

梧桐叶开始落了一地。记得在众多的树木中,就数梧桐树最经受不住秋风的催逼。早在立秋伊始,最先的一枚梧桐叶就急急地滚落枝头,用跌落的姿势宣告秋的君临。但这也仅是短暂的一瞬。一瞬之后,除了松树、柏树等耐寒树木外,其他树木纷纷效法梧桐,在风中露出光光的身子——这是它们对于秋风的臣服。明知有几分屈辱,但在强大的时间的武力面前,它们不得不低下高昂的头颅。它们就像村里的许多生命一样,在葳蕤之后,在时间的胁迫下,终于有一天,肉体坍塌了,内心的坚持湮没了,生命的季节终于画上句号。

母亲们则开始念叨:“白露秋分夜,一夜凉一夜。”那意思是告诫我们,天凉了,一定要注意穿上一件外衣,一定要小心风寒。在白露时节,这几乎成了母亲们的全部心思。一个小小的愿望,让母亲们的质朴和爱意无比透亮清明。记得母亲就常常“逼”我穿上一件外衣,在为我扣好最后一颗纽扣时,就要说:“天凉了,就别出去疯了,小心感冒。”那些时候,在母亲们眼里,一件外衣就是儿子们的一切,就是她们内心的温情和慈爱。

但我们在屋里是无法待下去的。母亲们并不知道这秋风里的诱惑——田野里的谷垛,此起彼伏的蚂蚱,一只蛐蛐躲在墙角的吟唱,一对做着爱的我们称为“王子”的黑色蜻蜓,就像一场精彩的露天电影,一直诱惑着我们一帮小孩。记得那时候,我们在田野里奔跑的身影,就像马匹,狂放而又自由。那些神秘的声音与色彩,总是不断激起我们的好奇和想象。我们不断地在田野里奔跑,不断地奔跑,奔跑……

记得后来的一天,奔跑中的我们突然就学会了忧伤。那时候,我们突然看见了小长夫在河岸上站立的背影。狂乱的秋风吹起他一块破烂的衣襟,随时都有离开身体的可能。他独自站在河岸上,双手紧紧抱着斜插在身子前面的鸭竿。鸭竿很长,远远高过他的身体。鸭竿很瘦,比他瑟缩的身子还要单薄。他静静地站着。他不能再跟我们继续在田野里奔跑,只能在那里守着他的鸭群。他的母亲,不知为什么就去了外省,去了就再没回来——我们就这样学会了忧伤,就这样终止了奔跑。没有谁命令我们,也没有谁知道我们停止奔跑的缘由。

这一直是个秘密,一群乡村少年的秘密。许多年后,它仍然让我感动不已。

寒露

菊花开满山冈时,寒露就到了。寒露一到,鸟雀们渐渐绝迹。在秋风的肆虐下,那遍野的金黄,更多地泛着诡异的色彩,跟萧疏的草木形成强烈的反差。

田野就在这时变得低沉起来。一层湿湿的薄薄的雾气,终日悬垂在离地面不远的上空。庄稼已收割完毕,一些还来不及挑回家的谷垛星散在四处,有了一种被遗弃的青苍。泥土被再次翻耕起来,那些光滑且亮的犁铧的痕迹,还在那泥上摆着。虫子们早已钻进泥下,做好冬眠的准备,只待明年惊蛰来临,再次在阳光下一展歌喉。偶尔有一个老农,一头已经很老的黄牛,从田野里缓缓走过。他们显然已很老了，就像这个季节，已经到了秋的深处。他们的脚步甚至有几分蹒跚，显然已接近了时间的某个刻度。河面上似有一层白如霜花的颜色浮起来，不知冷暖的鸭子们依然在那里戏水。岸上的树叶落下来，落在河面上，最后把那偌大的一片水域遮住。最后树们无一例外地脱光了叶，仅剩那粗糙的、单薄的、丑陋的身子，在秋风里跟时间抗衡。

母亲早已准备好了小麦种，并挑出了草灰，用大粪水搅拌均匀。母亲知道，寒露一到，就该播种小麦了。在我的乡村，那些时候，小麦被称为"小季"，稻子则被称为"大季"。虽是"小季"，其作用也不可忽略。那时候，作为"大季"的水稻产量很低，很多人家往往等不及来年的"小季"成熟，就纷纷断了粮。小麦的到来，一度让村人欣喜不已。所以在一粒麦子的世界里，跟一粒稻谷一样，母亲同样是倾注了心血的。母亲对待麦粒的态度，直至很多年后，依然还能感染我。因为麦子，母亲还为我讲过一个关于麦子和荞子赛跑的故事。母亲说荞子一年两季，而麦子一年一季。为此荞子讥笑麦子跑得慢，而麦子却反唇相讥，说就是因为跑快了，所以荞子脚杆才是红的……这是我从母亲那里听来的唯一的童话。母亲没有文化，这个童话几乎就是她全部的精神世界。而就是这样的童话，我竟也丝毫听不出她内心的爱憎。所以我一直是忧伤的，一直想，若不是因为与麦子有关，或许除了庄稼和泥土外，在母亲的精神世界里，就将是零的记录。

小麦下种不久，那些结在草木上的露水，已有了硬度。古人说这是"露凝而白"。时间已悄悄发生了转移，适才还不甘退隐的蝉，不得不最后噤声，把一生的歌唱，留给最后的遗憾。在逐渐加深的秋风中，荷们已彻底枯去，把自己深埋进水底，先前被荷叶铺满的池塘，复又空落起来。豆粒大的雨点击打下来，泛起几点涟漪后，很快消失在了不远处。于是那池上就有了几分落寞，在那心上，在秋风中悄悄地滋长。

于是，秋意渐浓了。

霜降

风越来越冷，月亮却越来越干净、明亮。"枯草霜花白，寒窗月新影"——月亮静静地挂在那里，像是铺满霜花的圆盘。小溪边，断桥上，枯黄的树木和草叶上，也立起了针尖般的冰花。大地一片岑寂，第一场冬雪的影子，已经若隐若现。这时候，霜降开始了。

母亲开始念叨起那句谚语来："霜降无霜，来年饥荒。"母亲明显是喜悦的。为着那些落满田野的白霜,母亲似乎看到了来年的丰收。在母亲的世界里,除了庄稼和丰收的概念外,再无其他。在对一场霜雪的凝望里,凝结了母亲善良的所有祝愿。

而我们是不会明白的。作为一个孩子,母亲紧贴在庄稼和土地上的内心,我们根本无法知晓。我们内心雀跃的,是在每一个霜降的早晨,仔细搜索那些六角形的霜花,用手去抚摩,双手紧紧捧住其中一朵,然后又将冻得生痛的双手快速地伸进裤兜寻找热量。我们总是从屋檐下开始,一直玩到田野里,玩到小河边,玩到山冈上。我们总是乐此不疲。在一个孩子的世界里,一朵霜花的存在,它与生活无关,与母亲们对于日子的重负无关。

倒是有一个常识,被我们牢牢地记住了。我们知道,越是霜大,这天的太阳也就越大。只是太阳虽大,却没太多的热度,所以那秋风,依然很硬冷,并逐渐有了刀子般的感觉。这时候,百草真正的枯萎了,远山近水一片萧条。而我也就固执地相信,都说霜降杀百草,其实杀百草的并非是霜,而是渐紧的秋风。

大地终于沉寂起来,最后的一只虫子早作了冬眠状态。我曾从泥土的深洞里挖出一只蚂蚁,它酣眠的痴样让我心生敬意。它们是大地上最卑微的一群,却懂得生存的法则,它们顺应季节,懂得生息之道。它们安静而且恬然。我曾为此深深地感叹,也曾私下想,也许对生命的理解,有时我们竟然不如一只虫子。所以每年,当我在霜降时节蹲下来,就会有太多的遐想。面对一切已经歇闲的,一切还在活动的物事,我总会生出些生命的悟想来。

母亲们知道秋已很深了,于是加快了秋收秋种的步伐。忙完后,就开始等待一场大雪的来临,开始准备过冬的一切,比如囤积足够的柴火、大米还有蔬菜,比如修葺去年用烂了的火塘,等等。在季节的行程中奔走,母亲们总是一直在忙碌。跟虫子们不一样,母亲们不能冬眠。行走是她们的宿命。行走让她们品味到生命的踏实和快乐。

就在母亲们忙着的时候,晴朗的夜空中早已不见开满霜花的月亮。天开始阴暗起来,霪雨霏霏,秋风破茅屋,一切声音隐退,鸟兽们从大地上消失,一个秋天结束了……

冬天的时光

立冬

立冬的日子往往很突然。

一般是农历十月的某个早晨，原本柔软的河面突然铺上一层薄薄的冰，风从岸上吹来，水波已没了往日的兴致，始终蜷缩着，像一个人瑟缩的身子。岸上的草木一片枯黄，瘦瘦的枝叶上，挂着一层层细霜，仿佛涂上去的银屑。天空一片萧瑟，几朵厚沉低矮的云，懒懒地挂在东山之上，像是要跌落下来的样子。

风的确有些冷了。风吹过山坡和田野，大地一片荒疏。庄稼褪尽，只有那些来不及挑回家的谷垛，星散在田野深处，像是时间遗下的影子。落叶铺满了林地和通往村子的所有道路，乡村的内心一片狼藉。不远处的那片树林，落木萧萧，昔日的幽深，此时全都暴露出来。生命的秘密，繁华落尽的瞬间，终于裸露如初。只有不多的几只鸟，仍然固执地坚守在这片林子里，企图挽留住什么。它们从林梢间飞过，落叶从它们的影子间飞过，天光地影一片迷蒙。那些青苍的枝干，直指天空，落寞，却透出倔强，像最后守望的人群。

就在此时，在冬之色逐渐凝重时，小阳春的天气却已秘密酝酿了。往往是，当东山上空的云朵逐渐变得稀薄，就会有柔和的阳光洒落下来。一两日后，那已经变冷的风忽又柔和起来，仿佛变戏法似的，云也跟着舒展了，鸟声也多起来，天空一片晴和，大地重新被妩媚的春意点染。先前衰败的草木，仿佛焕发了精神，复又在暖风中摇曳。春天的物事，似乎一夜之间重又降临，让人柔柔的，让心暖暖的。

只可惜这样的天气并不长久。最多持续半月后，在人们还来不及回头时，明媚的阳光很快就让位给了越来越紧的北风。“渐霜风趋紧，关河冷落……”几乎是一瞬间，在吟诵一句冬日古诗的倏忽里，万物又都沉寂下来，最后的鸟雀也逐渐绝迹，仅剩一个个空落的鸟巢，寂寂地挂在树叶落尽的枝丫上，仿佛悬挂在时间深处的一滴浊泪。沉沦，并且有几分幽怨。河岸上的两三只羊，来回徘徊，稍后，对着早已不再流动的河流，不停地叫唤。有些优雅，也有些忧伤。一只羊跟一条岸的关系,一只羊跟一个冬天的关系,让人徒添一些莫名的忧郁,也让一个即将到来的冬天多了几许迷离。

立冬的夜晚,月色也添了略略的寒意。月光流泻下来,像暮色里飘落的雪子。院子前面的小山冈上,落尽叶子的树枝,密密地横斜在月的清影下,像是根根瘦脊,跟时间作最后的对峙。田野很静,村庄很静。夜鸟与虫子早已销声匿迹。偶尔一声黄牛的鸣叫,让整个村子显得无比的凄清与荒寂。有些人家的火塘早早燃起了柴火,月光穿过窗户,落在柴火上,晶莹清明。就在柴火不断的爆响中,风更冷了,一场隐约的大雪,已悄然逼近……

大雪

大雪一到,时令就进入了农历冬月。

虽说是大雪节气,实际上很少看见雪的。在南方的村庄,一场雪的到来,总是迟到而且缓慢。

火塘里的火却已燃得很旺了。天总是落着雨,雨很细,却透骨地凉,仿佛一些尖细的刀子,直要钻进每一寸骨骼。渐紧的北风不断在窗外肆虐,一浪接着一浪,像滚过森林的松涛,密集而且荒寒。视线中的瓦楞,还有某堵老墙,被一层灰暗低沉的冷气所挟裹。与天空连着的树枝,像一些青筋突露的手指,在寒风中抖动。不见鸟影,偶尔却会传来一声凄恻的鸟声,短促而又低沉,像是飘着的一缕哀音,远远地浮着,然后消失在不为人知的地方。黄昏来临时,夜幕早早地降下了,冷气陡然升了许多,整个村庄被一层冬日的景象所包裹。

雪还是没来。只有一些窸窸窣窣的声音,像是雪子敲打瓦屋,又像风在空中弄出的声响,隐约又真切,让人疑心这是梦境。心却一直在期待着一场大雪。一场大雪一场梦。大雪、丰年、庄稼、日子,一个朴实的梦,一个朴实的心愿,让乡村的日子多了无限的柔软和滋润。

雪依然没来。夜却越来越长。黑黑的夜幕一片沉寂,没有边际。心却是有边际的。在一场迟迟不来的大雪的影子里,每一颗心都让自己醒着,让梦醒着。这时候,往往就会有笛声,或者是二胡声,从某间瓦屋或茅屋里传出来,声音幽怨、凄怆,像月光,也像流水,流淌在村庄之外,流淌在尘世之外。于是,那村庄,那夜晚,也就愈加静谧,并且有几分神秘了。

大雪终于降临时,那个梦就圆了。往往是,在某个秘密的早晨,在猝不及防中,当你打开大门,一场大雪已悄然抵达。厚厚的雪,洁白的雪,从视线所及之处，一直到视线之外，一路铺展着，绵延着，天地之间一片雪白。众声消隐，万物隐退。于是，那期待着的心，悬着的心，就贴紧了地面，贴紧了梦。于是，屋外屋内，心内心外，那个世界，就温暖了许多，安静了许多。

唢呐就在此时响了起来。唢呐穿过积雪覆盖的道路，深一声，浅一声，深深浅浅的音符，喜庆或者忧伤，像一些意味深长的花朵，绽开在内心之上，在梦之上，乡村的冬日显得扑朔迷离。每年的冬日，在乡村，总有一些老人要离世，总有一些新的生命要诞生，总有一些新房要落成，总有一些新人要团圆，而唢呐，则是这生生死死、团团圆圆唯一的道具。唢呐响起来，一场戏，就开启或者落幕了。一个乡村，就经历了一个轮回。一个梦，就明白了许多，也忧伤了许多。

这时候，往往就会有一只白狐，从雪地上一闪而过，仿佛一个千年的精魂，在远山那边，消失成一个神秘的隐喻……

大 寒

雪还在下着。雪封住了河面，但断桥还在。半截突兀的桥，在河之岸，在纷纷扬扬的雪中苍然孑立，仿佛时间的遗像，提醒着一条河流的前世今生。一只简陋的小舟，还有一些空空的竹筏，在雪中露出瘦瘦的一小截身子。岸上早没了路。一条路，安静地隐藏在积雪深处。隐藏的路会是什么样子呢？路或许是累了，路也许也会累的。时间留在路上的疲惫与沧桑，也许一直在渴望着一场积雪的覆盖，渴望覆盖一些隐秘的心事。

墙角的几枝梅，已悄悄展开了身子。洁白的梅，隐匿却又凸显的花朵，仿佛尘世之外的清艳女子，仿佛在雪之岸，浅吟低唱，仿佛在茫茫雪地，呈现出另一条通向远方和内心的道路。于是，你再看梅的时候，心就蓦然踏实并豁然了。于是，一个绝尘的女子形象，一缕暗香，就入了你的梦，摄了你的魂。

落雪的夜晚，天地一片辽远空阔。没有月，星子也藏进了梦里。你却似乎看见如水的月色正从远山流泻过来，一种寂静的天籁，在风中回响，越过远山、田野、村子，最后落在你寂静的心上。冬夜的梦，就长了许多，冬夜的一些心事，也迷离了许多。

在这样的夜里，你还会听到村里某个老人唱书的声音。老人已经很老了。老人从旧时的私塾里走出来，像一株经冬的植物，随时都会在风雪中折倒下去。老人的声音嘶哑，唱词模糊，像一个久远浑浊的梦幻。于是，一种时间的衰颓感，就弥漫了夜空，弥漫了雪地。你似乎就突然明白，时间原来就是一两声辽远古老的唱词，在风中一响，岁月就悄然嬗变了。

热闹是属于孩子的。孩子的眼里没有时间与岁月，一条冰封的河岸，一块平坦的雪地，都是孩子内心的乐园。在乡村的雪地上，你总会看见三个五个的孩子，一直在堆砌他们自己的童话，就像昨天的你自己。只是后来，那个童话碎了，留在童话里的梦，却从来没有遗失过。于是你就跟着乐了。在你的眼里，孩子就是时间与岁月，就是梦与梦的延续和接力。那个梦让你知晓生命的秘密，让你获得坦然与从容。

年节就在此时快速逼近。久违的阳光终于回来了。阳光洒落下来，雪地晶莹透亮。早已耐不住寂寞的鸟，一只不知名的鸟，已开始啼鸣。远山厚厚的白已开始褪色，那些青苍的岩石，那些匍匐的枯草，隐约可辨。积雪不断被树枝抖落下来，弄出“噼啪噼啪”的声响。树叶在阳光中不断舒展身子，一只大红公鸡迫不及待地跳到竹林边的雪地上，清了清嗓子，然后引颈长鸣……第一声鞭炮响了起来，紧接着第二声，第三声，连绵不断的鞭炮声响了起来。于是，沉睡已久的乡村逐渐复活了。那些大红的对联，也纷纷挂上了门楣，冲碓的声音，打粑粑的声音，杀年猪的声音，还有年戏的锣鼓声，纷纷都响了。声音此起彼伏，腊月的最后一页日历，也终于撕落……

乡村物事

虚构的风物

毫无疑问，我曾期待着村庄的风物。比如期待着能有一些在历史上比较响亮的地名或河流，期待着能有那么一个有着响亮名字的人曾经从这里走过，期待着那些丰厚的文化蕴藏，能把村庄普通的日子镀上不寻常的光芒和质地。

但我失望了。这里仅是贵州高原上一个普普通通的村庄。这里不曾有名山大川，古寺古塔，亦不曾有那么一条官道。这里的山水，每一寸土地，都极度平常。日头和风雨所及处，丝毫寻不出我所能有的期待。称得上风物的，或许就是那么一些零碎景致，但正是这些景致，也让我生出无比温馨的情愫来。

比如瀑布。在村子的出口处，分布着两条河流。一条的源头是从白腊田起，流经杨柳田后，平缓的河道开始变得峻急，在磨角山下，一堵长约百米，宽五十米，约四十五度斜角的石壁突兀着，流水也开始迅急起来，用了俯冲的姿势，在这里飞珠溅玉。若是涨水季节，猛增的水流还夹裹了泥黄的颜色，如雷的吼声，倒也有铺天盖地的气势。远望去，十里水帘的瀑布盛景，让你感叹自然美的无处不在。另一条则起源于坝口，走完平缓的田块后，就进入了水碾房地段。至此，每隔几米，便有一道石壁出现，层层相连，其整饬有序宛然人工笔下的巧妙构思，酷似斧凿痕迹。流水从上面倾泻下来，仿佛阳光下散开的窗帘，灵动诗意。它是狭小的，但一级级的水帘连起来，就有了很深的层次感，也多了几分幽深妩媚，像是被时间与岁月遗弃的妙龄村姑，兀自在山野里生长或零落。

除瀑布外，能算得上风物的，就只有腾龙寺了。腾龙寺位于月亮山与大坡之间。作为村庄唯一有点历史和文化厚度的风物，它的过去和现在，无疑能燃起我向往和好奇的火焰。我是在某个阳光朗照的午后爬上腾龙寺的。我到时，跟村庄的时间一样，腾龙寺的香火已经历了几世几劫。除了那只依然静卧于荒草丛里的石狮，除了那些完整的石阶外，曾经的宝殿与禅房、木鱼与诵经声，曾经的香客与烟火，早被午后的太阳隐藏在了荒草深处。热闹早已零落成泥。除了那些不断飞过山冈的蜻蜓，我什么也没看见。时间在这里已成为久远的秘密,时间已不容许我有任何妄想。一只蜻蜓的飞翔,仿佛时间遗弃的偈语,除沧桑外,一切皆隐秘无形。倒是后来听母亲说,我小时候一直学不会说话,直到五岁那年,母亲带着我在腾龙寺干活,一个下乡知青不断逗我,我涨红了脖子,在激烈的紧张后,终于喊出了平生第一句话:“爸爸。”知青们倒不以为意,只是母亲,当即就跪了下去,并认定一定是腾龙寺的菩萨显灵保佑,才没让我成为哑巴。此后,在母亲眼里,腾龙寺就成了我生命的庇护神,并嘱我用心,对其作一生的敬仰和祭奠。

此外,我还曾用心寻觅过的风物,是一个神秘的所在。它叫千秋榜。我最初听说这名字时非常兴奋,私下想,这应该是村庄众多名字中最为响亮的了,它具有必要的诗意和历史厚度。但我终究还是失望了。就是这唯一能激发我对于村庄铿锵之气怀想的地名,实际上也是乌有的。实际的情形是,从爷爷的爷爷开始,就没有谁能指出千秋榜所在的具体方向和位置了,更没有谁知道,在一份诗意和厚度下,是否潜藏着一段让人振奋或叹息的秘密?是否能让村庄的日常,镀上不寻常的光芒和质地?是否能让我的遗憾,稍稍获得某种弥补?总之是没有谁可以考证了。于是只能想,或许这确乎是个真实的遗迹,或索性就是杜撰的地名,但不管怎样,它的流传至今,至少折射了村人的某种期待——对于千秋岁月的某种记忆或见证,抑或,对于质朴生命之外、泥土之外的追寻和向往。

那么,在虚构或真实的风物上,我也算窥到村庄日常的些许秘密了?

水麻柳与何首乌

水麻柳与何首乌,它们仅是村庄众多植物中的两种,跟其他植物一样,依附于山野的某个角落。连片而生抑或独自繁衍,都透着寂静的气息。它们是普通的,但作为日常的构成部分,一度融入了我们的生活。

比如它们的名字,我就觉得非常亲切。在村庄,无论是每一处地块,每一座山坡,还是每一株植物,村人总能有一个与之相对应的名字,并总能切近它们的形或神。再用那带了泥味的声音喊出来,也就多了几分贴近心魂的气味。就拿水麻柳为例,单从名字看,就与水有关,总让人想起一幅傍水而居的温馨画面来。

不过,我提起它们,倒不是因为名字。而是在村庄的日子里,作为植物之外,它们还有着明显的另外属性——作为药物的功能。它们曾因为与生命气息紧密相关,从而无限神秘。

那些年月,总有怀孕的妇女们遇着大流血,亦总有因此而不能生育的妇女。于村庄而言,这是关系死生的大事。亦可以说,它关系着一个村庄,一个家族的繁衍生息。它曾一定程度上让村人觉得生命的脆弱。那时候,面对缺医少药的历史条件,一场意外的疾病,往往就能改变一个人甚或一个家族的命运。村人们为此是惶惑的。于是,作为药物的植物们,就这样承载了村人的希望,走进了村人的生活。而水麻柳,作为能治愈妇女大流血的药物,则一直是以传说的形式存在的。

懂得医治妇女大流血的,是一杨姓男人。不论是谁家遇上了,只要找到他,他都会爽快地把药寻来,并用了特有的方式,让患者吞服下去,也总能药到病除。他是爽直和善良的,从不收取患者一分钱。但他更是神秘的,每当有人试图探取这药名,他总是想法遮掩,说这是祖传的秘方,虽可济救病人,但依了祖训,却不能公开。只是后来,有那么几个稍稍懂得药道的草医,偷偷从那药的性味功能分析,遂得出是水麻柳的判断。从此,水麻柳能治大流血的传说,也就在村庄传播开来。但传播归传播,后来有患了此疾的,亦不敢冒那尝试的危险,仍旧找了那杨姓男人。所以关于水麻柳的传说,亦只是一个传说。只是在流动的时光中,那一份神秘,倒也日渐深重悠远。

至于何首乌,则直接与我的身体紧密相连。那些在我身体里不断生长不断枯萎的希望,事隔多年后仍会让我无限酸楚。

就在那年,当我的肾脏出了问题后,稍通医道的大爷爷就说:“只有找到并蒂而生,并已长成人形的何首乌,才能治好他的病。”我为此几乎走遍了所有的山野,翻遍了所有的何首乌藤蔓,但我终是失望了。我从来就没找到这种何首乌。于是,它像千年修炼的药妖,一直让我觉得神秘不已,而我也就更加笃信大爷爷的缘分之说——大爷爷总是说:“药医有缘人。要得到这种何首乌,需要时间和缘分……”我那时是灰心和失望的,我不知道在我既定的缘里,是否会有这样的奇遇。但我依然一次又一次,企图在某个偶然的瞬间,与长成人形的何首乌相遇……

而我也就懂得,生命中偶然的相遇,有时就能成为一生的刻度。我也就学会了珍惜,对那些后来日子中偶然或必然的相遇,总是满怀感激,满怀对于生命芬芳的无限留念。

泥土的乳名

很多年,我一直记不住他们的学名。

在农历的村庄,从生到死,学名似乎与每个人并不相关,倒是那些乳名,永远伴随一生。那些乳名,全都沾了泥土味,风里雨里,时间之中,率真而又朴实,就像日常的香火,很能切近人心。

比如葫芦。在他出生时,他父亲刚好从地里摘了葫芦回来,这个名词就成了他一生的代号。比如冬狗,因为出生在冬天,父母希望他能像家中的狗一样健康乖巧,于是就取了这名字。比如小棒,出生时父亲刚好从山上找回一根用做牛鞭子的红子刺,也就近和随便叫了。比如斑鸠,八哥,猫儿,小马,小牛,老虎,老熊,甚至如豺狗之类,自然中的一切事物,皆可作为名字。而且总是重复,一个自然村寨总会有很多个小马小牛之类的。而奇就奇在,从来没有任何一个人会把他们混淆。虽然人们在说起他们时,并没有用什么特别的符号具体分辨出来,听众却总能从你所说的气味知道你说的是此小马小牛,而非彼小马小牛,这种相融而又相互区别的色彩,一度成为村庄别异的景致。

很多年来,在没字典和书本词汇作依据的年月里,每个人的乳名,就这样紧紧依附于自然中的物事,在相似却不相同的秩序里,生生不息。

这自然与他们的文化程度有关,甚或是不文明的体现。生活在这些乳名中间,我却从没觉得有任何不妥之处。当我或村人喊着他们时,并不觉得有什么别扭和阻隔之感,反倒是那些亲切的情愫,仿佛跟了泥土,进入我们的心扉,让我们感受来自集体的一份温暖和踏实。曾经很多年,我就在这些自然的名字里,在山野的质朴和温馨中慢慢长大,并慢慢培育了诚恳而简单的秉性。

那些时候,无论是在村里,还是在山野间,你都会听到有些野突突的,却带了亲切的呼喊:“小——马——小——牛——”喊声此起彼伏,喊声通过四围高山的回音逼过来,便多了一份空旷和幽深。我曾经很迷恋那样的氛围。我就曾经站在一抹夕阳中,一边看鸟雀归巢的盛景,一边仔细倾听那回音。有偶尔的一刻,我竟然把它跟遍地生长的民歌联系起来,并在很多年后想起它与村庄生命的某种联系——也许曾经的村庄,也就因了这些泥土的乳名而生动,而更切近心灵?

但现在,如同时间一样,世上的一切都流动不居。在时间的重围里,在我们的下一代,这些曾经与村庄紧密相连的泥土的乳名,已销声匿迹了。现在,随着电视机的普及,所谓的现代文明,已成铺天盖地的席卷姿势。文明已彻底颠覆了村人们曾有的生活秩序,包括给孩子取名。事实是,现在,电视里那些演员或那些男女主角的名字,已逐渐成了每个新生小孩的名字。现在回村

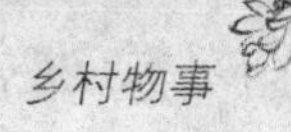

去，总能听到许多在屏幕上听来的名字。比如紫薇、文强、尔康、家威等。至于那些泥土的乳名，早已跟农历岁月里许多消逝的物事一样消失了。我想我应该是高兴的，毕竟在文明的照拂下，我的村庄也嗅到了进步的气息，那气息是希望，是通向美好的路途。但我也分明觉得了些许的惘然，觉得总有一种怀念，正在我的内心不断生长，并迅速蔓延。

于是决定，在某个时候，一定再回村去，再野突突地喊上他们一声。再喊上一次，生长在泥土上的那些乳名，那些亲切的乳名。

老阴潭

穿过那片红薯地，便是老阴潭。潭水终年泛着死的绿色。幽幽的光，让人不寒而栗。它总是静静的，仿佛躲在那里，也就有了不知今夕何夕的味道。一种地老天荒的恒久与悠远，让它无限迷离起来。

不过我要说的老阴潭，却是一个泛指的地名，也即这个深潭周围的岩石群。这是位于村子西北面的一处所在。因为远离村庄的缘故，复因层层叠叠的岩石遍布，没有任何一粒泥土，也就没有任何可以耕作的可能，再加了那深潭冷异之光芒，使这里几近成为人迹罕至的地方。

不过偶尔也有人来的。比如谁家未满五岁的小孩夭亡时，人们就会抱着那幼小的尸体，用竹席或麻布裹了，到这里来丢弃。也有那么一两家，因了对孩子的不忍，直接用了崭新的小被子之类裹着。有时远远望去，还能看见被子在岩石里的鲜艳，极像花朵的样子，闪着别样的色彩。

但我是不敢去这地方的。特别是看见堂二叔抱着红色被子穿过红薯地后，那个地方的恐怖，在我心里与日俱增。堂二叔这次抱上的孩子，是他第三个还是第四个孩子，其时我已忘记。但我知道，他接连生了几个孩子，但等不到满月，就都死了，死时的情形都很一致。这让堂二叔怀疑是撞上了鬼怪之类的东西，于是就请了阴阳先生来查找原因。阴阳先生后来给他出了个极其残忍的方法，说是再生的婴儿死亡，就在死亡后的第一时间，用斧头把婴儿身上的经脉全部砍断，以后生育的孩子就能存活。现在的这个孩子，就是被堂二叔弄断了经脉的……我无数次想过这个无辜婴儿血淋淋的尸体，无数次想象当堂二叔手起刀落时的疼痛。一直到很多年后，这样的疼痛依然会刺着我的肌肤和灵魂。

及至年长，我终于随着人们去了老阴潭。那是某年夏天，在杨书舅舅六岁的儿子失踪后的第三个月，在杨书舅舅从外省打工回来的某天，在他的邀请下,所有村人走遍整个山野,帮他寻找失踪的儿子。但毫无所获。后来有人想到了老阴潭。当人们走进老阴潭时，果然看见他儿子悬站于潭边的湿地上,整个肉体已经腐烂,刚与木棒接触的瞬间,就全部脱落下去……

我后来一直不能释怀。老阴潭从此就与死亡成为对等的名词,一直在我心上放着。只是偶尔会想,在那些幼小生命消失的地方,在层层叠叠的岩石上,是否曾开出一些水灵的花朵,照亮那些脆弱生命的行程？照亮他们穿过年年荣枯的红薯地？

我想一定会有的。我唯愿那些花朵,永安他们哀怨的魂灵！

乡村俗语

我们原本是吃灰尘长大的

“怕什么呢？我们原本是吃灰尘长大的”——在村里，每当人们从火塘里拿出烤熟了的食物，一边拍打着上面的灰尘，一边总这样说。说者说得随意自然，听者听得顺畅亲切，从没有谁怀疑过人们与灰尘间的距离。灰尘与生命，始终不离不弃，如影随形。

“怕什么呢？我们原本是吃灰尘长大的”——当人们这样说起时，并没有自轻自贱的意思。在村人看来，从生命诞生的那天起，就注定离不开灰尘，及至长大，直至最后死去，每一个生命从灰尘起，至灰尘终。灰尘成就了人们的一切。

“怕什么呢？我们原本是吃灰尘长大的”——说着这话时，人们显得是那样的安稳和踏实。对于灰尘，这种能有损健康的东西，人们的胃囊并不排斥它的进入，并不觉得这是有害的物质，一种舒坦总是贯穿其间。这样的细节甚至构成了村庄的日常，勾勒了村庄的生命常态。

“怕什么呢？我们原本是吃灰尘长大的”——在村里，在这样的俗语中，你看到的，几乎都是与灰尘紧密相连的村人。他们在灰尘中耕作，在灰尘中行走，在灰尘中歇息，他们总是一身尘埃，蓬头垢面，但他们从没觉得任何的不适。与灰尘为伴，他们显得那样的从容，甚至优雅。

“怕什么呢？我们原本是吃灰尘长大的”——我不知道是否曾为此忧伤过，但可以确定的是，多年后，当我不断想起这话时，涌起的只剩下了感动。我知道，此话背后，是人们淳朴简约的生命追求，是一种境界，一定程度上揭示了乡村生命的某种哲理，让人感到内心的纯净与闲适。

于是就想，这该成为我全部的欣慰了。于是在多年后，面对尘世的宠辱得失，我总会一次次默念：“怕什么呢？我们原本是吃灰尘长大的”——总认为，在这样的俗语下，我早学会了宁静与淡泊。在现实的浮躁和喧嚣里，我完全可以做一个心空之人。

搭伙过日子

“搭伙过日子”——在村里，每当哪对夫妻闹别扭时，前来劝和的村人就会说着这样的话。村人们总是说：“有什么值得吵的呢？人生不过就是搭伙过日子而已。”如果谁家提到了离婚的事，村人则又会说：“为什么要这样呢，人生不过就是搭伙过日子而已，一晃几十年就过去了。”

“搭伙过日子”——在村人看来，这就是人与人之间生活与生存的关系。在村里，经常会有夫妻吵架，甚至大打出手，但几乎到最后都和好如初，几乎到最后，吵架的夫妻都会说：“算喽，人生不过就是搭伙过日子……”于是日子还是原来的日子，夫妻还是原来的夫妻，照样跟原来一样干活，一样吃饭，一样睡觉。仿佛什么也没发生。

“搭伙过日子”——曾经很多年，这句话一直成为维护夫妻关系的纽带。通常是，在某个闲暇的午后，几个闲聊的女人间，总会有人问：“听说你家那口子对你不好，咋回事呵？”被问的女人也就说：“管他喽，人生不过就是搭伙过日子而已，跟谁过还不都一样？”问话的女人也就跟着说：“是嘞，是嘞，就是搭伙过日子。”在这里，“搭伙过日子”甚至成了一种爱情观。应该说，很多岁月里，正是这一观点支撑了村人过日子的信念。不论是富裕的人家，还是贫穷的人家，都和和美美地走了下来，从来没有谁家因为生活与日子的艰难而离异过。

“搭伙过日子”——在村人看来，它就是这样的贴近心灵，让人释怀。生活中的艰辛磨难也好，感情中的纠葛也好，相比一份实在的日子而言，其实都无关紧要。在村人看来，“搭伙过日子”，原本就是一份美好，甚至是一份幸福。它可以遮蔽一切生活的风雨，让人们忘记一切的幸与不幸，让村人的岁月平静安稳。

“搭伙过日子”——它就这样，像一种潜移默化的内心秩序，仿佛无言的训导，让日子更像日子，让生命感受生命的另一份温润与踏实。

人生不就图个热闹吗

“人生不就图个热闹吗？”——在村里，每当年节或是喜庆之时，人们总要这样问别人或者问自己。人们总要说：“人生不就图个热闹吗？热闹一回算一回。”话虽说得有些消极，实际上却也反衬出内心热情的一面。

“人生不就图个热闹吗？”——在村人看来，且不管生命的底色如何，向往热闹,这是生命的一种需求。正因此,村人们总会在平静的生活中努力弄出些热闹来。比如结婚时,总要倾其所有,摆上几天酒席,约了四邻八寨的乡亲前来庆贺。被贺者和贺者都会说:“不管有吃无吃,一个人一生就这么一次,好好图个热闹嘞。”比如逢年过节,或是想办法买了好吃的,或是给娃儿们换上新衣时,就对着别人或兀自地说:“管他喽,人生不就图个热闹吗?哄个娃儿高兴嘞。”甚至老人过世时,虽然办不起隆重的葬礼,却一定要请到四邻八寨的乡亲前来唱孝歌。孝歌整夜整夜地唱,主家或者歌者都会说:“不管有钱无钱,亡人就死这一回嘞,就热热闹闹地送送亡人吧。”

“人生不就图个热闹吗?”——按照村人的理解,人们辛苦一世,匆匆地来,匆匆地去,热闹一回,有何不可呢?“一世的汉子玩不起,一时的汉子还玩不起吗?”尽管没钱,一时的热闹却是必须的。除了对一份热闹的向往外,其实还关乎面子,甚至关乎尊严问题。这几近成了人们的信条,——平时的日子可以清苦,自己的艰难可以悄悄埋藏,但关乎脸面和尊严的热闹,是要紧紧抓住的。

“人生不就图个热闹吗?”——话虽说得轻松,但另一方面,正因了这份热闹,村人为此演绎了许多悲欣交集的故事。比如借钱给儿女操办婚事,比如借钱安葬老人,比如借钱给亲戚或是乡亲们送礼,热闹是热闹了,热闹之后,却是日子的紧巴与亏空。许多村人的一生,就在这样的循环里走过。只是让我感到安慰的是,从没有谁为此埋怨和后悔。相反,当他们经历了应有的热闹后,就会无比欣慰地说:“我这一生,完成了应该完成的事,可以放心地走了……”他们并不会因为生活的窘迫而对热闹心生厌恶。热闹于他们而言,已是一种责任,甚或一种价值。

“人生不就图个热闹吗?”——是的,人生就这么点事,该抓住的,绝不放下。该热闹的时候,就热闹一回。——现在看来,我倒也对这看似消极实则充满生命热度的俗语生出几分喜欢了。

人最终都要走这条路嘞

“人最终都要走这条路嘞”——在村里,每当老人辞世时,人们就要说上这句话。面对丧家的悲戚,人们总要安慰说:“别伤心了,人最终都要走这条路嘞……”村人们就这样,你家老人过世时我安慰你,我家老人过世时你安慰我。安慰的话一样,安慰的口气也一样。每户人家都得到过别人的安慰,每户人家也都安慰过别人。

“人最终都要走这条路嘞”——在安慰别人或接受别人安慰时，村人们都会说：“是嘞，人最终都要走这条路嘞。”言下之意，每个人都懂得这是个体生命最终的归属。但实际上，除寿终正寝的老人外，若是安慰那些早夭的丧家时，村人们虽这样说，心却是怯怯的——“人最终都要走这条路嘞”，村人们都知道这仅是一种不切实的安慰，于事无补。但村人们还是要说：“人最终都要走这条路嘞”，那意思是说，早夭或者晚亡，不过是时间不同而已，其结果都一样。“人最终都要走这条路嘞”——又何必为此伤悲呢？

“人最终都要走这条路嘞”——是的，热闹也好，寂寞也罢，从村里走过，所有的生命最终都要走到这条路上。看得开也好，放不下也罢，每个人都要这样走过。一条路就是一生。所以当村人们这样说起时，不管怎样，这话终究成了一种安慰。无论是早夭还是寿终正寝的丧家，也就多了一份坦然，一份随意，少了一份挂怀。我曾为此涌起深深的感激，私下想，或许正是这一份安慰，让村人获取了面对死亡和生活的勇气。也或许，正是这份超然和淡然，让村人的生命获得了某种圆满。

但村人是否理解这层意义呢？“人最终都要走这条路嘞”——当他们这样说着别人，直至别人最后这样说起他们时，是否知道一句普通的俗语，其实就是通往他们生活与尘世的入口——一种世俗的哲学，一直贯穿他们生命的全过程？我不敢确定。只是相信，人们必将继续这样说：“人最终都要走这条路嘞”——在这条路上，一个村庄的时光，不经意地就完成了嬗变，就有了时移和代易的温暖或者沧桑。

花灯往事

月亮与舞台

村里有唱花灯的风俗。

这花灯，据说与六百多年前的朱元璋有关。据说六百多年前，当朱元璋“调北征南”战事结束后，就留下了从江南来的兵士，留下他们在贵州高原上半军半垦（我的家谱上就有祖籍南京应天府和大洪武祖年间入黔的记载）。这花灯，就是这些驻守者对故乡思念的表达方式。

我不知道这一说法是否确切，也不知道我们是否真的就是这些驻守者的后裔，但我确切地知道，关于花灯的记忆，已不是那些遥远的金戈铁马之音。当原本缥缈的岁月渐行渐远，当写在家谱上的故乡仅仅成为毫无意义的谈资，花灯给予我的，似乎便只剩下了关于生活的守望。

这种守望是从一座舞台开始的。

正月初三一过，随着年节里最后一声鞭炮响过，随着每家每户与“接回家”过年的祖先们“送别”，村民们便开始忙活起来了。你钉木桩，我糊灯笼，他搭架子，一座简易的花灯舞台，要不了两天，就像模像样地立在了村里的一块空地上，成为点缀年味的道具。

舞台确实是简易的。在空地里稳稳地钉上几根木桩，再在木桩上铺上木板，那木板甚至是不平整的，木板与木板间，还留下一道道缝隙，不小心就会崴了脚。台上四周，用长长的竹竿挂着一盏盏红红的灯笼。一张蚊帐直挂在台子后面，那就是幕布。舞台下面没有凳子，四邻八寨的人们一个个伸长了脖子，就这样在幽暗的灯光里随着舞台上上演的花灯剧欢笑或者流泪。

我却只是看见了月亮。

我不能越过前排人们的后脑勺看见舞台上披红挂绿的演员。矮小的我不管怎样踮起脚尖和伸长脖子，总是看不见那热闹的场面。于是，我便只能看见了挂在天空的月亮。

月光是清凉的那种，落在舞台上，也落在舞台下，像水，更像一层轻纱，但我不知道，这透明的月光究竟覆盖了什么？在月光底下，是否真的隐藏着一条通向遥远故乡的路？帝王将相，英雄美人，寻常百姓，夕阳荒草，阳关古道，诗书礼仪，忠孝仁勇……舞台上不断演出的悲欢离合，在已然淡远的故乡情结里，究竟隐喻了什么？一座舞台的真实，或许，原本只是一份关于年节的热闹，只是对平实生活的一种守望？

许多年后，我读到了张爱玲的一句话，她说："隔着三十年的辛苦路往回看，再好的月色也难免有点凄凉。"蓦然，那月亮，那舞台，还有那些缥缈的岁月，就携带着一缕沧桑的颜色，让我的记忆开始疼痛。

姨公与"老奶奶"

姨公是舞台上不可或缺的演员，其中原因除了他的演技之外，更因为他特殊的人生经历。

姨公曾在广西剿过匪，立过一等功两次，二等功一次。立功归来的姨公原本被安排在一家银行工作，但只上了一个星期的班，便回到了村里。姨公说，除了枪外，他爱的只有庄稼。当然，姨公后来还说，除了庄稼之外，他爱的还有花灯。

人们想要姨公出演勇猛英武的角色，比如关公，比如杨六郎，人们认为姨公的生命注定与英雄有关，与铁马冰河的梦境有关。但姨公偏偏选择了不知是哪出剧中一个邋遢的"老奶奶"。这个形象一直伴随着他的舞台生涯。

"老奶奶"虽然不是很精彩的一出戏，但只要"老奶奶"一来，舞台下便会一阵骚动。"老奶奶"确实是邋遢的，破破烂烂的衣服，脸上挂满了皱纹，头上扎着一块白色头巾，绕头几圈后，留下长长的一截，在空中飘着。"老奶奶"手拄拐棍，一步一瘸，在舞台上边走边唠叨。临到台前时，"老奶奶"就停下来，狡黠地注视一会儿人群之后，捋开披在身上的长袖青衣，斜起身子，抖落藏挂在腰间的一瓶水，然后自顾自地说："等老娘先撒一泡翩翩尿……"

这实际上是很粗糙的一个戏目。但在所有的花灯剧目中，我似乎仅记住了它。这个细节，几近成为我关于花灯的全部记忆。

我曾惊诧自己记忆的选择，惊诧过后，才逐渐明白，这种选择的结果，是因为姨公与"老奶奶"之间所搭建的某种对应关系。

姨公与"老奶奶"，在我的印象中，实在是两个不同的意象。

在剿匪的岁月里，姨公曾在本班战友全部牺牲的情况下，单身与敌周旋，最终击散群匪并剿获一批枪支。曾经一个漂亮的腾挪，一脚踢开棺木，生擒企图装死逃跑的广西某匪头。姨公在战场上划过的英姿，像鹰的飞翔，与舞台上“老奶奶”的蹒跚步履形成强烈的反差，一直让我莫名地激动。

所以多年来我一直想，峥嵘与宁静，理想与生活，当一切都谢幕后，留给我们的，是什么样的思考？我无法知道。但在一场遥远的花灯剧里驻足，我无疑涌起了一种温暖和力量。

老渔民与笛子

老渔民是一个厚道的憨憨的汉子。但老渔民有一手吹奏笛子的绝技。

老渔民是他的绰号，这个绰号源于他终年撒网捕鱼的经历。

伴随着这个绰号的，是他已然隐去的内心与生活。在村里，从未有一个人关心过他，比如他真实的姓名，比如他的过去、现在乃至将来。老渔民留给人们的，仅是一管笛子的印象。

随着每一出剧目的起承转合，我们都能听到悠扬的笛声，我们也都知道，这优美的乐音来自老渔民的配乐。但当我们企图瞅见他在舞台上演奏的身影时，总是不能如愿以偿。

老渔民总是端坐在那张蚊帐背后，默默地不跟人们会面。

其实老渔民是完全可以到前台演出的。但是，除他之外，笛子伴奏这一项再没人可以替代。所以直到最后一场花灯戏的结束，老渔民终究都没能到前台来。

老渔民到底也留下了一些遗憾。因为笛子，让人们记住了他，也因为笛子，使他终究只能成为一个幕后演员。

对于笛子，老渔民始终一往情深。

元宵节一过，搭在月亮地里的舞台，还有挂在舞台之上的红灯笼，都要被拆除。年节的热闹终归要让位给生活与日子。

当人们纷纷卸去戏妆，扛着犁耙与锄头上山时，老渔民却还沉浸在年节的热闹中，仍然一心一意侍弄他的笛子，为此引来了妻子的不满和责怪。

为了能继续吹奏笛子，老渔民与妻子开始了游戏般的周旋。

老渔民先是偷偷请村里的妇女在内衣上按着笛子的长度缝了一道荷包，然后将笛子藏在里面，但最后还是被妻子发觉而把笛子没收。实在没办法，老渔民就想到了牛圈楼上的草堆，柴房里的柴垛，甚至厕所墙壁的石缝等等。但这些如意的算盘每次都被细心的妻子识破。好在如此几次后，争执的结果终于以妻子的无可奈何而告终。

我是在河流边上撞见老渔民最后一面的。

其时，老渔民耷拉着头，在春日的阳光中一脸倦容。其时村庄早已不再唱花灯，老渔民的笛子也就孤独了许多年。我对老渔民说："我想听听你的笛声。"老渔民抬起头来，眼里露出无比兴奋的光芒。他没正面回答我，只是喃喃地说："好多年了，已经没有人再想听我的笛声了……"稍后，老渔民就从袖口中抽出了一管打磨得光亮无比的竹笛，然后慢慢地吹响，慢慢地在往事中回溯……

那天曲终的时候，我看见老渔民泪流满面。

据说，此后老渔民再没有吹奏过笛子。人们都说他老了，已没足够的气流帮助他完成音符的升腾起伏。但我相信，他扔掉笛子的真实原因，一定与我跟他最后的相遇有关。

我不知道在一个丢失的梦里，老渔民是不是留下了太多的遗憾。但我想，他一定知道，在村里，至少有我，试图读懂过他。

这是他自己的秘密。这也是我自己的秘密。

德华叔与《四季莲花落》

在花灯舞台上，德华叔算是唯一的"悲剧"角色了。

德华叔姓唐。因为贫穷，终身未娶，孤身一人，平时靠牧牛为生，却生了一副好嗓子，一曲专唱爱情故事的《四季莲花落》，每每叫他唱得让人落下泪来。

德华叔出场时，总是原汁原味地穿着平时的破棉袄，双手垂着，右腋下夹着一条长长的牛鞭子。鞭子斜躺在舞台上，像一条疲惫的蛇。清凉的月光映着他满含悲戚的面容，在大红灯笼的反衬下，一副苦难沧桑的剪影呼之欲出。

他开始唱"正月里来正月正，正月十五去相亲"，一直唱到"腊月里来北风吹，恩爱夫妻把子生……"德华叔一口气唱下来，台下鸦雀无声，只有那悲凉的唱词在如水的月光中荡漾，生生死死，悲欢离合，顷刻间开始显影，生命的过往与来去，在忧伤的旋律里不堪一击。

终年以牛为伴，以山为家，德华叔像一片来去孤独的云，沉默的云。人们不止一次带着戏谑的口气问他为何不找个女人做老婆。面对人们的找乐，德华叔不喜也不悲，他总是沉默着，然后摇摇头，很快就消失在了人群之外。

我们一群孩子，总是紧跟其后，不断念着用他名字编成的顺口溜。我们几乎是唱着念的："唐德华，老鸹抓。找个婆娘来，大家给你抬……"我们一路念着，一路起哄。当走出老远，德华叔就会回过头来，站定，静静地望着我们，然后就说："娃们，别念了，我给你们唱《四季莲花落》，行不？"然后就开始唱，再下去就哭了，很伤心的样子。于是，我们就再次起哄着，大笑着跑开了。

我们没有一个人顾及过德华叔的感受。

但我们每一个人，都毫无例外地喜欢他唱的《四季莲花落》。只是那时候，我们又如何能够知道，一曲从春到冬的《四季莲花落》，其实就是德华叔孤独心灵的自我抚慰，还有穿越他生命荒原的一份长长的祈盼！

时光就这样不经意地流过，伴着无法弥补过失的怅惘，时光就让我们远离了德华叔……今夜，清凉如水的月色再次淋湿了村庄。与月色对坐，那悲凉的唱词，那个人，再一次进入我的记忆。突然就想起了苏东坡"人有悲欢离合，月有阴晴圆缺，此事古难全"的诗句。突然就想轻轻地问一句："德华叔，你是否知道有过这么一句话？"

母亲与女儿

村里的母亲们总爱对自家的女儿说："好女不看灯。"因为在花灯的剧目里，总会有关于情与爱的话题。在她们的观念里，一个好的女孩，就该像山间的清泉，不染一丝杂质。情与爱的话题，在她们看来，完全可以玷污一个女儿的清纯与洁净。

让人奇怪的是，母亲们虽这样说，却没有谁阻止自己的女儿。

尽管这样，女儿们还是惧着自己的母亲。前来看灯的女孩，总是找一个远离母亲的地段，远远地坐着，手里拿着女红作遮掩。当有人问："你也来看灯呵？"女孩便会羞红了脸，支吾着说不出话来。而一双水灵的眼睛，却远远地瞅着舞台的方向。

看灯的女孩，各自藏着自己的一份心事。

母亲们不会想到，舞台上的演员也不会想到，一场装扮年节热闹的花灯，竟然会改变一个村庄传袭已久的观念。一个淳朴的风俗，已悄悄准备逃遁。

故事就是从看灯的女孩们开始的。传唱了六百多年的花灯最终让看灯的女孩们给终结了。

月亮地里的舞台还没来得及拆除，村里的第一个女孩跟着邻村的小伙私奔了，紧接着第二个，第三个……都纷纷的私奔了。在习惯了明媒正娶这一风俗后，女孩们的私奔让整个村庄为之惊惧和战栗。

恋爱自由。自主择婚。新的文明因为一场花灯得以诞生。

乡间的母亲们无法承受这种打击。传统的道德观念让她们对花灯深恶痛绝，“都是花灯惹的祸呵……”她们这样说，男人们也就这样信了。于是，村里从此不再唱花灯。于是，月光、舞台、悲欢离合，从此成为遥远的记忆。关于祖先，关于家谱上的江南故地，从此尘封在了记忆和时间之外。

一场梦，停泊在文明嬗变的风口上，隐隐地有几分凄迷。

贰

日常与隐喻

似水的柔情

知道女人与水有关,是在读《诗经》后。

十五岁初读"关关雎鸠,在河之洲",从此知道在河之岸,有一个女子,低头举手间惹人情思。加上情窦初开,一个伴水而居的清纯女子,便放在了心上。稍后,读到"蒹葭苍苍,白露为霜。所谓伊人,在水一方",那水中的女子,瑟瑟秋光下,又多了份生命的妩媚与沧桑。虽如此,那女子形象,却越发美丽诱人了。

但真正弄明白女人似水,则是阅读《红楼梦》后。只一句"女儿是水做的骨肉",就让人窥见了一个真实的女子。

水做的女子,一颦一笑,眉目传情,更有那裙裾飞扬,金步细摇,如水漫漶。水是一缕奇香,清新脱俗。在贾宝玉看来,尘世之上,除水之外,一切物质,均是污浊之身。水让他自隔了人世。好在他是认真的,亦是诗意的,他生命里的水,终究是清亮的,让人唏嘘外,还有几分敬畏。

女人似水,水能滋润心灵。尘世太坚硬,需水柔化。但真正懂得这层道理的,并不在尘世。如苏曼殊。如仓央嘉措。尘世对他们而言,是风尘之累,亦是不息的诱惑。这诱惑,就在情与爱,就在似水的女子。他们比之于常人,更懂得这情与爱,即使隐于空门,一个是"还卿一钵无情泪,恨不相逢未剃时",一个是"世间安得双全法,不负如来不负卿"。青灯古佛,契阔死生,终究逃不脱如水情爱的浸透。似水的女人,是他们刻在转经筒和诗歌之上的秘密。只可惜这秘密,很少有人能参悟。

女人似水,水之清澈,能养性怡情。比如林徽因,她的清澈,无疑是尘世绽开的一朵奇葩。她懂得水的柔曼之道,不温不火,不偏不倚。她的才华,她的容貌,还有她的性情,始终是柔性的、宽厚的,她懂得这就是情,就是爱,而且还懂得这情与爱的区别,懂得此情爱与彼情爱的距离,从而让徐志摩为之忘情,及至魂断长空,让金岳霖为之终身不娶,让梁思成为之珍惜一生。她以水的性情,成就了三个绝世男子的爱情传奇。似水的女人,从来都谙熟流水的方向,流水所经处,那一颗颗浮躁的灵魂,最终都获得了安静。

女人似水，水之滔滔，也能淹没心性。比如杨玉环之类，世人多以其为妖，“春宵苦短日高起，从此君王不早朝”，把一个男人的颓废，朝政的荒废，全归罪于女人。在世人看来，红颜之水，不单能迷失心性，还能危及江山，于是就有了江山美人的故事，就有了红颜祸水的骂名。于是乎，红颜往往薄命，“宛转蛾眉马前死”，一朵绝世奇葩，须臾之间香消玉殒。而我不得不为之抱屈。女人似水，水之淹没心性，错并不在水本身，而在于迷恋水的那个男人。女人的悲剧，往往能遮蔽历史的真相。

同样是江山美人，也有为世人所称道的传奇。比如昭君，昭君出塞，原本仅是不愿忍受汉宫的幽森冷艳，一份最世俗不过的愿望。只是让她预料不到的是，她的似水柔情，最终柔化了一个民族的苍狼习性，使双方和解，让两个对峙的民族，从此相互亲和。在昭君这里，似水的女人，不经意间有了承载，柔弱无骨的肩上，一己之爱，成了家国之爱。从此，便有一个似水的女人，在年年黄沙与荒草飘飞的塞外，成为一个民族的美谈。这是昭君的幸运，亦是一个女人的幸运。

似水的女人，在心怀柔情的同时，往往也坚毅无比。比如《桃花扇》中的李香君，虽只是一介妓女，却有着“溅血点作桃花扇”的坚贞不屈，有着不忘故国的决然与凛然。在这里，似水的柔情，更多的是一种气节，一种情操，一种信仰和理想。又如近代女子秋瑾，被捕后傲视苍穹，挥毫书下“秋风秋雨愁煞人”七个大字后从容就义。“死生一事付鸿毛，人生到此方英杰”，似水柔情，化作滚滚碧涛，让厚厚一卷家国史因之而熠熠生辉，也让多少须眉失节者黯然失色。

女人似水，还在于她的韵致。这韵致是诗，是明月秋水般的空灵与寂寞。昔年读李清照，从“轻解罗裳，独上兰舟”句起，这样的女子形象就已翩然如梦。总觉得这样的女子，在暗香盈袖间，更能接近水的魂与魄，更能惹人情思。这样的女子，应该是相思并且惆怅的，这样的女子，应该人比黄花瘦，三杯两盏淡酒之间，月满西楼之下，一任水的柔情，在那秋光下独自飘零。再如薛涛，这位唐代歌妓，我也一直把她视为有韵致的女子，虽身在乐籍，却始终清冽芬芳。这样的女子，在一袭红笺上写诗，在一纸相思里做着长长的离梦，她本不属于尘世，而仅属于她自己，她兀自宁静，兀自美丽，她似水的柔情，永远流向时间与生命的幽暗处。

女人似水，还在于她的幽怨。幽怨之于女子，是一种质地，这种质地易碎，却如花朵般美丽。幽怨的女子，向来才貌俱佳。这样的女子，生来就属于尘世，却往往被造化所弄，被尘世所弃。这样的感觉，读紫式部的《源氏物语》

尤甚。读《源氏物语》，最好选在秋天。窗外秋花残月，窗内一灯如豆，在此心境下，那些似水的女子，便能在古典中一一向你走来。比如桐壶、空蝉、葵姬、明石姬……每一个女子，均风情摇曳，却又都独向荒野空月。月影当空，容颜未改，然蓬门秋色，只影清灯，却已全非。今夕何夕，世事一如秋光风露，渺无痕迹。掩卷之时，那似水的幽怨，竟如无期的离愁，让你心惶情怯。

似水的女人，总有绵绵不绝的情思，那情思是爱，也是恨。爱恨之间，一个清艳的女子，往往就已美人迟暮，空叹流年了。少年时喜读唐诗，唐诗中又尤喜深宫怨妇词，比如白居易的《后宫词》："泪尽罗巾梦不成，夜深前殿按歌声。红颜未老恩先断，斜倚熏笼坐到明。"再如王昌龄的《春宫曲》："昨夜风开露井桃，未央前殿月轮高。平阳歌舞新承宠，帘外春寒赐锦袍。"新歌之下，年华犹在，而旧人早已失宠。幽宫深梦，难以成眠。一腔幽恨，因爱而生，爱恨交织。然斯人远去，情缘了了，似水情思，终究只能换取一江春愁，在后世的一纸诗笺上，引人落下几声无踪无迹的叹息。

也有一种似水的女人，虽然幽怨，但她的情，她的爱，更接近世俗，更贴近心灵。如"打起黄莺儿，莫教枝上啼。啼时惊妾梦，不得到辽西"的那个女子，她对于戍边丈夫的思恋，在一个空渺的梦里，流淌成一脉幽幽的泉流，让人怅惘的同时，更觉得一种真实的温暖。不像那些深宫怨妇，总让人觉得冷凝无比。再如孟姜女，因为一份思念，只一声啼哭，就哭倒了八百里长城——虽是一个传说，但这声啼哭，就让我窥见了人世真切的情与爱，那情与爱，就在那红墙灰瓦上，就在每天升起的那缕炊烟中。她不高蹈，不虚飘，她就站立在那青衫布履的日子里，你只需不经意回头一望，双目凝视间，那人世的烟火味，就让你感动不已。

与这种烟火味相连接的，还有一种似水的柔情，她像河一样长，像海一样深。她从日子中长出来，却有着与俗世不同的理想。她只是一个村妇，却希望以她似水的柔情，滋润出尘世最美丽的花朵——我想说的是一种大爱。比如孟母，在为孟子三迁的故事里，她的爱，就是从世俗中长出的奇葩，清香绝尘，余香袅袅。再如岳母，在儿身上刺字，只希望儿子忘掉自我，精忠报国——在这里，似水柔情，已成为铁肩道义。水之柔性，柔到极处，则阔大深邃，泽被心灵。水之柔性，颇多壮烈，"三十功名尘与土，八千里路云和月"，壮志豪情，苍茫行程，全始于水的涵养。

写到此处，我突然觉得忽略了一种女人——她首先是别异的，她不同于世间的女子，她柔情似水，临水照花，美丽得让你心碎，美丽得牵动世界。她自卑又自傲。她是世俗的，却又不食人间烟火。她似水的柔情，堪称最后的古典与传奇。比如张爱玲——这个最后的贵族女子，她自顾自地从民国的天空下走过，她做着一个“死生契阔，与子成说；执子之手，与子偕老”的爱情之梦，她从容而又优雅。只可惜她太单纯，太糊涂，她分不清梦的真假，最终被自己的梦所斫伤。她的似水柔情，最终仅成就了一句感喟——生命是一袭华美的袍，爬满了虱子。她是苍凉的，她似水的柔情，成为一个时代最后的偈语，透着一种幻灭的喧闹与沉寂，让似水的女人，多了层浮华，多了层怨悱，多了层……

似水的女人，就这样让你说不尽，道不完。似水的女人，当你沐浴在她似水的柔情下，你就会觉得她更像一个朦胧的梦。那梦，就静静地搁在你的心上，并且已有了千载或者更远的岁月。

秋风落

秋风吹过玉米地

秋风起了——

最初发现这个秘密的，是那微微颤了一下的玉米叶。

紧接着母亲也发现了。于是，母亲在第一道山垭上停了下来。母亲往后拂了拂被风吹散的头发，然后就喃喃地说："真是秋风起了……"

秋风起处，遍野的玉米林已呈现隐约的微黄，即将成熟的玉米棒尤其显眼。母亲长久地凝视它们，它们一次次勾引母亲深情的目光。每一次，母亲都有掩饰不住的喜悦。

秋风吹过玉米地，发出"沙沙"的声响。纷乱的叶，来回摇曳、起落，一只黑色的乌鸦，在夕阳中扑腾着翅膀，一只山鼠，从一簇豆叶下飞快划过……一块玉米地的秩序，凌乱而且粗粝。

从山垭上上去，再翻过第二道山垭，母亲带着我一头扎进了玉米地。

母亲不断弯下腰去，扒开地上茂密的瓜叶或是豆蔓，认真查看是否已有瓜果长出来，然后又小心翼翼地把叶蔓撸回来。母亲急迫而又失望，小心而又谨慎。秋风一起，对一块玉米地的审视和检阅，就成了母亲最大的心事。

但母亲是很少说话的。穿过玉米地时，我也只是默默地跟在她身后。一块玉米地的起伏跌宕，只默默在她心里蔓延，默默承受。

母亲的内心，在一块玉米地里始终扑朔迷离。

但我知道，母亲带我穿过玉米地，主要是担心果实被盗。

那时候，因为缺粮，盗窃粮食、瓜果蔬菜的事时有发生，尤其是秋风吹起、庄稼即将成熟时特别突出。为此引发的咒骂，几乎每天都会在山野或村里响起，此起彼伏，连绵不绝。奇怪的是，始终没有任何一个小偷被逮着，也没发现任何一个村人具备盗窃的可能性。但当人们聚在一起，总是说自家果实又被盗了，并一致表达了对盗窃行为的愤恨和不齿。仿佛那些小偷，全都来自村外，仿佛村里所有人家，全都是受害者……我曾疑惑地问母亲："究竟是什么人在行盗呢？"每一次母亲都沉默不语。直到后来，当我终于抓住一个

“小偷”后，我才大约明白了母亲沉默的缘由。

后来的一个早晨，当我背着背篓上山割草时，就撞见了一个老人正佝偻着腰、慌慌地扯我家玉米地里的毛豆。老人是村里人，跟我熟悉。我从后面挨近并大声喊了他，他显然被吓了一跳，他呆呆地回过头，手中的毛豆，零乱地掉落下去。突然，他以最快的速度转过身来，双手合十不停地向我作揖，连声请求我不要将此事说出去。最初时，我其实是愤恨的，当我跟母亲不断穿过玉米地，就一直想要逮住一个小偷——对一块玉米地的保护，实际上就是对我们一家口粮的保护。但接着我就心软了，就在他连连向我作揖并苦苦哀求时，我看见了他脸上的风烛残年——沟壑般的皱纹，如霜的鬓斑，营养不良的瘦黑，浑浊而又满含祈求的眼神……我甚至在一瞬间想起了他的生活——他虽然有三个儿子，却都不孝，有时为了一句话，都会挨上儿子的一顿毒打。就在那一瞬间，我决定守住这个秘密。而我突然就豁然开朗起来，似乎窥到了母亲乃至整个村子的秘密。

从玉米地出来，秋风就有些迅疾了。风从我的脸庞拂过，我能感觉到一丝凉意，悄悄爬上来。母亲的额头，已留下了一些狼藉的汗迹，一张玉米叶的碎片，就紧贴在那些汗迹上。母亲再次往后拢了拢长发，再次站在山垭上，深情地凝视玉米地。母亲心无旁骛，一次次喃喃自语：“真是秋风起了……”

让我意想不到的是，紧接着我就听到了母亲一声轻轻的叹息。

母亲跟我提起了长大叔。母亲说：“唉，要是秋风早点起，说不定长大叔就不会死了……”母亲的表情凝重又有几分忧郁。

长大叔是上个月上吊自杀的。原因很简单，当他的妻子为了如何弄到晚上的饭菜再一次冲他吵骂时，他二话不说就把自己吊在了水井边的一棵楸树上。人们发现他时，他的身体已经僵硬，一条打了死结的白布，勒住脖子，僵硬的尸体在秋风中不断晃荡，像一片坠落的叶……

母亲总是让我捉摸不透。只是我多年后才明白，当母亲在一缕秋风中站立，在她内心，一定就看到了一个村庄的生生死死。一个乡村母亲在山垭上的背影，总有一份沉重，一阵阵漫过面目全非的时间与行程。

而我，我觉得必须记下长大叔死时的大约时间和一些背景——他们在一定程度上，不断提醒我对一块玉米地的记忆和审视。时间：一九八三年或一九八四年。背景：这一年，秋风未起之前，小麦被冰雹砸得颗粒无收，许多人家夏日里就断了粮。这一年，秋风乍起时，人们不断穿过玉米地，一方面不断咒骂潜藏在玉米地里的小偷，一方面又小心翼翼地守住各自内心的秘密，然后，都很有尊严地活着或者死去……

一只羊的寓言

我看见了那只羊。沿水碾房穿过那条河流，我就看见了那只羊——黑色的毛，一对尖锐锋利的犄角，从头部钻出来。黑色的四蹄，在湿软的水草地上留下一个个浅浅的桃花印。幽蓝的眼睛，偶尔朝我望过来……秋风如水，拂过干净的云朵和庄稼地，一只鹰在空中盘旋——秋天的高度高而且奇，秋天的秘密一览无余。

我静静地看着那只羊。少顷，它抬起头来，也静静地看着我。现在，它已停止叫唤。对我这个突然闯入的异族，它显然保持了高度警惕。它显然在跟我对峙，满怀敌意。但不久，我就溃不成军了。它幽蓝的眼睛，仿佛一潭冷凝的水波，深不见底，充满诡谲。一层与死亡有关的气息，从那里漫上来，像一抹幽光，快速越过我的内心。我开始恐惧，准备逃离这只羊。

这只是一只羊。一只鲜活的羊。宝珠嫂就在它的旁边，安静地纳着鞋底——宝珠嫂的存在，提醒我这是一只拥有生命体温的食草动物，它与死亡无关，不必害怕。但我还是控制不住自己的恐惧——我想象着它的眼睛，似乎就看见了小光哥死去的容颜。

这是一只即将作为小光哥替身的羊——当小光哥出殡时，他的姐姐以他外甥的名义牵了这只羊来祭奠。小光哥才三十出头，却因疾病死去。在村里，对于夭亡及非正常的死者，入土时，人们都要杀掉一只羊，希望这只羊能作为死者的替身，替其赎罪并承受一切苦难。而这只羊是幸运的，直到现在依然活着，是因为小光哥的灵柩要到大雪来临的冬季才能入土，剩下的这些日子，就成全了它的苟活。

它知道自己身后的这一切吗？

它知道正一步步向它逼近的危机吗？

而我，分明是想起另一个消失在秋天荒冢里的生命了。

事实是，在一只羊的背后，宝珠嫂没有料到。小林幺叔没有料到。那个女人——小林幺叔的妻子更没有料到，这只田野里的羊，竟会成为她爱情和生命的偈语，成为多年后我走进这个秋天的入口。

我不止一次猜想，也许是在一个下午，当宝珠嫂再次赶着这只羊从田野里走过，小林幺叔就看见了她漂亮的背影。也许是在一个黄昏，当宝珠嫂再次坐在某块岩石上，一针一线纳着鞋底，小林幺叔就注意到她穿针引线的优雅，更注意到她失去男人后的孤独与寂寞。也许……总之，在又一个云淡、风清、天高的午后，在水碾房，以残存的半截墙壁作屏障，以秋风为被子，小林幺叔跟宝珠嫂紧紧抱在了一起……

后来路人发现了他们。后来事情就传到了小林幺叔妻子的耳朵里。一段出轨的爱情，很快在村里惹起风波。

小林幺叔的妻子始终不依不饶，除了整天跟他吵骂之外，还四处追着宝珠嫂辱骂和殴打，整个村子终日飘荡着她的辱骂声——她企图通过辱骂，换回丈夫的回心转意。但她终于绝望了，尽管后来她甚至一百八十度大转弯，跪着请求丈夫回到自己身边，仍没有阻止小林幺叔和宝珠嫂的不断幽会。终于，在那个秋天的早晨，她用一瓶敌敌畏结束了自己的生命……

我是亲自抬着她的灵柩送到山上的其中一个。我记得，那个早晨，山野里的庄稼已全部收割完毕，玉米地里的枯草，似乎还在疯长。细碎的菊花开得正盛。细雨秋风中，罩着一层浅浅的雾。一只乌鸦飞过山顶，留下几声空茫的啼鸣。当最后一缕秋风将棺材覆盖，除了她的儿子跪在坟前为她点燃香烛外，再没有一个人为她的死说上什么——她的对于爱情的绝望，对于死的选择，就像一次偶然的出行或者归来，并没引起人们丝毫的注意，并没有谁去探究这背后的寓意——她的爱情她的疼痛直至她的死亡，至多作为偶然的一件事，随着她的入土而终结。

只是，她的死亡，又牵走了另一只羊——在她的坟前，国云大叔手起刀落，锋利的刀刃又狠又准切进羊的脖子，一串殷红的血，洒落在秋天的墓碑上，仿佛秋风中朵朵绽开的梅……

只是，这只还在苟活的羊，它是否知道，从它开始，直到每一个秋天来临，在秋风中，我都将注定想起一只羊的身影——一只羊背后的寓言或契约，必将像秋风的行迹，一次次在我心里升起，又落下……

女人与钥匙

多年后，在一缕秋风中，我总会想起一个女人，还有一串钥匙。

想起那最后的场景——在一个秋风如鼓的黄昏，一个女人的死亡，让一串充满锈迹并且神秘的钥匙第一次赤裸地暴露在人们眼前。一串钥匙背后的好奇和怅惘，一起构成我多年的心结。

那时候，整个村子一片沉寂。只有如鼓的风声，不断肆虐。天禄大公拾起那串钥匙，在秋风中摔了摔，金属的碰撞声就响了起来。只是声音有些沉闷，像是远年遗落下来的几声叹息。斑斑锈迹让时光和往事变得无限遥远——

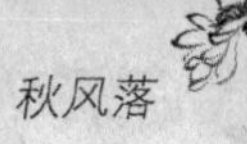

面对一串陈年的钥匙,天禄大公最后摇了摇头,然后将其扔进了火堆。

这个女人,她是我的邻居。从我认识她开始,一直到她死去,她留给我的印象,始终是苍老的——面色枯槁,皱纹遍布,没有血色。只是在这样的容颜下,却依稀透出美丽的轮廓与痕迹。在我的记忆中,这样的容颜一直没有多大变化,在几十年的时光中,她始终以这样的姿态,与岁月相对峙。这让我很觉得奇异,几十年的风霜,竟不能摧毁她一丝一毫的容颜,这是否缘于一份内心的坚持呢?

在村里,她一直是个奇异的女人。没有谁知道她的姓氏和名字,人们都称呼她“婆婆”。她一直寡居,很少跟人来往,很少说话。只喜欢一个人静静地在太阳下坐着,仔细拾拣着豆子之类的东西。她总是把自己收拾得干干净净,她苍白纤细的手指,每一次拣完豆子之类的东西后,都要伸进水盆里清洗——这一直让我们一帮小孩觉得奇怪,整个村里,她似乎是唯一一个讲究卫生的“婆婆”,除她之外,我们看到的,都是一些蓬头垢面的老太太,她的与众不同让我们对她有着无比的敬畏。为此,我们几乎是不敢靠近她的,只远远地站着,有意识地躲着瞅她——在我们心里,她一直是个谜,年幼的心总会因此产生强烈的好奇。

但有一次,就在我再一次悄悄把目光移向她时,她的目光也刚好落在我身上。四目相撞的刹那,我忍不住打了一个深深的寒战。在午后的阳光下,她苍老的目光没有一点生气,冷冷地、孤寂地,似乎充满了哀怨与颓唐。但我分明看到了隐藏在目光里的火焰,朝我射过来,顷刻间摧毁了我所有的防线。

她所居住的石板房,与我家的老屋仅一墙之隔。那是一间简陋的屋子,除了一扇竹门、几张桌凳和锅碗瓢盆之类,再没有什么家具。那幢石板房,除了一个细小的石窗之外,再没有光线的入口,整个房间阴冷而幽深。在她生前,她似乎很少离开这间屋子,远方对她而言,似乎并不相干。只是在太阳下坐着时,在拾拣完豆子之类的东西时,我们就会看见她慢慢地从腰间掏出藏好的一串钥匙,独自摩挲后,就抬起漂浮的目光,呆呆地望向远方,然后就看见她用手去抹眼睛,于是就猜想此时的她一定有泪水滑落下来……

这个细节,让她的身世充满了神秘,也一度激起了村人各种有趣的猜测。

在猜测之后,人们一致传说,她曾经是一个国民党军官的姨太太,并说这串钥匙就是她作为姨太太时的物具。在对一串钥匙的保存和怀念里,有她至死不渝的一段爱情……

遗憾的是,已经没有谁知道事情的真相了。

只是这个故事总让我有一种叙述的冲动。多年来,我一直在想,她为什么一定要选择这样的幽居生活呢？她究竟从哪里来？为什么落脚在这里？在她一如死水的内心中，究竟埋藏着怎样的一段往事？

但这些显然都是徒劳了。实际上，从那个秋风如鼓的黄昏开始，关于这个女人，还有一串充满锈迹的钥匙，都已经不重要了。当秋风落下，人生的游戏悄然闭幕，一切的往事，都已经无足轻重。

不过，多年之后，在一缕秋风中，我终究还会想起她们。我甚至会因此做一些离奇的梦。在梦中，一串钥匙和瘦长的指头，连同一个苍老女人的影子，以一个风干的背影，在迷离的光影里不断拉长，不断收缩，在奇怪而夸张的影像里，仿佛不断呈现时间与生命的某种真谛……醒来，就会有一滴莫名的泪，让我想起时间的强悍与一个人内心的柔弱。

九月的内心

目击众神死亡的草原上野花一片
远在远方的风比远方更远
——海子《九月》

进入九月,我就有点忧郁了。

窗前的桂花,未及开得繁盛,就匆匆地谢了。这与去年的景况,相去甚远。去年的桂花,不但开得精彩,花期也长,几乎贯穿了整个秋天。看来,花与人,从本质而言,或许都是一致的。去年今年,并不一定岁岁相似。

我这样想的时候,秋天其实已过去一段了。

秋天是悄悄从窗外爬上来的。因为隐秘,我几乎没有在意。我每天都隐伏在窗内,窗内是一张办公桌,一台电脑,一台饮水机,一个铁皮柜,还有一张沙发,两把椅子,一台电风扇。它们一起构成我的日常,有点琐碎,还有点漫不经心。每天,我跟我的文字一起在它们之间行走,有时也停下来,随便看看窗外——就在那随便的一望里,有一天我突然发现秋天已爬到了桂花头上,并经历了一次轮回。我先是一惊,接着就若有所思了。

但这与九月的到来有什么关系呢?

与我的忧郁有什么关系呢?

进入九月,我的生活秩序并没有改变。除了在窗内隐伏外,我也会出去走走。比如有时候怀揣了一张稿费单,下完县委大院的石梯,再穿越滨河路的斑马线,最后闪身入邮局。邮局的姑娘早已视我为熟人,我取稿费时,不用出示身份证,让围在柜台前的人们很觉得羡慕,也或多或少满足了我的虚荣心。尤其是有一天,当姑娘端详一阵稿费单后,再用明媚的目光看着我,并明确地向我表示崇拜时,我几乎就飘飘然了。我甚至有点想入非非,觉得如果时光再倒流十年,或者十五年,因为稿费单,必将在邮局发生一段爱情故事,可能还会演绎成小城最动人的传奇。

但我很快就沮丧了。我很快明白,九月的邮局,让我颇有点像那个堂·吉诃德或者阿Q。说句实话，在读《堂·吉诃德》时，我总一次次想起阿Q。我甚至有一种错觉，觉得从本质而言，他们仿佛是同一类人。在他们那里，一份内心的向往、满足甚至自我炫耀，更多时候都埋藏着幽暗的人性。好在我们都习惯了麻木——我一直怀疑每一个自我标榜的清醒者，在时间、空间、生命、情感，以及所谓理想与价值的纠缠中，保持清醒的窥望是多么奢侈的事。这样一想，我忽然就兴奋起来——这样的思维方式，或许就藏着生活的某种底色？

不过，这仅是一个小小的意外。在九月，我更多时候是埋下头来，很少有人来打扰，我只是静静地在一些纸上沉潜。很多时候，我都把纸比喻成海和水，把自己比喻成鱼，我一直把这样的关系理解成一种诗意的栖居。这有点像荷尔德林与大地的关系。我甚至不止一次自鸣得意。我有时甚至幻想在某个午后，一按动键盘，就写出如"自从人类成为交谈／能够聆听彼此的心声／我们学会了许多东西／唤出一个又一个神灵"这样伟大的诗篇，幻想面对精神的丛林，我跟荷尔德林保持了同样的姿态。

但事实是，一进入九月，我半个字也写不出来。

气温在不断下降。风瞬间成为时间与身体的临界点……这样的细节很让我感动。关于转折——我一直认为它是个充满深度的词，它蕴藏了时间全部的秘密。关于九月——季节在此完成的转身，它像一根小小的琴弦，分明拨动了我的某种情愫。

我承认，当我继续隐伏在窗内时，的确就有略略的忧郁——眩晕甚至是神秘的忧郁，沿着文字交叉的小径，进入我的内心。

好在后来，我陆续接到了电话。那些电话，让我感到真切与踏实的一面。关于电话，在这个九月，我不得不多说两句。在我看来，这些电话，颇有点像诗人海子在九月里的感觉——比远方更远……

为什么这样说呢？

……那的确是一个非常奇诡的夜晚。在几颗星子的照耀下，普里什文的北方正在纸上闪耀着诡谲的色彩——庄园渐趋凋零破败，岁月在金灿灿的落叶中流逝，一天的时光行将结束。一条长长的林荫道撒满了飘落的枫树叶，林荫道的尽头，在盘绕着野葡萄红色藤条的台阶上，蹲着一只兔子……这是一个秋天的日落时分，但我固执地相信，时间一定在九月，只有在九月，一只神秘的兔子才可能呈现如此的衰亡之美……第一个电话就在此时响了。

电话来自遥远的四川，一个从未谋面的文友。我们认识已有几年，但交往仅限于网上，再近一点就是互相发过几次短信。电话乍响时，我一下子就从那缕诡谲的色彩中抬起头来。我们不可避免地谈到文字,后来还谈到我多病的身体——文友是个医生,他曾经写了住院部的系列散文,不断用文字解剖身体的每一个细节,在一阵阵的疼痛中构筑内心的神殿。电话把我从夜的奇诡里拽了出来——这有点像一个梦境,梦醒时,总有一些恍惚,爬满心头。

再后来,在安顺的某个午后,因为等待一个朋友的婚礼,我躺在九号包间的沙发上,翻阅着刚刚获赠的《不存在的分界》。这是朋友新出版的散文集。朋友是博尔赫斯的铁杆粉丝。三十余篇的文集里,就收入了近十篇阅读博尔赫斯文章的感想。朋友是六十年代生人,算起来,他跟博尔赫斯一起在这个世上活过十七年——这让他觉得很有些迷幻。在时间与空间、感情与生命的纠缠中,他似乎从博尔赫斯那里找到了一条出路。这很有点像博尔赫斯自己说的那样:“……要想逃避它,只有一条出路,那就是做梦。我们梦见这个坚不可摧、玄迷深奥和清晰可见的世界,它无所不在,无所不有……”现实的庞大与内心的弱小,让朋友一次次陷在时间的旋涡里不能自拔……第二个电话就在此时再次响起。

电话来自遥远的甘肃,亦是一个未曾谋面的文友。更让我惊喜的是,紧接着,电话那端又换了另一个文友。他们正在对饮,对饮时就想起了我。他们长居西北,从西北到西南,他们跟我各在遥远的远方。几年来,以文字为桥,我们始终不离不弃。我很激动。从普里什文的那个夜晚,再到博尔赫斯的这个午后,这些文友,竟然不约而同地给我打电话——这可是九月之前从未有过的盛景。之前,关于文友们的生活,我仅能从他们文字的气息里去感受。在更远的远方,他们真实的生活场景,真实的内心气息,我只能在文字中想象与寻觅。但在这个九月,电话却拉近了彼此的距离——九月的到来,让更远的远方一次次变得真切、实在而又温暖。

电话还在继续。只是电话接通时,一个陌生的声音就直截了当地说人已到关岭,特地来拜访我。他来自远方,一个文字爱好者。在他看来,在文字的路上,我走得比他更远一些。那天晚上,我请他吃了关岭最出名的花江狗肉。但他显然没有吃兴,倒是一次次提起文字——看得出,对于文字,他是真正的虔诚者。这让我很觉得羞愧。我不得不再次想起博尔赫斯——在九月早些的时候,我偶然地读到他的一句话——文学只不过是游戏,尽管是高尚的游戏。我那时显然是沮丧的。关于文学,退而到文字,它究竟有何意义呢?在博尔赫斯这里,文字其实是最荒诞的。但这仅是我内心的秘密。在这个九月的夜晚,明月如镜,秋风高悬,文字映照岁月与生活——在以文字为主题的对话里,我又如何能扫初次谋面的朋友的兴致呢?

不过,所有这些,与真正的九月,真正的我的内心,似乎都有些遥远。

事实是,当我再一次隐伏在窗内,当我写不出半个字,我惦记最多的还是我的父亲。进入九月,父亲的颈椎病越来越厉害,疼痛让他整夜整夜地不能入睡,他甚至只能借助沙发的靠背承载头部的重量。曾经厚实的肩膀,在不能承受一颗头颅重量的瞬间,很快就塌了下去。这让我想起一株庄稼在秋风中枯萎的姿势。父亲曾经很好强,但现在,来自颈椎的疾病让他变得脆弱无比。躺在沙发上,他甚至提到了死亡,他说他的时间大概不多了,并说自己栽了几盆月季,让我们兄弟姊妹各抬走一盆做纪念……

父亲是真的到了暮年。只是这样的光景让我觉得快了些。父亲才六十四岁,在我内心,我想应该还有很多时间属于他,他可以在悠长的时光中看着他的子女慢慢老去,看着他的孙子慢慢长大……但是,我显然忽略了父亲正一天天抵达老境,忽略了对他的关心,甚至是一句捎带的问候。我在我的窗内不断隐伏时,在我的文字里不断行走时,他却独自在村里的老屋,一个人向着死亡的方向独自承受。我想我终究是一个不称职的儿子,甚至是不孝的儿子,在对父亲暮年时光的一份忽略里,我的愧疚,让我在这个九月第一次触摸到深切的悲凉与疼痛。

父亲一定是看到了死亡的出口——那里会是怎样的场景呢?当他让我们抬走他亲手栽培的月季做纪念时,他究竟想起了什么?我不敢想象。在九月,或者更早的时候,关于死亡,我牢牢地记住了路易莎·梅·奥尔科特说的"爱是我们去世时唯一能够带走的东西,它使得死亡变得如此从容",这话一直让我动容。我一直想,关于死亡,或许真正能够为之见证的,的确仅有爱,爱能涵盖一切,成就一切——在速朽的肉身面前,只有爱才能抵达永恒。

关于死亡,除父亲外,在这个九月,我觉得还有话需要说说。

一进入九月,跟死亡有关的消息,总是一次次将我裹挟。

先是我的邻居——一个五十多岁的妇女。此前,因她儿子欠了很大一笔赌债,她被迫外出打工帮助儿子还债,一去几年没有消息。但那天,我突然看到她在城内村委大楼前摆了个卖酸菜豆汤的小摊。她先跟我打了招呼。她说她刚回来。我问她还去打工不?她说外面工不好打,回来摆个小摊算了。第二天再见她时,她正跟另一个邻居为了争摊位大吵不止——言辞激烈,甚至就要动起手来……就在当天下午,当我再一次隐伏在窗内,再次对着凋谢的桂花若有所思时,妻子在电话中告诉了我这个妇女突发脑溢血死亡的消息。关于她的死亡,一个很有点意味深长的链接是,就在她入土后的第二天,当我再次经过那个摊位,就看见那天跟她大吵的妇女,又跟另一个邻居吵了起来……围绕一个摊位,她的死亡,还有邻居们接着的争吵,让我在这个九月,总有一些感慨。只是那感慨,我无法说出,说出了又有什么意义呢?

接下来是我朋友的妻子——一个三十出头的女人。此前,她并没有任何生病的预兆与迹象。此前,她还在另一个逝者的灵堂前守夜,还在麻将桌上眉飞色舞。没有谁会预料到,死神会突然间夺走她的生命。她是在晚上入睡时悄然死去的,就连睡在身边的丈夫也丝毫没有觉察。只是,当朋友第二天醒来,妻子已成为一具冰冷的尸体……还有同事的女儿,一个仅十岁的孩子,没有跌倒,也没被硬物撞击,但突然就颅内出血,直到现在,仍躺在省医院的病床上,向着死亡的方向离去或者归来……

还有……但还是不说了。我知道,在这个九月,从文字到死亡,一些忧郁的场景,一起构成了我的内心。它们与灵魂最近,接近神祇。而我更相信,在九月之外更远的远方,在一缕遥远的风中,时间终究是一种虚无的存在。唯有生命与爱的话题,必将成为留在纸上的温暖或忧伤……

春天的偈语或寓言

这个春天,我想得最多的就是关于死亡的话题,死亡的气息,死亡的味道。死亡——这个黑色的词(我认为它是黑色的,在形式上接近一种虚无),它像是一种旋涡——寂灭的、充满荒诞的圆,在我的眼睛里,在我的头发上,在我的身体里旋转。它像一个场——时间和空间的某种缩影。它甚至让我突发奇想,想起苦扁桃的气味,死亡的气味。想起乌尔比诺医生的气味。马尔克斯就是马尔克斯,一开始就为我们营造死亡的气息,包括爱情,爱情其实也是一种虚幻,一种寂灭。在那个霍乱流行的时代,爱情最终成为一种偈语,或一种寓言。

这或许就是死亡的形式。死亡的气味。这个春天,从注视一朵绛紫色的豌豆花开始,死亡的气息一直弥漫在我的内心。那时候,午后的阳光落在一对翩然飞过豌豆花的白蝴蝶上,它们转着优雅的弧线——它们似乎在为这一刻的阳光而生,而灭,它们似乎在这里地老天荒,短暂抑或永恒地相守或相离。那时候,除了注视一朵绛紫色的豌豆花在阳光下的幻灭之外,我还看见了地坎上绽开的九米光,那是一种黄色的花瓣,有点像菊花,秋天的菊花。它们一直在疯长,像一条流淌的河流,漫过豌豆花以及我的内心。那时候,由这些花朵,还有那一缕若有若无的苦扁桃的气味,我真的就嗅到了死亡的气息,死亡的味道。在春天的阳光下,它们显得真切无比,我显得真切无比。

那时我刚刚读完马尔克斯《霍乱时期的爱情》。这部小说我从冬天一直读到春天。那时候我几乎不上班,总不见好转的疾病一日日在我体内变本加厉,我整夜整夜的睡不着。我一边想象着一场迟迟不来的大雪,一边读着霍乱时期的爱情故事。我不知道是否读懂了它,但我无疑记住了那苦扁桃的气味,死亡的气味——这甚至是我唯一记得的阅读细节。它虽然与整个故事无关,与马尔克斯想要表达的题旨无关,但它依然像一个黑色刻度,爱情的偈语或寓言,让我在春天的某个午后想入非非。

这当然是马尔克斯和我自己的方式。其实,我知道,当我开始注视那朵绛紫色的豌豆花起,我就知道,在马尔克斯和我之外,还有一些生活中的死亡事件,一直如影随形,占据我所有的时间和空间。它们同样像一种偈语或寓言,让我在这个春天无比孤独和脆弱。

所不同的是,现在造成死亡的凶手并不是霍乱时期的氧化金和那一只会说话的鹦鹉。现在的凶手仅仅是一堆水泥砂。它们离我们很近,不像氧化金和鹦鹉,它们似乎不能构成偈语或寓言的叙事特征,它们仅是生活中的日常,比如一朵豌豆花或者一缕阳光。

那是一种暗绿色的物质,是生产水泥必需的原料。它们就堆放在水泥厂旁边的宽阔地带上。它们拖走了又运来,也就是说,它们在这里已经堆放了很多年。它们在这里,跟从这里走过的人们从来就相安无事。除了参加制造水泥的属性外,它们几乎与尘世再无什么瓜葛。但关键是,在这个春天里,它们却被几个小孩强加上了凶手的恶名。事件缘起于一次平常的游戏。几个小孩先是选定这堆水泥砂作为游戏的道具,其中两个小女孩仿照电视里的某个镜头,在水泥砂中挖了个洞,然后派出另一个小男孩饰演"英雄"钻进去侦察"敌情",结果塌下来的水泥砂就这样杀死了那个小男孩。水泥砂就这样成了凶手。围绕一堆水泥砂,死亡背后的荒诞与离奇就这样生长成这个春天的偈语或寓言。有关小男孩死亡的各种传闻让一堆水泥砂在春天里无限扑朔迷离。

小男孩的父亲是个小车司机。听说就在小男孩被水泥砂杀死的瞬间,他正好在给小车加柴油。加满整箱柴油后,他才发觉应该加的是汽油。他并不认为这种过错是他瞬间的糊涂,他始终坚信一定是这个春天的某种预言——他说,就在那瞬间,他接到了儿子死讯的电话。后来他还去算了命。算命先生说,这不怪他,也不怪水泥砂,更不怪这个春天,只怪儿子跟他无缘。儿子的死亡,是迟早的事。一切都是那样的神秘。好在他跟他的妻子,都相信了这种预言和宿命。相信了一堆水泥砂和这个春天的无辜。

而朋友S的死亡,则在这个春天生长成另一种偈语或寓言,生长在我日渐孤独而又脆弱的内心之上。

S刚提了正科级干部。S提正科级的目的只是为了涨工资。但让S预料不到的是,S得到的正科级却是事业单位的职务,工资不但不增,反而降低了好几百元。而为了提这个正科,S托人找了很多关系花了很多钱。于是S踏上了漫漫的上访路。于是S终日心烦无比。我不知道是不是这种心烦加速了潜藏在他体内疾病的恶化。总之当这个春天来临,S被查出了胃癌。而且在确诊的那一瞬,S当场就软瘫了下去,软瘫后的第二天就死了,死时刚好四十岁。死后的S当然忘记了级别和工资的事,但活着的朋友们却记住了。

在S的灵堂前面,这种记住生长成一种淡然、超然,一种安静与宁静。但这种记住又很快随S的入土而终结。很快,关于级别和工资的事,又成为朋友们热衷的话题,生长成得失之间的欢喜或沮丧。但让S不知道的是,在这个春天,当我开始注视一朵绛紫色的豌豆花时,关于S的死亡,关于S的另一种偈语或寓言,就已注定跟苦扁桃的气味一样,随时贯穿我的每一寸肉体,及至心魂。它并不迷离——在一起简单的死亡事件以及事件背后的寓意,它透明得就像那对白色的蝴蝶,在阳光下清晰如初。但它似乎又是混沌的,在这个充满了死亡气息的春天,它又仿佛某种偈语或寓言,一次次照亮我们复又让我们感觉一片漆黑——我们原本是迷失的一群,我们并不知道这个春天的方向。

好在这些都与霍乱时期的爱情无关。与苦扁桃气息下的死亡无关。与马尔克斯和我无关。与乌尔比诺医生的气味无关。与绛紫色的豌豆花和黄色的九米光无关。与氧化金和鹦鹉无关。与某部虚构的小说无关。与爱情无关。与阅读无关。它们充其量作为这个春天的某种过程,跟我们偶然相遇,然后,互相忘却。

这便是我们的方式。在这个尘世的某个入口,死亡之外,我们就这样生活。至多有时候,我们会被一些奇怪的念头所缠绕,及至让我们感觉到生命的怪诞,还有不堪一击。以及荒芜。

羊和剩下的事情

一

我看见了羊。透过被雪花模糊的车窗，透过黄昏，我看见了羊。黑色的羊，五只，或者更多。它们一起横躺在山冈之上，它们倒在乱石堆上，一片狼藉。雪花落在它们身上，冰冷或者疼痛，它们已失去知觉。剩下的事情，已经与它们无关。体内凝固的血，未及溅出的血，还有散开的瞳孔，已远在这个冬天之外，在我之外，在所有剩下的事情之外。

它们最早做了这个冬天的殉葬。但没有谁在意——殉葬，这个悲凉沉重的词，我内心喊出的词，并没有谁在意。整个车里的人，他们都在忙着一个虚构的玩笑，包括我，我甚至是那个玩笑的主角。一只羊，或者是五只羊，更多的羊，它们的死亡，其间的过程，比之那个关于爱情的虚构，简略得多，及至可以忽略。

但我还是说，停车，我要看羊。我站在山冈之上，四野岑寂，只剩下雪，洁白得接近灰暗的雪，在山冈上肆虐。这是多年后突然而来的第一场雪。这里是低热河谷地带，已经有好多年，雪没有落过。同行的村主任说，这是罕见的雪，突然的雪，领导们没料到，我们也没料到啊。村主任不知道我为什么要看羊，他知道我是个写字的人，他怕我把这件事说出去。他一直在回避。他说，要是预料得到这场雪，他们就不会去争取这个项目，领导也不会落实这个项目。这是省里的扶贫点，他真不知道该如何汇报这些羊的死亡……要不是这场雪，要不是大批的羊被冻死，效益也出来了。他接着说，他不断重复。他弄不清我为什么要看羊，不知道我的文字，究竟与什么有关。

究竟与什么有关呢？雪在肆虐。纷纷扬扬的雪，像是一种过程，来自时间之外，最后又消失于时间之外。山冈，乱石堆，还有羊，还有我，还有这个苍茫的黄昏，我们在这里，仅是瞬间的存在，终将被雪淹没，并消失得一丝不剩。我的前生是一只羊——我说，这是我朋友文章的标题。作为一只羊，我无法预测自己的未来，无法打量这个世界——我仿佛记得，自从读了这篇文章后，我就记住了一只羊，记住了自己的前生与今世，记住了危机四伏。当羊群穿过，一只，或是五只，或者更多，当它们从雪地和乱石堆穿过，我就仿佛窥见，那些陷阱，那些蛊惑的冷酷的不确定陷阱，就像一座座坟墓，等待着将它们埋葬……我说，你们知道吗，此时，我似乎就是这五只羊中的一只，也许它的今生就是我的前世。通过雪花埋葬的过程，就是自己的过程……

但我究竟想到了什么呢？雪依然在肆虐。黄昏依然在逼近。剩下的事情，究竟是什么呢？我站在山冈之上，不断抚摸自己的内心：粗糙、弯曲，如同手掌上的纹路，那是时间的皱褶，起伏绵延。我感觉到了忧伤。我其实已好久没忧伤过了。包括那个暴雨如注的夜晚，当我坐在那扇雕花木窗下，当我静静守着外婆的灵柩，遥想着凌晨即将埋葬外婆的山脉，包括昨夜，当我在一本散文杂志上读到一个作者回忆他三哥被制砖机吞噬，最后仅剩小截身体端坐机身之上的画面时，我都没有忧伤。我曾一度让自己在平静的内心里居住，生或者死，我企图在平静的审视里，完成某种深化和升华。但我现在分明感到了忧伤，在这个远离村庄的黄昏，在乱石堆上，我分明感到那些沉寂已久的忧伤，再次复活，并逐渐风起云涌……

是与羊有关吗？一只，或是五只，或者更多……那么，剩下的事情呢？是继续村主任的忧虑，还是继续我自己的话题？……雪还在肆虐，仿佛要把所有不协调的颜色吞没。也许，只有雪才知道。

二

猎豹依然在山冈间穿行。我们蜷缩在猎豹之内，猎豹的越野功能，让我们欣慰而又心安理得。我们丝毫不用担心——开车的司机说，要是换成桑塔纳，早就抛锚了。但猎豹行走，乱石堆、泥泞地，还有路上的冰冻，都不能构成它的障碍。司机接着说，你们完全可以放心开玩笑。司机不再说话。柏问他为什么不说话。柏说，我们好像是小学同学。司机说，是初中同学。那为什么不说话，不开玩笑呢——柏说，你其实可以随意些，这个车里坐的，都是先前的同学，或者后来的同学，等量代换后全都是同学。但司机只是说，路凹凸不平，又有冰冻，又有雾，能见度很有限，他必须集中精力配合猎豹。他很幽默。他是我们临时请来的驾驶员，一个很称职的驾驶员。

柏是我们的同事。她坐在副驾驶的位置。她不断回过头来。我们玩笑的话题,总是与她有关。她是车内唯一的女性。出发时,领导特意把她作为指标分进我们的猎豹,说是奉行男女搭配干活不累的工作原则。她的到来一开始就充满了玩笑色彩。她的到来,让我们忘记了一只羊、五只羊或是更多羊的死亡——来自异性的玩笑,远比羊更实际,更重要。消弭,我说,也许这个冬天的经历都不重要,都会被一个偶然的玩笑所消弭。我当然是在心里说,我不可能在嘴里说,说话所用的方式,还有语言,是要讲究场合的。但我还是对她说了——柏,一进入猎豹,一看见你,我就忘记了所有的事,包括羊的死亡。我说的是实话,我的确忘记了羊的死亡,我至少是努力着想忘记这事, 只是我的缘由分明带着玩笑的成分。你们啊——柏开始说。玩笑从此开始……

我们开始虚构。柏是个单身女人。三年前,或是两年前,柏的男人死于一场车祸。就在发生车祸的头天晚上,柏的男人还跟我们玩过麻将。就在发生车祸的前两个小时, 柏还跟我们坐在办公室开一些不着边际的玩笑。但接着, 柏就在高速公路上哭成了泪人。我和石一路护送她男人的尸体回到小城,后来又亲自把尸体抬进棺材……后来,我们总在不经意封藏这段往事,对于柏,对于我们,我们总在虚构一些与此无关的话题,总在维护内心的一份善良和美好。但后来,再后来,我不得不承认,再后来,在虚构的故事里,开始出现一些与此相悖的玩笑——消弭,在时间的流动里,柏的男人,柏的男人的死亡,已经遥不可及,朦胧无比。我们没有再提起他,柏没有再提起他,此时的封藏,已经在本质上接近遗忘……

我们继续虚构。我说,我准备构思一篇小说,准备把这一段玩笑的时光写成文字。把柏、石还有我,还有整个车内的我们,一起写进小说。我准备虚构一个故事,与爱情有关,与玩笑有关,把柏、石还有我塑造成故事的主角——一个老套却真实的三角故事。我说我喜欢这种结构,只是无法知道故事的收尾。我该怎样收尾这个故事呢?——我开始虚构。玩笑再次开始……

我最后究竟跟谁呢?是你,还是石,或者其他人——柏说。柏回过头来,柏对我说,如果按照你的真实想法,你会让我跟谁?……柏开始笑。我们开始笑。我们已彻底忘记了一只羊、五只羊或是更多羊的死亡,我们甚至忘记了此行的目的——到那个叫做炭山的村庄慰问贫困农户,在那里,乡政府早已通知的两户贫困农户,很早就等在了那里,等着接过我们递过去的现金、棉被与大米……我们的笑,与他们无关。但他们会说些什么呢?他们的话,与我们的玩笑也有关吗?

不知道。那么,虚构的或真实的,是否能成为我们通往内心或者外物的路径？那么……窗外雪花飞舞，猎豹在吐出一声猛烈的叫声后，箭一般冲上前面的陡坡，然后继续疾驰而去。

尘埃上的花朵

一张请柬

某日，一张请柬自书页间落出。

请柬为红色。只是那缕红，布满浅浅的皱褶，并染了薄薄的尘灰。很容易让人想起一道幽居的目光，蓦然间从幽暗处显出来。

惊讶的同时，发现此柬是女儿满月时所制，上面还赫然印着某朋友的大名。朋友的名字已泛黄，落下的时间却清晰可见。

突然就想起了女儿。

从此柬制成，再到尘封，到重新面世，七年光阴早已倏忽而逝。女儿也从拳头般大小，长成了一年级学生，并初露婷婷之姿。七年光阴的路途，一个人的长大以及一张旧年的请柬，总能引人感慨。

遥想七年前，女儿呱呱坠地，其时我已近而立。我属晚婚，而立得女，自是欣喜若狂，迫不及待就制作了请柬，总想将这份幸福与亲友共享。一张请柬，蕴含了人生的诸多情愫。

我从文多年，码字无数，但多留下遗憾。倒是女儿，我深觉是最满意的作品。每每想起女儿，尤其潦倒失意之际，我总是欣慰。女儿这件作品，总觉得贴心、温暖，一切文字与她比起来，均要逊色三分。

想女儿初学说话，第一声便喊“爸爸”，让我幸福了好久，也让妻嫉妒了好久。及至她能独立行走，及至能跟我逗玩，每一个脚步，我无不紧跟其后。我是把自己的光阴，紧系在了女儿身上。

我还曾两次撰文，将女儿的成长点滴写成文字。一是三岁时，二是五岁时。凑巧的是，两篇文章都发表在《岁月》上。“岁月”这两字，向来合我意。岁月之下，其实就是时间，就是生命的路途。女儿的故事在《岁月》发表，想来也该别有一番意义。

坐在椅子上，叫女儿过来，把此柬的故事说与她听。她不懂得我的用意，只是一直在笑，最后还说了声“不好玩，不看了”，就溜了过去。她毕竟只有七岁，一张请柬上的时光，跟她隔着很远的距离。

抬起头，院子里的美人蕉落下来，地上一片红。想想昨夜的风雨，该是迅疾的那种。阳光下，风雨的划痕依稀可辨。突然就有了些怅惘，想那痕迹，或许就藏着时间的秘密？

想着，随手就把请柬放回了书页。至于原因，我暂时倒还没想清楚。

旧杂志

酷暑夏日，清理旧杂志。

杂志种类多，约二十余种。刊名如《读书》《人民文学》《天涯》《书屋》《散文》《散文(海外版)》《散文百家》等，也算琳琅满目。远的在十年前，近的在前两月，整整三排，占去书架很大空间。

清理它们，只因书架愈显逼仄，想丢掉一些，给新书以容身之地。先是一册册翻出来，摩挲良久，又一册册放回去。有的封面已然破损，内页泛黄，但还是不忍丢弃。倒是一些书籍，被毫不留情地剔了出来。

我订阅杂志，始于一九九二年。那时我在村小任教。乡间的日子多寂寞，而且悠长。为了打发一份无聊，在看了邮差丢下的报刊目录后，一口气就订阅了《民族文学》《诗刊》等刊物，以至于有人误认为我心怀文学的理想。再后来，我真的就爱上了写作，订阅刊物也成了每年必办之事。最多的年份，刊名曾逾十种，还让同事大大吃惊了一回。

有几年，我不断地更换单位。每到新住处，带的东西都在变，唯有旧杂志不变。但每换一处，杂志总要遗失一些，使我深觉可惜。直到后来定居下来，有了自己的房子，杂志们才免遭遗失之难。

杂志虽旧，我却常会翻阅。或于某个月夜，一袭月色从北窗斜斜落下，或于某个风雨的午后，把窗帘拉上，打开那盏节能灯，一任风雨从窗外滚过，只身靠近书架，随意抽出一本，翻到某页。文字虽远了些，那份情感，却历久弥新，仿佛就停在心肺的中央。若是刚好翻到自己或朋友的文字，一份亲切，更让你爱不释手。一个人立于书架下，陈年墨香中，总能寻到一份贴心的意趣。

当然，更多的时候也只是随便翻翻。一册在手，一目十行，纸张飞速从手指间流过。目的并不在看书，只为一种心情，把心放在那里，总觉愉悦且踏实。有时还以此为傲，窃想古人爱书，亦不过如此。于是恍惚自喜，深觉自己持卷向心，月明风清，古意悠然，及至盈身，实是生活的妙境。

不过我要声明，虽然爱，杂志却是可以送人的。若是有朋友中意某篇文章，我会即刻拱手相送。在我看来，文字是需要知音的，只有在知音那里，文

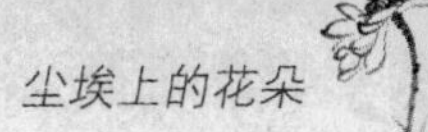

字才算有了归属。

写到此,蝉鸣声骤响。窗外有清风,酷暑渐消。怕是那蝉与风,也懂我心思了?

手写书信

初秋某夜,突然停电。燃起一烛,在烛下翻阅旧年书信。

书信为手写,内容很杂,但可分为两类,一类为同窗所写,另一类,有点不好意思,竟然是情书。

不管哪一类,时间均已久远,有的甚至远在二十年前。信笺都已发黄,墨色已褪,唯有那字,却似乎还透着体温,散发着脉脉的体香。

久不手写书信,相见之下,精神不禁为之一振。加之数字时代,笔墨消失,只怕这信,就成了古董,所以还有了珍视的意思。

窗前桂树,已隐约有花飘香,香气飘进来,幽幽的沁人心脾。只可惜香气经过处,缺一百叶小窗,否则将会另有一番情趣。

西北角的天空,一弯残月,模糊如泪痕。倒是有几颗细而亮的星子,闪烁其上。一片暗黑中,看不见云色流动。窗外静寂,只有纺织娘一只,似在院子前面的小山上独自鸣唱,很有些落寞的意味。

烛光幽暗,偶尔还会随风摇曳。看那光影飘过信笺,颇有几分诗意。加之那发黄信笺,有几张还明显被雨滴弄湿过,斑驳凸起,岁月不居。低眉凝视之间,突然就来了叹息。清灯黄纸,秋花残月,想来并不为清幽之地所独有。

及至展读,内心不免尴尬。

同窗之信,大多言及青春愁苦,怨艾切切,想来真是应了为赋新词强说愁那句古诗。也有三两心怀鸿鹄之志者,做出仰天大笑出门去的决绝状态,让人想起年少轻狂的懵懂和莽撞。

至于情书,倒想多饶舌几句。

情书为我所写。至于写给谁,还是不说的好。措辞一般,却极度抒情。山盟和海誓一类的词语,布满纸页。背着妻子悄悄读过,觉得脸上漾起羞红。想当时那份心迹,还有那稚拙之笔,真恨不得寻个地缝,一头钻进去。

少年情事,中年心境,真是两个不同的世界。

突然就记起了南宋的一首听雨词。词云:“少年听雨歌楼上,红烛昏罗帐。壮年听雨客舟中,江阔云低断雁叫西风。而今听雨僧庐下……”我虽没这般愁苦,但跟词人的心境比起来,颇有异曲同工之妙。

想来世事变迁，心境多异，也可从一堆旧书信中窥见一斑了？

阅读之夜

白日里总是忙。唯有夜里，心才可安静下来。

心一安静，我就开始阅读。至于读物，倒没有强求。计划中的，或是计划外的，新来的，或是旧时的，顺手拿来，均可入目。或是大师，或是籍籍无名者，只要言之有物，有韵味，甚至仅有一两句合口味的，我都会把它们收入胃囊。一旦消化，白日里的疲惫与喧闹，便远离了身外。

阅读时，我最喜开一小窗。窗外一片墨黑，心想这样的情景最宜遥望。因为你总望不到头，那一抹黑，深沉而且遥远，人世的诸多秘密，最有可能藏在那里。那里是你的想象，亦是你的思索。若是有风，从窗外吹进来，加之此时，你恰好又突然顿悟了书中某一玄机，你更相信那洞开的窗，有如一条神示的路径。

当然，若是有明月，那意境也颇不俗。尤其是有关月亮的那些古诗词，总会在此时此地破空而来，有时就撞在你的额头，有时索性直接跌落在你心里，尽管有些忧郁，却也充满诗意。比如张若虚的月亮。李白的月亮。等等。虽是人世倥偬，放眼茫茫，但一份古典的意趣，依然让一本书卷溢满馨香，及至充盈唇齿。偶尔，你甚至会恍惚看见一个倚月而立的女子，正从古代的某扇窗口，跟你四目相对，脉脉含情，让你神思千古，哑然失笑。

不过，这毕竟有些理想化了。

更多的时候，是随便取出一本书，躺在沙发上，翻开就看。环境其实也不安静，妻子跟女儿，总有说不完的话。尤其是女儿，即使是一个人，也要自己跟自己说话，有时猝不及防之际，还会发出一两声突兀的尖叫，声音刺耳，酷似有意惊扰、蓄意破坏。好在我心安静，不为外物所动，一双浊眼，仍然紧盯书页。纸页飞动间，一腔情思，竟也随那携笔之人花开花落、情生情灭、快意古今了。

至此，我也似乎明白了心静的真味。

美人蕉

一抬头，又看见了庭院里的美人蕉。

花朵不多，却开得繁茂。花朵开得极有秩序，一朵开过，另一朵才冒出来。所以一边是地上枯萎的花瓣，一边是枝头怒放的红蕊，一生一死，一热闹一寂灭，生命的反差，同时在一株美人蕉上呈现。

花朵其实很好看。瓣瓣红叶，相携而生，由夏至秋，尽显风华。只是总觉这名字，肉显骨露，颇有几分恶俗。花如女子，女子多娇，想那名字也该有几分含蓄之美，不显山不露水才是。

我是想起那些如花的女子了。

女人如花花似梦。这是谁说的？花与女子，女子与梦，大约是尘世不可或缺的主题。如花的女子，向来让尘世更加风情摇曳，让生活更加风生水动。自《诗经》起，一句“有女同车，颜如舜华”，及至“莫道不销魂，帘卷西风，人比黄花瘦”，就让人忍不住千古怀想，怀想之下，仍然唇齿生香。再一句“半卷湘帘半掩门，碾冰为土玉为盆。偷来梨芯三分白，借得梅花一缕魂”，勾起的又何止是如花似梦的向往？而“一枝红艳露凝香，云雨巫山枉断肠”的长恨歌，却是说不尽道不完的缠绵情思了。

只可惜的是，李清照也好，林黛玉也好，杨玉环也罢，在如花的梦里，也总有洗不尽的尘埃，及至零落成泥，引人叹息。

“满地黄花堆积，憔悴损，如今有谁堪摘”，美人迟暮之时，那尘埃，就泛了上来。那尘埃，就成了时间的利刃，痛在你的心上，痛在我的心上。

不过，如花的女子，终究是尘世温暖的风景。

杜拉斯说：“与你年轻时相比，我更爱你现在备受摧残的容颜。”杜拉斯是个女人，她更懂得女人与花的关系。迎风怒放固然是一种美丽，但风华零落更是一种成熟。在杜拉斯看来，美是有多重含义的。

这样一想，对那些已经枯萎的美人蕉，突然就涌起了深深的敬意。只不知，那些还在绽放的花朵，是否也知会我意了？

西关外的生活

西关外位于老车站。但车站已不复存在。先前的站台,被耸立起来的一排门面挤丢了,四周被冒出来的水泥钢筋死死堵住,像一片荒芜的孤岛或园子,难免有几许凄清。倒是那几个红色的仿宋美术字——“汽车站”,还寂寞地在墙壁上挂着,让人总有些失落。

西关外其实就是一条狭窄且不过千余米的街道。街道两旁见缝插针地建起了许多门面,其中相当一部分是临时搭建的,很矮,也很简易。但每间都租了出去,而且租金不低。据说老车站为了赚收入,就在有限的地盘上打起了这样的主意。不过,也有极少的门面,无论是建筑质量还是规模,都像模像样。这些门面,不属于老车站,有农业局的、农机局的,也有私人的。蔚为壮观的门面在街道两旁一字排开,给西关外增添了不少气势。

由于西关外是通往昆明还有好几个乡镇的必由之路,这里的人气一直很旺,生意也做得火热。只是街道上总是坑坑洼洼,经营门面的人们,还有经常在此购物的人们,总是蓬头垢面、衣衫不整,使得这里无论如何总不具备一个县城应有的繁华气象。一切的景致,倒像极了一个小镇。店主们终日在这里守着自己的门面,过路的人们从这里买回日常生活的必需品,店主们不慌不忙,购物的人们不紧不慢,一切都从容有序。生活与时光,仿佛均在一种缓缓的节奏里定格,极像一些从旧时走来的图画。

西关外的门面,也不是一成不变的。往往是前俩月还是一家快餐店,后俩月突然就换成了百货柜台。每次目睹匆匆改换的门面,我就会无端地生出一些忧伤。偶尔,我甚至会不断回想那些刚刚熟悉了几天、转瞬间又不知去了何处的一张张脸。他们在西关外的出现和消失,匆忙之中,总会给我留下一些莫名的忧郁。

西关外最醒目的要数那家种子专卖店,门面上挂满了稻子和白菜之类的宣传广告,极为惹眼。门面是农业局一个职工租来的。这个职工跟我是老乡,因为妻子没工作,就租了这个门面。自他们结婚时开始经营,二十多年过去了还在坚守着。老乡的妻子很热情,我每次从西关外走过,她总要跟我打声招呼，或者送上友好的微笑和目光，让人顿生暖意。有时她还会说："你老乡在呢，来吃饭再走……"不过我终究没在他们家吃过一餐饭，甚至没跟他们有过任何密切的往来。我从西关外走过，总是来去匆匆。一句问候成为我跟他们交往的唯一形式。但后来我还是去他们那里小坐了一次。原因是那天我从西关外走过，看见了夫妻俩忧郁的目光和愁容。老乡说他不小心得罪了领导，领导已决定收回门面。老乡还说，门面不在后，还不知如何维持一家人的生活……几日后再次经过，门面的确就换了新的主人，一个大家熟悉了也习惯了二十多年的面孔，就这样成了记忆。

这个门面过去，就是棺材店。那些已完工的、未完工的棺材，横七竖八地堆放在店里。有的甚至涂上了黑漆，一层死亡的气息浓浓地泛上来，让西关外的时光平添了几许诡异。店主是两个年龄相仿的中年人，均有些秃头，脸上布满皱纹，一看便知是经历了沧桑的那种。他们的双手，因为常年捏拿推刨的缘故，骨节粗大，手掌突出，青筋爬满手背，仿佛一些力的弧线在跃动。我很少看见他们劳动的场景。我从西关外走过，几乎每次都遇着他们正在门前对弈。棋子已染得暗黑，明显浸着手汗的暗渍，一看便知已经历了多年的征战杀伐，已属疲惫之身。棋盘是一块木板制的，楚河汉界早已不甚分明，那些墨色的路线，只能在隐约中找寻，仿佛斑驳的古战场遗址。我曾仔细观察过他们的棋路。他们的棋艺极臭，却很在乎输赢，为了悔一步棋，常常争得面红耳赤，有时还会互相骂起粗话。总之都想要对方承认自己艺高一筹。不过，争执后，又快速忘掉了一桌棋的输赢，该扛木头就扛木头，该拿推刨就拿推刨，一切又归于默契之中。我因此常会觉出他们可爱的一面来。总觉这无论如何都是生活的一种真境界，实是质朴可亲的那种。

西关外最热闹的，则要数那些大张旗鼓地摆在门前的麻将桌。打麻将的都是各个门面的店主，他们互相称为"老板娘"或者"老板"。这称谓，一方面有戏谑别人的味道，同时也有自嘲的意思。有个别长得颇有几分姿色的，那些喊"老板娘"的男店主就要殷勤得多。一般是在夏天，明晃晃的太阳直直地落下来，风已经隐匿，行道树的叶子始终无精打采，一副病恹恹的样子。街道上偶尔走着三两个行人。这时候，人们都躲进某个阴凉处避暑去了，很少有人来买东西。于是，店主们就坐在了麻将桌边，消磨无生意可做的时日。有赢了牌的，会把最后摸起来的那张牌狠狠敲打桌面，嘴里则骂着粗话。尤其是很长时间才赢了一次牌的，那麻将敲击桌子的声音、粗话的声音，就会显得更加激动。而人们也都见怪不怪。偶尔有买东西的主顾过来，总要连喊几声，那店主才会从麻将牌中突然醒悟过来，一边道歉一边跑过来交易，样子很是滑稽，却也有几分可爱。

偶尔也会有那么几个打扮得时髦的漂亮少妇，当她们从西关外走过，或是因为熟人邀请，或是经不住麻将诱惑，总之她们就坐了下来，加入到这“方城之战”。这时候，西关外的那些闲人，往往就会从看不见的角落一下子冒出来，一起围到了麻将桌边。不知情的人还以为是麻将的精彩，知情的人却偷偷窃笑，他们懂得这些闲人，在意的并非麻将，而是少妇们漂亮的脸蛋、时髦的衣裙，以及各自内心的那点小秘密。于是这麻将桌，便多了几许生活的意趣。玩牌的，看牌的，看人的，被人看的，自觉或不自觉地成了某个午后的风景。

从西关外走过，我偶尔还会看上一阵那个彩票销售点。并不宽敞的空间总是挤满了人。人们总是对着墙壁上挂出的往期中奖号码，凝神苦思，企图寻出中奖号码的规律，然后郑重地选出一组或是几组数字，然后就做着一个百万富翁的梦。好在梦总是及时醒来。梦醒后，该干什么还干什么，一个不着边际的梦幻并没让这里的居民们发颠发狂。当然，彩票之外，也还有一些切近生活的梦想让我似乎握住了西关外真实的一面。比如我经常会看见一两个妇女，在自己的门面前教孩子做作业。孩子们似乎都很调皮很淘气。于是就听到妇女们一边替孩子在作业本上乱画一通，一边就骂：“你这没出息的，看来比老娘小的时候还没出息，真是气死人了……”忍俊不禁的同时，觉得有一份期盼与希望就在心里生长起来，在西关外，在生活中生长成一些小小的诱惑。

在西关外住久了，似乎所有的都是熟人，又似乎都形同陌路。见面时，都能互相点点头，或者问候一句，但实际上，每个人真实的生活，都是隐匿的。每个人都生活在西关外的隐秘处。比如我，每天早晨从西关外出发，每天黄昏回到西关外，没有谁知道我在外面都干了什么，更没有谁知道我竟然还在这里秘密地读书和写作。比如这个秋天，我就一直在西关外读马尔克斯的《百年孤独》，读紫式部的《源氏物语》，读法布尔的《昆虫记》，还有沈从文的湘西，还有《阅微草堂笔记》之类的东西。在寂静的夜里，我还会打开电脑，一页页地码字，在一个人的内心独自放逐自己。没有谁知道我的秘密。我也不会告诉谁，正如他们不会告诉我他们的秘密一样。

不过这些都是无关紧要的。一个事实是，我依然每天在西关外来去，这里的居民们也每天在西关外重复他们昨日做过的事情。西关外还是西关外，生活还是原来的生活，生活并没有因为我们的快乐或伤悲改变固有的一切。

逼近的细节

摇晃的午后

我没料到这个午后会有什么不同。这个午后，阳光依旧明亮，茂密树叶的缝隙里依然有鸟雀鸣啾。日子还是原来的日子——我也还是原来的我。我蜷缩在沙发上。沙发还是原来的沙发：黑色的皮，不能让我舒展身子的狭窄，我习惯的色彩或者姿势。我蜷缩在上面，我在安静地入睡。这是午后，按着既定的秩序，我必须入睡，必须保持安静。

我的确没料到这个午后会有什么不同。我甚至记不清时针滚过它的刻度。如同其他午后一样——在其他已逝的午后里，我总用这样的姿势囚禁或释放自己。我总是安静的，安静得甚至忘记了时光。我安静地蜷缩在这里，像时光的一粒尘，没有谁在意。正如我没在意时光一样，在千篇一律的章节里，暧昧或清晰的是我的目光或内心。

但我终于发现了这个午后的不同。这种发现缘于一个突如其来的电话。电话首先破坏了我千篇一律的秩序——我不得不抬起头来，不得不在安静中弄出一点声响，不得不按下绿键，小小的绿键。我没料到这会是一扇近乎魔匣的窗口，在打开的瞬间，幻灭和破坏的感觉就纷至沓来，并逐渐要把我淹没。电话是小弟打来的。小弟在贵阳。小弟说他现在在十八楼上对我说话。他说他还是颤抖的，正如刚刚颤抖过的十八楼。他说他原本想逃——在十八楼开始摇晃时，他就想逃。但他终于逃无所逃。但好在他终于不用逃了。他说，就在刚才，四川汶川发生了七点八级(后来修正为八点零级)地震，强烈的震感波及贵阳……他挂了电话。那扇小小的窗口，重新归于安静。我却无法安静。我从沙发上跳下来，我想着小弟的惊魂一刻，想着摇晃的十八楼和小弟摇晃的内心。

紧接着我还听到邹明凤说，就在汶川大地震的那一瞬间，他的电脑开始在桌上摇晃，分明在摇晃。紧接着我还听到新铺乡报给县委办的信息，说该乡有强烈震感……至此，我确认我终于发现了这个午后的不同。邹明凤跟我同县，新铺乡是我县下属的乡镇之一。尽管我并没觉察到摇晃，但我相信他们绝不会说假话，他们没有说假话的必要。于是我再也无法安静——我开始想着那些摇晃的影子，开始想着一个陌生的词：汶川——汶川——此刻，在摇晃的午后里，在汶川，那些如我一样既定的秩序，一定是摇晃不已了？——我这样想。我这样说。我开始放下原来的打算——原来，我计划是要写一篇基层组织建设信息的，但现在，我打算进入相关网站。尽管领导规定上班时间不能上网，但我还是决意进入。我想，我必须要确切地知道那些摇晃的影子，是怎样摇晃在狼藉的汶川大地上。

它与我的工作无关，与我的身体无关，却与我的内心有关——尽管在那一刻，我还没作好任何忧伤或是哭泣的准备。尽管在那一刻，我并没有料到，这个被称为“5·12”的午后，会将长久地作为一种黑色刻度在我内心停留。

短信，短信

我没料到这个早晨会有什么不同——我要说的是短信，手机短信。已经很久了，它总是从屏幕上跳出来。突然或是早有约定，不论是何种方式，我都已习惯了它的到来。有时甚至是怀着期待——我不得不说，比如在等着远方朋友的信息时，我就怀着深深的期待，并近乎沐浴更衣般的虔诚。那些熟悉的号码，那些字词，总会让我感受到一份透着体温的亲切。但这个早晨，如同其他早晨一样，我并没料到这些短信会有什么不同——我不得不说，在更多的日常里，作为生活一个细微的组成部分，更多的时候我给予了短信忽略的态度。一句普通的关怀或问候，已不能让我对日子怀有别样的感动——在生活的深处，我早已习惯了无暇顾及。

但这个早晨，我终于感觉到了一则短信的不同。感觉到一则短信带给我的震动。

我要说的是五月十三日早晨的短信。就在我进入相关网站，在汶川摇晃的影子里张望时，那个小小的屏幕，出现了一串熟悉的号码和一个熟悉的名字。号码是杨献平兄的号码。名字是杨献平兄的名字。短信是杨献平兄发来的短信——杨献平兄说，作家李西闽被困彭州银厂沟，希望多方发信息以获援救。望着这些字词时，我不得不说，对于汶川大地震，对于汶川大地上那些摇晃的影子，我似乎才有了真切的感受，似乎就与它隔着很近的距离……而直到此时，一份真切的恐惧似乎才开始在我内心生长，并逐渐明晰起来。而我也就在一瞬间才突然想起了更多的名字，生活在四川的熟悉或不熟悉的名字。比如周闻道，比如张生全，比如沈荣均，比如李存刚……我那时的确就想起了这些名字,尽管他们不一定记得我,但我自认为他们都是我文字上的老师和朋友,自认为虽未曾谋面,但在各自的文章里,其实早已相识甚至相知。我突然想起了他们熟悉或不熟悉的身影,想起了他们在那些摇晃的影子里的身影。我开始担忧——一份连着我肉体的真切的担忧,就在这个早晨随着一则短信的到来让我仅剩的安静开始坍塌。

我开始发短信——从这个早晨开始,我开始发短信,我通过给张生全、沈荣均等兄的短信,传递了我对这些在地震中摇晃的名字的问候。尽管我知道这种问候是苍白的,相对于那些摇晃的影子来说,我干瘪的短信并不能给他们提供切实的帮助。但我还是发了,只要知道手机号码的,我都发了。我一个个把问候和祝福的字词写上去,一个个按下那些熟悉的号码,我似乎就感到了内心的踏实——我一直觉得,一则短信,毕竟连接着我对朋友还有文字的全部感情!

一则短信,或许,还是我通向这场地震的唯一路径——它最后会让我安静或并不安静的内心,开出照亮我所有细节的秘密之花。

你说的是实话

这是五岁半的女儿对我说的。女儿说,爸爸,你说的是实话。电视里那些小朋友确实死了。电视里确实说地震了。

这是女儿在第二天,或是第三天跟我说的。此前,也就是那个摇晃的午后之后,我从幼儿园把女儿接回家时,就对她说,四川汶川地震了,许多小朋友都死了。我知道女儿并不知道四川与汶川这些地名,不知道地震是何事,更不知道地震与死亡的联系。但我还是说出了。我不得不说出。在拉着她走过洒满阳光的街道,安静的街道,在拉着她穿过安静的阳光,穿过安静的风时,我就想起了那些被废墟吞噬的小朋友,我就对她说了这些话。我不知道这些话是否有我自己的寄托,不知道这些话对女儿意味着什么,但我还是说了。我说的时候,一对燕子在划动它们轻盈的尾翼,在不远的阳光下绕着优美的圈。女儿正紧紧拽着我的手,一脸灿烂急着要回家去。

女儿没有说话。但女儿无疑记住了我的话。在她看了电视后,她的话证实她其实早已记住了我的话。只是她不会知道,她的话还在那一瞬间深深地打动了我,她的自觉或不自觉,让我看到了除我之外的已经为这场地震、这场灾难打开的心灵,包括那些小小的心灵,那些还不谙世事的心灵,——这甚至成为我坐在电视机前总是流泪的缘由。我不得不说,自此之后,我开始坐在电视机前，开始流泪，我不得不流泪，那些摇晃的影子，那些废墟，那些以万计数的生命，瞬间沉入黑暗的生命，还有那些爱——对了，还有那些用祈祷和祝福、用奉献和牺牲筑成的爱，那些温暖生者和死者的目光和手，总是让我想要流泪。以至于女儿也要问我，爸爸你为哪样要哭呢？

女儿当然不懂得这一切。我为什么要哭呢？我为什么不哭呢？我不得不说，这段时间，我每看一回报道，就想大哭一场。我知道我一定是脆弱的。我不得不脆弱。我说的是实话，置身这场灾难，我原本的安静已彻底被颠覆。已经很久了，在安静的每一寸阳光里过活，我已失去了对于生命来去思考和追问的冲动。我一直以为，任何外在的形式都已不可能撼动我内心的麻木。但现在，我分明是错了，彻底的错了。彻底地被颠覆了。我甚至停止了日常的写作——更多的时候，我总是静立于我二楼的阳台，看我脚下的万家灯火，听雨落在水泥地上的声音，听在黑夜里不停地喧嚣的各种车辆的喇叭声……我越过黑夜和远山的目光，就像飘浮的风，分不清来去的尽头。我总觉得，我眼中的一切，包括我自身的精神和肉体，其实都脆弱得不堪一击。在自然的面前，在黑夜的包围下，我们总是无法看清自己。我们的文字，在很大程度上，仅止于水中月、镜中花，我们的文字，对于生命而言，其实还隔着遥远的距离。我们日常的文字，在汶川，在地震，在灾难面前，其实已经无足轻重。

而这，会不会是一种悲哀呢？对于个体的生命，对于人类？

而这，会不会是一种徒劳呢？我自己的徒劳，或者，人类的徒劳？

那些背影

她最先进入我的视线。她推门进来。她问，请问县红十字会办公室在哪里？她的目光分明有些忧郁，眉宇间露出淡淡的愁绪。她分明从乡下来，她的皮鞋上还留着很湿很重的泥痕。她试着把双脚伸进我的办公室，又分明试着把双脚缩回去。她怕把鞋上的泥巴带进来。她小心而又谨慎。

我抬起头来。这是周末。五月十七日。汶川大地震的第五天。断断续续的雨不断落下来，落在黑色的瓦屋上。我能听到滴答的声音。我其实很喜欢这种声音。这已经是整个县城剩下的唯一瓦屋，县委的瓦屋。雨点落在上面，像是最后的古典，一直会勾起我某种莫名的情愫。但这个周末，我内心的古典情结早已隐没在雨滴深处。这个周末，我依然抬起我近视的双眼，努力地望向汶川大地上那些摇晃的影子——那些狼藉的影子。所以我只是微微地抬起了头。我并没有注意她的到来——她要到红十字会去的真正缘由，我并没有在意。我只是漫不经心地告诉了她答案。她的到来,我的对她的不在乎,似乎与这个周末无关,与汶川无关,与地震无关,与那些已经或即将沉入黑暗的生命无关。

雨还在不断落下来。我还在那些狼藉的影子里奔跑或者驻足。我甚至没有注意到她转身的背影——而我后来,一直到现在依然记着她,是因为在后来的某一瞬,我突然明白了她要去红十字会的真正缘由——她从乡下来,从泥泞和雨中来,就是要到红十字会为汶川灾区捐款,就是要用这样的方式表明她的善良。而我分明是冷落了她,只是不知道,在这个周末,当她从我冷冷的目光中转身过去,她是否还想起了汶川之外的事情?而我,后来,一直到现在,我对她的念念不忘,是否也怀着对一份未及说出的善良的羞愧与不安?

还有他们的背影。那些三轮车司机的背影。在明亮的阳光底下,他们的背影,也一直在我的视线里停留,并成为我所有细节的点缀。那天中午,在明亮的太阳底下,我招呼他们其中的一个,我说:“我要走。”但他们几乎异口同声地说:“我们现在不走。”他们没有说出不走的缘由。我也没细加询问。就在此时,我转身的目光看到了一个简易的捐款箱,简易地立在街道的边上。这是他们自己准备的捐款箱,三轮车司机的捐款箱。上面写着汶川,写着歪歪扭扭的毛笔字,写着他们跟阳光一样明亮的内心。在这个中午,在明亮的太阳底下,他们不走,他们必须在这里望着汶川,望着内心的一份善良和美好。我不敢说这是最让我感动的细节,但后来的时间证明,就在这个中午,我牢牢记住了一些背影,三轮车司机的背影,模糊却真切的背影。

还有他的背影。城内村农民党员陈代龙的背影。我一直在遥想他的背影。不曾谋面的背影。我是在昨天晚上开始遥想他的背影的。昨天晚上,朋友陈兵打电话给我,说陈代龙捐了一千元,用于汶川的抗灾救灾。陈兵说陈代龙家境其实并不富裕,但他执意要捐上一千元……陈兵希望我能为他写点宣传文字。我也觉得该给他写点宣传文字,尤其是后来,当我拨通他电话后,这种想法就更加迫切。因为电话拨通时,他一口拒绝了我和陈兵的好意,他说如果要宣传,他也就不捐款了……再后来,文字当然没写成,只是更加遥想他的背影,朴实真诚的背影……

那些背影。那些看着汶川的背影。那些我来不及说出,来不及遇到的更多的背影,那些背影……直到现在,在这里,那些背影,就这样成为逼近我的细节,成为我在这个五月或更远时间的全部记忆!

叁

现场与消解

列车上的务虚时光

一

我正陷在关于南方或者北方的概念里。残疾人C,诗人L,画家Z,F医生……还有M或者X,还有……正如史铁生在写作之夜始终无法确定的一样,从南方到北方,从北方到南方,究竟是谁的命运让我不断想起这两个词,我亦无法确定。正如我并不知道这个小站是属于北方还是南方——在我徐徐打开或者即将合上《务虚笔记》的时刻,我突然感觉到了生命忧伤的特征——从北方到南方,从南方到北方,不断变化的站台,或许正是我们将要为之纠缠的生命场景?

那么,我现在是在南方或北方?抑或南方或北方以外的小站?我不知道。关于南方或者北方——关于生命与爱情的偈语,历史与生活的虚幻或真实,意义或梦想,我想,从那个写作之夜开始,这一切都已经变得似是而非,包括我现在。我现在安静地坐在这个小站的某列车上,我能明显地感觉到自己正在前进或后退——不断变化的静止或运动的参照物,让我不断前进或后退。我亦是一个虚拟的物象——我不能清晰地分辨自己所处的状态,包括我所要去的方向——是从南方到北方,还是从北方到南方?我不知道。那些破碎的、分解的、融化的、重组的……那些南方或北方以外的,那些夏天的墙、白色的鸟、白杨树、那些葵林……那些孤独与欲望,那些让史铁生的写作之夜开始或者终结的意象,那些纷乱的静止或运动着的列车,那些不断接近我又将我抛弃的意象,让我在这个夏天的午后如尘如烟,如梦如幻。

如蒙蒙细雨中的一只鸟。一只白色的鸟。它飞过钢筋与水泥的丛林,飞过车来车往的站台……它从我车窗外的那隅天空飞过。它张皇而又急迫。它的翅膀急切而又沉重——在细碎却连贯的细雨里,它的偶然出现,让我想起了这样的比喻。它从哪里来,要到哪里去呢?南方还是北方,或者都不是。正如我,从写作之夜开始,我其实并不知道自己的来去。写作之夜的迷离,“往事或者故人,就像落叶一样,在我生命的秋风里,从黑暗中飘进明亮,从明亮中逃遁进黑暗……”我不得不承认,在写作之夜,在南方或北方,史铁生已经把我所有的痛苦,把我还有这只白色鸟儿的痛苦,全部洞悉。我们是安静或者心潮起伏呢?——在写作之夜,那个落叶飘零之夜,那些印象的花纹,那些花开的方向,我想我们并不会知道。

而列车并没有启动。那些南方或北方的字样,还清晰地在我的视线里安静地呈现着,纠缠着,像一些沧桑的符号,提醒我——列车还没有到点,这场细碎却连贯的细雨还没有结束,这个小站,这只鸟,还将留给我短暂的遐想和等待!

所以我还要继续阅读下去——残疾人C,诗人L,画家Z,F医生……还有M或者X,还有……他们的故事,注定只能在列车开启的时候才宣告结束。列车开启的时候,不能看任何书报——直到现在,我仍清楚地记得,在小学课本里,老师早就这样告诫我们,说在运动的列车里读书看报,对眼睛的伤害很大……所以我只能在列车启动之前,再一次注视他们,再次走进他们的写作之夜……

二

星期八招待所。我闭上眼睛。半个缘。阳光左岸。我看见很多大幅的广告——跟写作之夜一样迷离的广告,那些迷离的词汇,在一片迷蒙里无限迷蒙。我看见时空在这里错乱,方向在这里扑朔迷离——那也是真实与虚幻的寓言吗?生命与爱情的清晰或暧昧,往往在形而上的层面让我们变得似是而非。正如残疾人C所说的那样。残疾人C说:“O错了,她大错了,她可以对一个男人失望,但不必对爱情失望……爱情本身就是希望,永远是生命的一种希望……F医生在古园里的那些想法不容忽视,真的,我想F医生说对了,对爱和对生命意义的彻底绝望,那才是O根本的死因……能让O去死的,一定是对爱的形而上的绝望……”这是序幕的开始还是序幕的终结?——在写作之夜,开始或结束的爱情,是否能在一些不期而遇的广告词里获得某种佐证?

我不知道。我闭上了眼睛。在看过那些迷离的广告后,我闭上了眼睛。我回到了自己的写作之夜——我想起了B和S还有F,他们都是我生活中的B和S还有F,他们并不是史铁生写作之夜的B和S还有F。在我自己的写作之夜——那些落着雪的冬夜,我丝毫嗅不到有老柏树飘漫均匀的脂香,有满地铺撒的杨树落叶浓厚的气味。但跟史铁生相同的是,那一定也是一个落叶飘零的夜晚,当我想起B和S还有F(当然还有自己,也用C来代替吧)

时,一枚落叶正飘过我的窗前,孑孑地坠落在我的视线之外,及至悄无声息。那个夜晚,我一直在构思我的《玩笑的时光》,我原本想把他们写进小说的细节——比如在某个下弦月的夜晚,在B的单身小屋,S紧紧抱住了B。S粗壮的双手有力地穿过B的月白衬衫,进入B的双乳,然后滑过腹部,然后抵达那个幽秘的所在。但S没有想到,B的指甲总是深深锲进他的肉体,B一直在拒绝着。S一直弄不明白,B为什么总爱叫他独自来她的小屋,S一直以为他对B的付出(他经常开车送她,她装修房子的一切工作都是他帮的忙)会让B感动,一直以为这是B对他的回报。所以S总是不明白,B为什么又要拒绝着——S知道,从B的目光里完全可以看出,寡居了三年的她分明是渴望着的……S百思不得其解。当S终于说出"我是不能离婚的,你就做我的情人吧"的时候,B使劲挣脱了S的双手。而S,在那个下弦月的夜晚,毅然甩手而去。而那个下弦月的夜晚,当S终于在门边回过头来,他就看见了B双目里的泪光以及泪光背后的矛盾与后悔……而S终究离开了那个小屋,带着不解和遗憾。又比如在一个安静的午后,在F的办公室,F对B说:"如果我现在就拥抱你,你会拒绝吗?"F是个诗人,F诗人很浪漫。在B寡居以来的三年里,F诗人就一直在说着喜欢B的话,甚至还为B写下了十四封十四行情诗。F诗人说十四是他专为B选好的吉数。是他自己的爱情数字。后来F诗人甚至离了婚,并说是专为B才离婚的。F诗人用诗歌一样的语言,在无数公开的场合赞美了B的美丽(而实际上B曾经的美丽已经泛上了深深浅浅的皱纹),不止一次让B真实地美丽着……没有人知道F诗人是出于真心还是怀着某种企图,也没有人知道B是怎样看F诗人的。只是人们已经习惯了F诗人对B不断说着的玩笑。F诗人也许没有料到所有的故事最终会在这个安静的午后来临——就在他说出想要拥抱B的时候,B却已经紧紧抱住了他,并用双唇紧紧堵住了他的双唇……F诗人终于逃遁似的冲出了办公室。F诗人没有料到,一向认真保守无比的B竟然会如此热烈,让他猝不及防。没有人知道F诗人真实的内心世界,没有人知道他逃离的缘由,包括B。包括我自己。我觉得就像那个残疾人C一样,我觉得这一切对他而言,更近乎一种遥远的传说——生命与爱情的花朵,对他而言,永远是一种悖论。生命与爱情的偈语,永远开放在他凋零的花朵之外……那么,我还是就继续闭上我的双眼遐想吧。现在,列车究竟是向着南方,还是北方呢?——或者向着一个遥不可及的传说,让我的写作之夜再次失眠,再次失重并残朽不堪?

三

而我真是残疾人C吗?

我不得不承认,残疾人C,诗人L,画家Z,F医生……还有M或者X,还有……在写作之夜,我想的最多的就是残疾人C。我想残疾人C,或者就是史铁生,或者就是我,或者我们都不是。“一幅没有背景的画面中,我看见C坐在轮椅上,宽厚的肩背上是安谧的晨光,是沉静的夕阳,远远看去像是一个玩笑……”在写作之夜,我问他:“生命的密码是什么?”残疾人C说:“是残疾也是爱情……”这也是一种悖论吗?在写作之夜,我正忍受着长达十八年的疾病的折磨。而另一方面,那个神秘的老中医还在没完没了拨通C的电话,还在催C去购买他的中药。C对M(我暂且称他为M吧)说:“你的中药没有效果呢……”C不愿直接说出不再接受M治疗的话。但M似乎并不死心,为着说好的每个疗程三百元的费用,M一定还想再给C治上几个或者更多的疗程,还在说着他前后矛盾、前言不搭后语的很多话。M不知道,在这个写作之夜,蔓延在C身体内部的病菌,正不断奔跑,像一些蚁群,在他体内渡引千军万马——咆哮,让他体内的血,逐渐失去血色……M甚至不知道,在疾病的另一端,C的爱人,早已离C而去。C内心的花朵,早已枯萎。M当然更不知道,在写作之夜,我轻轻地问C,我说:“此时,你内心的密码是什么?”C说:“是安谧的晨光,也是沉静的夕阳……”我说:“是玩笑吗?”C说:“是,也不是……”

而我究竟想起了什么呢?我一定是想起了我的朋友L。我的生活中的朋友L。而非诗人L。朋友L是个转业军人。不知道为什么就患上了前列腺炎,不知为什么就失去了生育能力。我认识L的时候,L正跟残疾人C一样,渴望着一场爱情——他枯萎的男人的花朵,正渴望着一次灿然的意外的开放。后来朋友L终于恋爱了,也终于失恋了——他枯萎的花朵终究没有意外地开放!朋友L终于沉寂了。只是他总是说——还没患病的时候,他跟一个北方女子有过爱情,后来患病了,就辗转来到南方,从北方到南方,他其实在有意学会忘却,也学会安静……而朋友L,在我的写作之夜,他的出现,是否与残疾人C或者我有着紧密的关联呢?

我依然紧闭着双眼。我能明显地感觉到车窗外的一切正纷纷快速往后退去。近处的广告,远处的山、树木,远处的大地,远处的房屋,还有山野之间的坟墓……如果以它们为参照物,我是运动的;如果以我为参照物,它们则是运动的。运动和静止,其实是相对的两个概念。正如南方和北方——我想,从南方到北方,或者从北方到南方,其实并没有任何本质的不同,正如生命与爱情的偈语一样,它们最终都是殊途同归——开放或者枯萎,结束或者开始,以形而上的形式接近绝望或者希望。那么,我这是向南还是向北呢?——我是否回到了那个写作之夜——那个落叶飘零的夜晚,我独自到那座古园里去。我看见C还在那儿。我问C:“我就是你吗?”C冲我笑笑:“你愿意是我吗?”C说:“我只是你写作之夜的一部分,你所有的写作之夜才是你,因为你也一样,你也只是你写作之夜的一部分……”这或许就是一种悖论,或者悖论本身,我最后说。对C说。对自己说。对正在奔跑的列车说。对着列车上的这段务虚时光说。

虚构的夜晚

关于节奏、广告与蝴蝶

此刻，它们正在我的视线里晃动——灯光闪烁，车子的喇叭声嘶力竭，水果摊的水果泛着白与蓝交织的光芒，烧烤摊的羊肉串冒着“滋滋”的响声，一个个新摘的玉米棒，在一堆炭火上不断爆响……人头攒动，走过的脚步，或快，或慢，不同的步调传递着不同的节奏，不同的节奏让人想起一个夜晚的纷繁与神秘。

此刻，手机时间显示23:13。霓虹灯灯光提示：街道已进入夜的深处。我的脚步提示：我正穿过街道，回到家里去。在低头一想的瞬间，突然就觉得，这个时刻，或许就构成了这个夜晚的道具，一直在暗示着什么。

抬起头来，法国靓莎。香港梦妮丝。在水一方。似水年华。密密麻麻的店名逼人般落在你的眼里。耀眼的匾额上，披着秀发、露着肚脐的女人在做服装广告。店里的墙壁上，挤满了裙子、乳罩，还有玲珑剔透的皮包。隔壁的平价药店，挂着大幅的性用品广告，用来做广告的女人似乎在夸张地尖叫。似水柔情酒吧里正唱着似水柔情的两只蝴蝶，爱的春天不会有天黑，我和你缠缠绵绵翩翩飞，飞越这红尘永相随，追逐你一生……一切似乎都与女人有关。在夜晚的时针上，女人似乎是一个蛊惑的名词。

向左拐，一步，二步，三步，最后停下来，在十字路口站定。很多个夜里，我总会站在这个位置，一边想着莫名其妙的心事，一边等着像甲虫一样蠕动的三轮车缓缓从身边滑过。偶尔，我也会为街道的纷乱感到恐惧。在这里，就曾发生过许多让人骇异的事。比如有打麻将夜归的妇女遭遇民工的劫持并强奸，有酗酒的少年飞车撞向墙壁，然后脑浆涂在墙壁上绽开成朵朵梅花，有从事综治工作的干部遭到小偷的抢劫和殴打，公文包里“创建平安工程”的经验材料像秋天的落叶散落在街道上，有失控的女人提着钉锤站在“情未了”歌舞厅门口守候花心男人随时准备大打出手……夜晚的节奏光怪陆离，充满恐惧。只有当三轮车缓缓滑过来，我才会踏实和平静下来。小城很小，小城为数不多的三轮车驾驶员几乎都面熟，有几个还是我的老乡，因为不甘乡村生活的贫穷而挤进了城里。他们似乎没有按时间作息的习惯。时间对他们来说，就是金钱。他们总喜欢三个车轮在时针上不停地跑动的姿势。尽管发生过三轮车驾驶员在夜里遭到抢劫并被杀伤的案件，他们依然执著地喜欢在夜里跑动的车轮。而我，在夜晚的街道上，想着三轮车的同时，也就感到了踏实。通过三轮车，我就可以平安而且快速地回到家里去，在黑夜的那一端，一辆三轮车，会载着我推开其中的某扇门，门里有我熟睡的妻子和女儿。

我就是这个时候再次看见了那个老女人。女人已经很有些年纪了，齐耳短发，瘦瘦的身子，像被时间挤干水分的植物或者花朵。她的牙齿甚至有了脱落的征兆，牙齿与牙齿间已经有了明显的缝隙——时间在这里已然打下了某种记号。在那里，她始终努力地微笑着，在把啤酒、卤鸡蛋、卤猪脚、卤豆腐端送到客人的桌子上时，她总在努力地微笑着——在时间已然远去的另一端，我想，她一定是渴望用微笑来弥补年龄的缺陷！这让我很是惊奇。我从来没有看到过这么老的服务员。我习惯的常识是，青春与漂亮是服务员最基本的条件。我想，这个老女人也一定知道这个常识。所以她总是努力地微笑着，总是尽量让客人感受一点温暖的气息。我还知道，这是一个乡下女人，在不久之前，我甚至跟她谈过话，也曾想问过有关她的情况，比如为什么要到这里当服务员，比如她的家里都有些什么人，比如她自己的过去，比如她是否设计过自己的未来……但我终于没有问出。只是注意到了她努力的微笑，只是猜想，在微笑的下面，一定藏着不为人知的难言之隐，甚或是内心的忧伤。

我突然就有些沉重，也突然发觉了这夜的拥挤和疲惫。拿出手机，时间显示 23:31。夜显然已经很深了。而这城市的街道，却还浮着一层层的声音，一点点穿透那些钢筋与水泥的构建。一个染着黄发的少年，驾着一辆摩托车飞驰而过，在他背后，载着另外一个同样染着黄发的少年和两个长裙少女，他们一路尖叫着，让我不断想起做广告的那个女人的姿势。他们飞驰而去，在城市的心脏里穿梭成一群鱼。他们的爱，显然就落在这夜晚的街道上。但我的爱呢？我的爱——我终于想起了我的女儿。我的女儿，已经有好几天没看见我了。每一次，当我穿过夜晚的街道，推开那扇门，她已经熟睡了。第二天早晨，当我再次从那扇门出来，她却还没从梦中醒来。现在，当我想起女儿，在夜的那一端，小小的她是否想过父亲穿过夜晚和街道的节奏？

我突然就有一种想逃离的冲动。夜晚的街道，很吵，也很静；很长，也很短；很远，也很近；很实，也很虚。如同向快或者向慢的节奏，当它们在夜晚的时针滚动，总给人缥缈和悬浮的感觉。有那么一刻，我甚至对着五彩缤纷的灯箱、悬挂在街道上空的横幅广告、挂在墙壁上的大型喷绘广告发呆:让你的肌肤洁白不是梦、让女人更像女人、三十分钟还你男人雄风……除了广告,还是广告。花花绿绿的广告,与女人和性有关的广告,正恪尽职守地在那里展览着,等待着。在霓虹的光芒里,它们夸张的表情,有点让人不寒而栗。有那么一阵,我甚至还仿佛看见,在霓虹深处,有一双幽蓝的眼睛,正诡谲地看着我,让我突然想起了阴谋和陷阱一类的词汇。夜晚与阴谋、与陷阱,似乎从来就是相生相息的。而此刻,这夜晚,这街道,也潜藏着一种阴谋和陷阱吗?

我不得而知。此时,手机时间显示23:59。我只有一个念头:我要回到家里去。有一扇门,正在夜的深处等着我。我埋着头,开始步行。迟迟不来的三轮车已让我失去了等待的耐心。我一个人走,走在行道树和霓虹灯共同制造的光影里。我不知道那辆绿色的三轮车是什么时候滑过身边的。只是看见那张有些面熟的脸,正隔着一块窄窄的玻璃,朝我的方向转过来。不过,此时我还在想着夜晚和街道的一切,还来不及招手。但他已快速确认我没有上车的念头,于是加大油门"轰"的一声飞驰而去……我多少有些沮丧,心想在他回过头的瞬间,一定怀着某种期待,而在他毅然飞驰而去的一刻,也许骂了我舍不得花两元钱坐车的小气或者其他什么。于是我忍不住就乐了起来。想想他们总是比我实在,不像我,直到现在,还在想着服装店、小吃摊、尖叫的女人、做服务员的老女人、广告牌,还有那两只飞越红尘,一起枯萎也无悔的蝴蝶……

关于时间、诗歌与月亮

此刻,除"嗡嗡"的电流声外,就只有一只来自夜晚的蝉,不停地变换着角落吟唱。窗外,有稀稀疏疏的呼哨声不时飘起,又落下,像断线的风筝,跌落地上。没有月亮,在城市里面居住,我似乎从未发现过月亮的存在。每次抬头,我仅是看见密如蛛网的钢筋与水泥,或者就是密如麻线的铝合金和铁杆。城市的窗子和天空似乎装不进月亮。

闭上双眼。停止十指在键盘上的游走。忽而想起李太白月光与霜的比喻和一个影影绰绰的故乡,忽儿又想起在狱中写下"西陆蝉声唱,南冠客思深"的骆宾王,最后还想起了"江畔何人初见月,江月何年初照人"的诗句和春江花月夜下的一叶扁舟,等等。与月亮有关的,总是一些古诗词,一种古典的意境。与我内心有关的,总是一些月亮下的遐思,再或者是一些淡淡的怅惘。

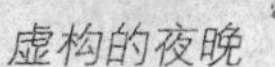

但这些,跟这个夜晚有什么关系呢?

站起来,深呼吸,再深呼吸,伸一个懒腰,再伸一个懒腰,我想松弛一下眼睛与神经。手机响起。从腰间掏出手机,一串再熟悉不过的号码,单位领导的号码。不止一次,在夜里,当我正想要在键盘上游走时,这串号码,总会突然出现在手机的屏幕上。许多夜晚来访的诗句,正是被它挡在了门外。我不想按下绿键,因为我知道,一旦按下去,那些真正属于我的诗句,就要被一份俗常所淹没……

重新坐下来。九朵开放的水仙花在长满青苔的洋瓷盆里有些无精打采,一簇簇吊兰在一个廉价的花钵里显得有些落寞,垂下来的枝叶,显得懒懒的,甚至有些瞌睡袭来的味道——我想我应该收回目光,赶紧回到属于自己的诗句中来——

> 淙淙流水;喧腾;古老的催眠。
> 河淹没了汽车公墓,闪烁
> 在那些面具后面。

这是北岛翻译的特朗斯特罗默的一首伟大小诗的片断。前些日子,在阅读北岛《时间的玫瑰》时,我就顺便记住了这首被引用的小诗。我没想过这首小诗会对我某一时刻的思考或是情绪起什么作用。然而此时,在夜的黑一层层逐渐铺展时,这些诗句,突然幻化为某种奇怪的意象,与水仙花和吊兰紧紧联系在了一起,颇有点像时间与生活的面具,潜藏着某种虚构。

时间的玫瑰。诗人的宿命。几乎是在一瞬之间,在想着这首伟大小诗和水仙花与吊兰的同时,我突然就想起了这个命题。诗歌、岁月、生活、思想,抒情的张力,一种独特的话语方式,温柔的解构和疯狂颠覆的矛盾,在成全一个诗人的同时也毁掉了一个诗人。诗歌宿命的底色,注定是苍凉的。洛尔加:橄榄树林的一阵悲风;曼德尔施塔姆:昨天的太阳被黑色担架抬走;里尔克:我认出风暴而激动如大海;策兰:是石头开花的时候了……此时,我确实记起了北岛和他的《时间的玫瑰》,记起了他对诗歌的解读。我开始失望,其实,对于诗,或者是诗外的一切,比如哲理,比如精神,比如象征或者隐喻,我们任何聪明、智慧或者深刻的解读,往往只是一种徒劳。在虚构的面具之上,我们注定永远无法穿越和抵达一些秘密。

比起没有月亮的城市,我似乎还要脆弱些。

我走了出来。来到窄窄的阳台上。正在开发的新城区已有了点点灯光,在夜的黑里星罗棋布，热烈地勾勒着一个呼之欲出的城市的影子。不断响起的喇叭声，不断越过城市上空的白白的车灯，似乎在提醒人们记住夜的某种秩序。但我知道，这还仅是序幕，真正的夜的高潮还没开始——真正的夜的热闹，还要从一曲音乐、一段舞步甚至一个烧烤羊肉串和马铃薯烙锅的小吃摊出发……

我不敢想象。曾经无数次，为了某种所谓的应酬，我在这种夜的本质里一次次如行尸走肉，我的思想，我的情感，连同我流淌出来又快速咽下去的眼泪，还有我丰满而又干瘪的笑，像一些矛盾的蛀虫，一点点啃噬我的虚空与无奈。

再次抬起头来。还是没有月亮。是的，在城市的天空里，我似乎从未发现过月亮的存在。也或许那月亮其实是有的，只是在心上，关于城市的月亮，我一直持拒绝的态度，所以忽略了它，从未正视过它。我心中真正的月亮——那些过往的时光，或许都成了荒芜的记忆。多年来，我总怕隔着时间的帷幔回望曾经的足迹。当小学教师，当中学教师，进教育局，到宣传部，再到组织部，诸多人事的倾轧，疾病无休止的折磨，还有一个不曾放弃和未曾有所突破的文学之梦，所有的经历，就像悬浮的风与尘埃，一直让我不敢为之驻足，停留——

举首忽惊明月冷。
月里依稀，
认得山河影。

不止一次，读王国维这首词，我总固执地把“山河影”理解为斑驳的往事和记忆。我总不管它牵强与否，一轮冷月，毕竟对等着生命的承载。时间之上，苍茫的月色注定覆盖着悲欢离合的轮回与劫数。在悲凉的底色里，月亮的本质注定是孤独与寂寞的。

而我注定是疲惫的。只是，在夜晚的刻度上，我游走的思想，必须要保持某种张力——像一个诗人，在时间与生活的背后，绽开成一朵充满隐喻的玫瑰。

时间的皱纹

我跟杨小燕，说是相识，但见面后彼此并不知道对方。说不相识，见面后一句话，却似乎又是故交。那天晚上，她跟隔壁办公室的县妇联主席来上网，网络不通，妇联主席叫我过去查看一下。我其实并不认得她。倒是妇联主席说，你们还是老乡呢。我就这样想起了她——当她说出她的姓名后，我就快速地想起了她。想起了二十多年前无数次被人们提起的她的名字。

她未出嫁时所在的村庄，跟我的村庄相邻。所以我能有很多机会听到人们说起她的名字。尽管我不曾见过她，不知道她的长相，但从人们的话里，却能想象出她的美丽来。在二十多年前，她一直是相邻村庄的热点和亮点。老年人不断地说起她，因为她是相邻村庄第一个考取师范端上铁饭碗的女孩子；青年人不断地说起她，因为她是相邻村庄最漂亮而又有文化的姑娘；小孩子不断地说起她，因为她的名字在村庄铺天盖地不断出现……我就是这样的，二十多年前，我还是个孩子，但我不得不记住了她的名字。尽管我已不记得都是些什么人提过她的名字，亦不知这些曾经不断说起她的人是否还记得她，但我的确记住了她——杨小燕。这仅是一个普通的名字，却在我的记忆里潜藏了这么多年，现在只轻轻唤上一声，就已跃然心上——二十多年前，我现在要说的是我那时的想象和虚构。那时，我从未见过杨小燕，却不止一次想象甚至虚构她的样子。当人们再次说起她，我的想象和虚构也再次开始——她应该是披肩的长发，红润细腻的脸蛋，细柔修长的身子，穿着白色或红色的连衣裙，穿着光滑明亮的高跟皮鞋，很奢侈地从村庄的泥路上走过……她作为我心中漂亮女子的标准，就这样以背影般的方式让我畅想了多年。

我从未想过有一天我最早认为的美丽女子，会以怎样的方式在怎样的场合跟我相遇，也从未想过有一天我最早认为的美丽女子，会以怎样的容颜怎样的身影颠覆我最早的美丽情结。在匆忙而来又匆忙而去的生活里，我不得不说，关于杨小燕，关于杨小燕的从前或现在，她其实跟我并没多大联系。二十多年前的想象和虚构，二十多年后甚至无法成为任何谈资的可能。我甚至一直在想，若不是那个偶然的晚上，那次偶然的相遇，或许她的名字就将永远在我心里潜藏下去，进而销声匿迹了。实际上，二十多年来，除了现在我再次为曾经的想象和虚构嘘唏不已，其他时候，我已彻底忘记了她。但我毕竟又想起了她，二十多年后一个不经意的夜晚，我竟然很真实地站在了那扇虚构和想象的门前。我不敢确定自己是兴奋还是失落。偶然的相遇，一度填补了我二十多年前想象和虚构的空白，弥补了曾经的缺憾。但也是这偶然的相遇，彻底摧毁了我想象和虚构的美好，——我要说的是，那天晚上，当我知道她就是杨小燕时，我大约怔了好一阵——她满脸遍布的皱纹，臃肿的身躯，没有半滴水分滋养的微笑，长发摇甩间已不可挽回的青春妩媚……我的确没想过这就是我与杨小燕相遇时的场景。我无疑是被她颠覆了。时间留给我的想象和虚构，已然仅剩下皱纹。也就是那天晚上，我决定用逃跑的方式离开杨小燕，我以上厕所为由，匆忙离开了妇联办公室，后来又悄悄冒着瓢泼大雨离开自己的办公室。我没有再跟她打招呼，我知道，二十多年前一份美好的想象和虚构，已从此终结。

我心中的美好，在时间制造的皱纹里，终将随着一个身影的消失而消失。只是，杨小燕，这个普通的名字，却从那天晚上开始，让我想起其他的、另外的身影，另外的皱纹，想起有关时间的命题——我知道这又是自己的再一次重复。我不得不承认，在我写下的所有文字里，我所关注并为之纠缠不清的，大多就是有关时间的主题。这甚至让我在写下这篇文章的标题时曾有那么一阵迟疑，我其实并不想重复自己，不论是内容还是形式，我想重复一定会让我感到厌烦甚至心生厌恶。但我终于还是在皱纹之前再次冠上了时间这个定语——我几乎没有任何选择的余地——时间或许真是生命的形体，我这样想着并重构博尔赫斯的诗句——只有像阳光消失的时候，一切与生命相关的，才会在时间里隐匿。所以我终于觉得了从容和释然，我决定从杨小燕的皱纹开始，从时间开始，记述其他的、另外的皱纹，用近乎传记的形式，给在时间里隐匿的她们立传。给隐匿的她们的青春和美丽立传。一如杨小燕，我二十多年前的想象和虚构，我二十多年后的感慨和嘘唏。一如她们，终究逃不脱时间的胁迫甚至扼杀。

王小芬。我称她为王书记。先前担任某机关党委书记，后来自己写了申请改任非领导职务。我跟她走得很近，因为跟我同在一个办公室的刘姐跟她是好朋友。而刘姐又很乐意说起她，说起她的过去和现在，而且说得爱你没商量，说得不管你愿不愿意听。刘姐不断地说起她，刘姐说，你别看她现在一身“肥肉”，年轻时却是个地道的美女。刘姐说，那时在她们村里，王小芬的

“评价”(物品与经济的对等值)是两千元,是村里最高的,刘姐说那时的两千元,可以修建最好的一幢房子,那时的两千元已经是一大笔钱。刘姐一直在说王小芬曾经的美丽……我不知道刘姐为什么总要说王小芬曾经的美丽,不知道在曾经的美丽和现在的“肥肉”里,刘姐想要印证什么。我想刘姐一定不会想起有关时间的命题,这么神圣和严肃的话题,她才懒得去思考。她至多是在拾捡一些生活的碎片,一些充满意趣的笑料,以弥补这办公室的无聊和枯燥。但她无疑一直在说着王小芬曾经的美丽,说着我们已经无法窥见甚至想象的场景。但我无疑也是相信的。我相信刘姐没有杜撰的必要。王小芬与她无关,与我们也无关,她完全没必要为一个无关的人去杜撰。

但我始终无法想象王小芬的美丽。现在的王小芬,我实在无法想象她先前青春美丽的身影,无法想象那些曾经被她所迷倒的无数男子。现在的王小芬,一脸蜡黄,皱纹一如蓬勃的野草,从上到下,肥胖过度,走路时均能看到肌肉的抖动, 整个身上几乎看不见曾经美丽的半点痕迹。但按照刘姐的说法,因为王小芬出众的美丽,那时想要追求她的男子几乎排成了长队。也因此成就了她一生最为美好的记忆。我就曾无数次在那个早餐店遇到王小芬,无数次被她捷足先登为我付了早餐钱。她称我为小青年,她是那种很爽直也很随和的人,所以我总能消除一切的顾虑说起她。我总是说,刘姐说你曾经很漂亮,说追你的人很多,说那是你一生的骄傲。她似乎也很乐意提起这样的话题。她显然很高兴,却只字不提从前,只是说,那已经过去了,现在自己已经成了地道的黄脸婆,甚至连丈夫也瞧不顺眼了。她总是说得很随意,随意得看不出丝毫的悲伤。然而我现在要说的正是她的悲伤。事实是,刘姐嘴里曾经的美女,现在已是四十多岁的女人,身体极度变形,仿佛扭曲的失去一切水分的植物,在剩下的季节里仅剩下时间制造的皱纹,在剩下的时间里重复美人迟暮的故事——事实是,现在的王小芬,丈夫已经跟她离婚,时间制造的皱纹,已让丈夫失去了亲近她的热情和兴趣。时间制造的皱纹,只能让她在独自掩藏的悲伤里悲伤,只能让她,想起或遗忘曾经的美丽,曾经的自己。

这当然有我想象甚至虚构的成分。因为我根本就不曾走进过王小芬的内心。生活中的她,也是极为快活的样子,在申请改任非领导职务后,总是四处谈笑风生,四处打麻将,我就不止一次跟她在同一张桌子上打过麻将,跟她说着笑话,说着身边的人事,偶尔也说起刘姐说过的她的从前。她总是乐天派的样子,生活乃至生命里的一切挫折失意,似乎都与她无关。所以我认定对于她内心的猜想, 一定程度上带了想象甚至虚构的成分。但同时也认定，我的想象和虚构，却是最能接近她的捷径——这种内心的飞翔，实际上总是在贴近体温的高度上爬行，总能让我们最大限度接近真实。正如现在，我还决定要用这样的方式，提起另外的一个女人，提起时间制造的相似的皱纹。我始终相信，从那天晚上之后，从杨小燕之后，她们就一起走进了我，走进了我即将说出的文字中。

我最后要说的是陈凤霞。与杨小燕和王小芬不同，现在的陈凤霞，虽然也是满脸的皱纹，但其细瘦高挑的身材，依稀可见年轻时的美丽痕迹。如果不是疾病缠身，不是疾病的不断折磨，我想她应该还能尽可能透出美丽的气息。我是亲自听她说起她的故事的。那一次，我跟她同车去赶一个叫打邦的乡场，同车的还有跟她同龄的几个妇女。我坐在副驾驶的位置，她们几个挤在后面，一路上就谈她们的青春往事。我就是这个时候听到了陈凤霞的故事——陈凤霞年轻时是远近闻名的美人，曾经有一个男子，因为得不到她的爱情而投河自尽。她现在的丈夫，亦是费尽周折，几回回峰回路转后才见的柳暗花明。然而就是这样的一个她，仍然逃不脱时间制造的皱纹，在皱纹如草蔓延的时候，她曾经的骄傲，早已成明日黄花。现在的她，总能让我想起黄卷清灯、人去楼空的凄凉意象，想起一幅来自古典深处的落寞与怅然。

我这样说，是有着现实的生活场景作铺垫的。现实中的陈凤霞，同时患着糖尿病、肺结核等好几种病，各种疾病的交错蚕食，使得她仅剩的美丽气息也日渐枯败，就像那些落花最后的容颜，尽显沧桑。曾经青春四溢的美丽女子，现在一脸的倦怠与疲惫。而最堪可怜的，是晚上睡觉时，她竟然不能控制自己的平衡，常常会跌下床来，然后独自坐在床下垂泪。而我想要详尽记述的，还是她被丈夫遗弃的故事。她先前并不知道自己已经遭到丈夫的遗弃。她有一天接到一个电话，一个粗俗的乡下女人的电话。电话接通时，乡下女人提到了她丈夫的名字，开口就咒骂她快点死去，公然说丈夫已经跟她同居多时。陈凤霞从此才知道丈夫早已把自己遗弃。为了挽回丈夫的爱，她后来甚至带着女儿，像搞地下工作一样在一个黑夜摸到乡下女人那里，把丈夫逮了个正着……但她终究没有达到自己的目的。丈夫依然我行我素，并公然提出离婚。我不知道陈凤霞，当她想着曾经的生活、现在的处境，是否曾生出美人迟暮般的哀怨与彷徨。但我想，此时，当一切往事再现，她一定会渴望回到从前，回到从前美丽的时光……

但能回去吗？面对时间，浮士德大声呼喊，说，你真美呵——你停留一下——时间是不可能停留的。浮士德知道，陈凤霞知道。我也知道。所以当我写着陈凤霞，当陈凤霞独自在空屋里想着曾经的美丽，我们彼此都知道，一切逝去的,都已逝去,已不可再来。但最为可怕的是,那种想法依旧日复一日不断生长，就像我此时零星地想起的博尔赫斯的几句诗句。诗句是分散的,零星的,但我现在乐意把它们重新排列并集结起来,倒也像完整的一段台词,指向时间及我们的内心深处。诗句是这样说的：

我害怕开启
而其影像却在梦中展现书卷的谜团
仿佛肃穆的神祇一样
源自时光深处
或者,这一切都是我们永远不能破解的
密码和难点

或者,这就是时间？或者……我想我其实并不知道其中的答案。

女儿今年五岁

五年前,也就是女儿出生的那个冬天,下了一场雪。五年后的这个冬天,也下了一场雪。从一场雪到另一场雪,女儿不经意间就长大了——这其实是女儿自己的说法。她总认为自己长大了,总爱回忆,说她小时候跟我说过的某句悄悄话,说某件趣事,总认为现在的她已不是小时候的她了。而我也习惯对女儿说,她长大了。

女儿名唤碧君,今年五岁,读幼儿园中班。听她说好像在班上当了一个组长什么的,负责给小朋友发碗筷吃饭。这让她很是自豪,也常常成为她自我炫耀的理由。她就曾经对我说过,她们班上的碗有两种不同的颜色,许多小朋友都喜欢有选择地要自己喜欢的,她就说,不行,发得哪样要哪样,一副坚持原则不循私情的表情让我们忍俊不禁。她还说,幼儿园选参加奥运会的福娃,她是班上唯一的入选者,自豪之情溢于言表。我常会故意逗她,说她骗我,说她就喜欢编故事。她也觉得无所谓,只是说,如果不信就去问老师。然后似乎什么也没发生。我的相信与否,并不重要。这让我很是欣赏她。放得下,不计较,一直是我对她有意无意的教育,也是我对于生命朴实的理解。

女儿跟她的老师很要好,就像朋友。有一次在大街上,我拉着女儿刚从邮电局出来,她就看见了正从对面穿越斑马线的老师,她手脚齐舞,大声跟老师打招呼,让老师激动无比。年前老师搬家请客,也是女儿通知我的,女儿叫我一定要去吃酒送礼。我说是老师叫你通知我的吗?她说不是。她说老师很好玩。她说其他小朋友的爸爸妈妈都要去。这让我怀疑她世故的与生俱来。好在我并不在意,我知道女儿终将跟我一样是个俗世之人,终究不能免俗。

女儿很坚强。从她三岁半入幼儿园的第一天起,我就发现了这一点。入幼儿园需要验血,验血需要排队。那天我带着她,挤在长长的队列里,从早晨八点一直到十点,整整两个小时没有离开队列。我先前怕她待不住。但她后来的表现证明我的想法是多余的。她始终排在我前面,挤在长长的队列里,一步一步往前移动。到了前台,当我寻思着如何才能让她抽血不哭时,她却已主动朝医生伸出瘦弱的手指。当细小的针尖准确地刺进她的指头,她只是皱了皱眉头,连最小的声音都没哼出,与其他哭成一片的小朋友形成鲜明的反差。抽血结束后,她还自豪地对我说,爸爸我不哭,我今天长大了。这让我在欣慰的同时,还想起了其他。我平生第一次因为女儿写下了一组分行文字,其中有这么几句:女儿伸出瘦弱的指头,验血。这是人生的第一张入场券……我没想到,小小的女儿,当她走进幼儿园,就认定自己已朝着人生迈出了第一步。她必须不哭,必须为即将到来的风雨作好不哭的准备——这让我再次看到时间的疾驰和肆虐,一如此前,当女儿用一块红手帕顶上脑门,就问我她像不像新娘子时的感受一样,在她认为已经长大和向往长大的过程里,我确切地感觉到了时间的无情——甚至是毁灭的属性。时间的遥远和并不遥远,其实只是一种感觉,一种瞬间或者永恒的念想。在时间的胁迫之下,她的长大,我的衰老,一样的迅速。

女儿跟所有的小孩一样,对她的父母,都有着一种不舍。在不舍之中,就多了一份不堪的重负。记得有一次,我跟妻子动粗,她大哭不止,使劲抱住我的双腿,一边哭着喊我一边企图用小小的身子把我推开,她知道她母亲此时是个弱者,她必须把我推开……我正是从此学会了心平气和,知道所有生活中的委屈和不愉快,都不能成为伤害女儿的利器。我知道,从此以后,我必须学会隐忍,家庭以内的,家庭以外的,都必须如此。这也让我感觉到从未有过的宁静,在女儿的世界里,我初步懂得宽容之于生命的意义。而我之于女儿,也是她内心不可或缺的部分。二〇〇七年七月,我因为工作需要到古城苏州出差二十余天。听妻子说,在这些日子里,女儿天天念叨我,只要一听到围墙大门被弄出声响,她就要爬上内屋的窗台上,看是不是我回来了。我就清晰地记得,后来的那个黄昏,当我在一片暮色中推开围墙大门,当她再次爬上窗台探出头来并看见我后,她是怎样的喜形于色——她对我的大声呼喊,她的手舞足蹈,让我忘却了一路疲惫的同时,更加感觉到自己肩上的责任和使命。我之于女儿,正如同她自己的肉体和精神一样,都是不可忽略的构成。

女儿有一个哥哥和一个姐姐,他们分别是我弟弟和妹妹的儿子和女儿。血缘的关系,使他们有着天然的亲近。她每次叫我给她买东西时,都不忘要我连哥哥姐姐的买上一份。他们兄妹常常结成同盟,为着他们玩乐的方式和理由一起应对我们。他们总是有很多玩法——比如奥特曼、大洋芋、小米渣,比如遥控赛车、陀螺、会唱歌的小松鼠,这些新鲜的名词和玩具,让他们的想象力远远超过我们童年时的想象力,也让他们的语言丰富而且奇诡。他们常会因此得意不已——在我们装着不知他们的秘密时,他们内心的欢快最大限度地得到了满足。女儿对她的哥哥姐姐已经有了一种惦记和牵挂。当哥哥姐姐不在家时,她总说一个人不好玩,显得孤独而又忧郁。我不知道这是不是养成她忧郁的缘由,反正后来我发现欢快的女儿其实潜藏着忧郁的气质,这甚至构成她精神真正的质地和颜色。

我是在听她唱李叔同的《送别》后发现她的忧郁的。那天电视里有人唱李叔同的《送别》,然后她就开始跟着唱。此后,她总是叫我调到那个频道,她说她要唱:长亭外,古道边,芳草碧连天。她记不住其他的词,却记住了这三句。她唱得不准确,但能完整无误地唱出这几句。她经常唱,跟着电视唱,平时自己唱。总之她很喜欢《送别》,我无法知道她喜欢的理由,她也说不清喜欢的理由。我后来就跟她讲李叔同,甚至弘一法师,讲《送别》,她似懂非懂,却一直认真听着,并不时点头。这让我更加坚信她气质深处的忧郁——我不知道这是否会影响她的健康成长,甚至影响她的将来。好在我并没真正的想要改变她。我始终相信与生俱来——只是想,在女儿对《送别》异常的喜欢里,透出她与生俱来的情感质地。正如她经常问我,等她有三十岁时,我有多少岁?等她五十岁时,我有多少岁?一直到她九十岁,我又有多少岁?她不知道生命是有极限的,不知道当时间把她塑造成一个垂暮老人时,我的肉身早已零落成泥,化成摸不见看不着的尘埃。但她一定是感觉到了一种与生俱来的忧虑——她也许是怕有一天,我们终将会离她而去。这让我或多或少有了一丝感伤,因为我知道这一天终将要来临,"送别"——女儿喜欢的这个词,终将会成为贯穿生命的主题,并引向人生的终极。

女儿当然不知道这一切。如同她五岁的年龄一样,一切物事对她而言,都是混沌而温暖的。我也不想让她知晓这一切,包括她真正长大的时候——我唯愿她永远生活在混沌和温暖的情态之下。但同时我知道这是不可能的,从女儿进入幼儿园的那天起,从她说不哭,说已经长大之时,她也许已不自觉地做好了准备——这显然近乎宿命,如同所有生命的诞生、成长、衰老直至最终的死亡一样,其间的过程,只有时间能够掌控。

从北京走过

二〇〇九年秋天，我去了一趟北京。

飞机落下时，正是午后。阳光虽然灼亮，但仍然覆盖不住风的冷硬。风吹来，刀子般割过脸庞，寒凉漫过肌肤。梧桐叶已逐渐枯黄，露出斑斑点点的残像。天空灰蒙蒙的，像一层厚厚的布，紧紧压着一个城市的头颅。并不高大的落叶乔木，规则地排列在广袤的华北平原上。偶尔一个空落的鸟巢，寂寂地挂在落尽叶子的枝丫上，仿佛大地的某种隐喻。

在穿过密如蛛网的高速公路后，我住进了五环的一家宾馆。五环已属京郊。虽在京城之外，但从这里的繁华已可窥见京城的影子。对一个初次进京的人来说，京城之外的气象已足以构成对我的诱惑了。四十年前，我父亲曾到过北京，并在天安门前照了张黑白照片。这张照片一直贴在我们家那个木制的相框里。这一直是他一生的骄傲。此后多年，在我远在西南之地的那个小山村，父亲因此成为人们眼中见过世面的人。而北京这个名词，也从此神秘庄严地居住在我的梦里。所以在那个午后，我是激动的。站在北京五环的一条街道上，在北方的秋影里，想着父亲，想着我自己，我看到了一个平民内心的卑微与富足。

初到北京的那个夜晚，我没有很快扎入市区。北京于我是陌生而又庞大的。一个城市的疏离与深邃，让我有一种无来由的迷茫。我一个人走在京郊的街道上，跨上天桥，而后在那里站立，在那里看北京夜晚的风景。灯影摇曳，车流如潮，幢幢建筑在五彩的灯影中泛着迷离的色彩。人群来来去去，没有谁注意到我，一个来自遥远异地的人，一个瘦弱的身影，在这里静静地放逐自己——在对一个城市的彷徨甚至恐惧里，我在这里想着自己内心的来去。

后来我弄到了一张废弃的地铁票，忍不住惊喜。相比那张庞杂混乱的北京地图，这张地铁票让我清晰地窥见了北京的隐秘通道。我开始想象着，在北京的地底下，一条条地铁就像一个城市的血管和经脉，穿透着北京这具庞大的肉身。地铁是具有温度的——我想，至少对我这个初次到北京的人来说，一张窄窄的地铁票，一定程度上温暖了我内心的陌生与疏离。

接下来的日子，我就凭着这样的一张地铁票，从一号地铁线八角游乐园站进入，然后从某个地铁站的出口，像一尾浮出城市暗流的鱼，进入北京的街道。黑夜降临的时候，我又沿着密如蛛网的地铁，在一片暗黑中浮出这个小站。小站是冷清的，尤其是我归来的时候。这个时候，一如蚁群的人们已不知缩进了哪个角落。最多是跟我一起出站的稀落的几个行人，在橘红的灯影下闪了几下后，便快速地消失了。只有那个卖烤红薯的中年男人，始终固执地守在地铁站口。冒着火星的黑炭，在冷寂的秋风和细雨中透出微明。曾经好几次，在快要消失在地铁站口的时候，我都忍不住回过头看看那个小摊，总觉得那里一定藏着一份说不清的惆怅。我甚至想，很多年后我一定都会记得这里的景象，记得我回眸时莫名的那份忧郁。

从北京走过，我先去了故宫。很多年来，我一直就想去故宫看看，想看看一个个王朝的背影在时间里飘过的苍茫。我跟着拥挤的人群——他们来自不同的国度，或许也带着各自内心的秘密，涌进昔日的紫禁城。千年前的太阳照下来，金碧辉煌的宫殿在秋风中尽显沧桑。雕龙画凤的廊柱与石刻，静静地坚守在原来的位置。石板早已被肉质的脚板打磨得圆润光滑，透着体温的同时，又泛着一抹空落的幽怨。帝王、才子和佳人，富贵、功名与利禄，早已被风吹去，被雨洗掉，只剩下时间的幽光，提醒一些曾经的肉身的存在。包括我。包括此刻熙攘的人群。在时间的面前，我们都不过是瞬间的一粒尘，一阵秋风过后，我们曾经的体温，就化成了这故宫石板上的又一层光晕。我们就成了古人。

在故宫，我一个人选择了一隅僻静的去处，在一块青灰色的砖上坐下。抬头，云天茫茫，一只黑色的大鸟在紫禁城上翱翔。偌大的宫殿，亭台楼阁，似乎仅剩我一个人在这里独自沉默或者忧伤。静静地看着远处那汹涌的人群，静静地凝视眼前的喧嚣，我突然就有了浩然长叹的冲动。我甚至想起了一个比喻——左手帝王，右手平民，一个王朝与时间的关系，或许仅是左右手的距离？所以后来离开故宫的时候，我索性靠着某座宫殿的廊柱照了一张相，以一个平民的身份，在昔日帝王的住所里留下了瞬间的印痕。

从帝王的背影里出来，我又登上了慕田峪长城。长城同样跟帝王有关。我去长城的那天，落着细雨，秋风已有了萧瑟的气味。广袤的华北平原上，经秋的白杨透着微微的寒意。枫叶却正红，星星点点地散落在高速公路的两旁，给北京的秋天添了几许暖色。簇生的野核桃，仿佛历经千年的落魄精魂，在细雨秋风中铺开一地苍黄。燕山山脉始终沉默无语，突兀地耸立在华北平原的边上，酷似洗尽铅华的老者，忘却了一切的是非成败。在长城之上，我第一次近距离凝视了逶迤而来又逶迤而去的城墙、烽火台，还有岁岁荣枯的草木花朵，还遇上了今秋早早落下的雪米，雪米裹着秋风，在灰暗的天际里不断肆虐。燕山内外，一片苍茫。我第一次拍下了很多照片。我想起了白马秋风、羌笛胡琴，想起了帝王霸业、英雄柔情，在千古一梦的长城内外，在我拍下的某个镜头里，定格成我内心的辽阔与幽深。

从北京走过，我还在某个夜里跟朋友驱车驶过天安门。车是我跟朋友租来的。朋友是司机。我是唯一的乘客。秋风劲吹，笔直的长安街灯火辉煌。我们是快意的。朋友甚至唱起了《我爱北京天安门》。这让我再次想起了我的父亲，想起了我自小种下的关于北京的梦。在父亲和我的梦里，北京是以天安门为标志的，所以那个夜晚，我特意拍摄下了夜晚的天安门。我想，当我回到远在西南的那个小山村后，我一定会跟父亲坐在一起，在他的黑白照片以及我的彩照里，再次谈谈他的北京，我的北京，谈谈北京带给我们内心的卑微与富足。

在北京，我注定还不能忘记一家普通的川菜馆。从西南之地远到北方，这里的饮食习惯基本上成了我行走的障碍。唯有这家川菜馆，勉强适合我的口味。在北京的十余天里，我几乎都在这里就餐。这是一家很小的馆子，馆子的主人是一个年龄跟我相当的四川女人。女人长得还算好看，端庄的脸上挂着青春的残痕，走路始终风风火火，一副忙乱的样子。那些天里，我总是坐在馆子的一角，一边吃饭，一边不自觉地就把目光移向了她。她总是说着两种话，客人进门的时候，她用的是普通话，客人点好菜单后，她就开始拉长了声音，用四川话对着厨房里的师傅吆喝，“一盘——青椒——炒——肉丝——嘞——”字正腔圆，郑重中夹着滑稽与幽默。客人爆满的时候，她的脸上就会再挂上甜甜的笑，使得青春的残痕多了几许明艳。有几次她发现了我对她的注视，所以在有一次目光对视的时候，我就看见了她脸上泛起的红晕，略略地透出羞涩。她并不知道我为什么总要瞅她。我也不知道为什么要瞅她。只是在看着她忙着招呼客人的时候，在听着她对厨房吆喝的时候，就会无端地觉得亲切。总觉得在北京，这份朴实的生活，更能切近我的内心。

当然，切近我内心的，还有我珍藏的一些小小的愿望。它们与生活有关。比如，当我听说慕田峪长城附近有个红螺寺的时候，我就一定要去拜拜佛。这么多年，因为疾病的折磨，我在内心总怀有一个美好的祈愿，总是希望能发生奇迹，让自己摆脱病魔的纠缠。因此，每经过寺庙的时候，我都会很虔诚地拜拜佛，并在佛前许下佑我健康的心愿。这次也不例外。在红螺寺，在佛前，我同样许下了这样的心愿。这是我唯一的心愿，也是我自己的秘密。又如，在北京，我一直想去拜望某编辑。两年前我给她所编的刊物投稿，于是就接到她的电话，于是就有了联系。后来，我果然鼓起勇气给她发了短信，只是不巧的是，她约我跟几个作家一起去看舍利塔的时候，我却因为特殊原因不能成行。这成为我北京之行小小的遗憾。但我却牢牢记住了临离开北京的前一天，北京迎来了据说是十年来最早的一场秋雪，天寒地冻中她给我发来的嘱咐我多穿衣服的短信。正是这条短信，让我在北京感到了无限的温暖，也就想，一个人感到温暖的理由其实不要很多，有时一句话就足以让你铭记一生。

从北京走过，我最后是去逛了趟王府井书店。王府井书店成为我在北京走过的最后标志。那天我逛遍了王府井书店的每一层楼，但最后却仅仅买了史铁生的一本散文集。只是觉得兴奋的是，我在那里还看见了一些朋友的书，其中也有一本收入我某篇文章的集子，让我在陌生而又庞大的北京城感到了无限的亲切。仿佛觉得我的朋友们，还有我自己，似乎也跟北京城有着不可分割的联系。从王府井书店出来，因为要等一个人，所以我就坐在了书店门口的石阶上，靠着那根柱子，旁若无人地读完了史铁生《我与地坛》这篇散文。我完全沉浸在荒废的古园、孤独的轮椅以及作家悲苦的内心之中，我甚至还仿佛看见了这么多年来我在病痛和生活两端的影子。后来文章读完了，后来要等的人来了。我抬起头来，也就是在那瞬间，在北京，我第一次看见舒展开来的天空，几朵蓝色的云缓慢而又安静地飘在城市的上空。我也觉得它仿佛某种隐喻，在我即将离开北京的时候，它让我从史铁生的地坛里看到了不死的希望……

民族餐馆记

民族餐馆位于县政府正前方的街道上。街道名交通路。交通路是县城的老街,也是唯一的主街。县城是个山城,四周皆山。交通路像一把窄细狭长的刀子,生生地将山峰切成两片。从每座峰顶看去,略显曲折的街道还像一条河,蜿蜒在小城底部。街道两旁,先是沿街的居民建起了一个个铺面,铺面都不大,建设也不规范,完全根据居民们各自的经济实力及审美观念,再根据自己的行业特点自行设计,样子总是参差不齐。不过这倒也显得丰富别致。各色不同的店铺一经排开,一个县城的模样也就呈现了出来。后来也偶尔有铺面被国家征收,于是在普遍狭小的铺面间,就会突兀出一两座高楼,透出社会变迁的信息,正如万绿丛中一枝冒出的红杏,提醒着春天的来临。不过这毕竟只是少数,多年来,交通路几乎保持了旧时的结构。铺面还是那些铺面,甚至经营铺面的人也还是那些原来的住户。民族餐馆就是这样。二十多年前这样,二十多年后还是这样。就像悬挂在交通路上的一帧旧时黑白照片,静静地见证着从老街上走过的时间与生活。

二十多年前,我第一次来到县城参加中考,所住的旅社就在民族餐馆旁边。每天考完试,我就准时到这里就餐。但吃也就吃过了,那时的民族餐馆并没给我留下什么特别的印象。让我感兴趣的是,在经过了二十多年的岁月轮回后,我居然来到小城定居,并跟民族餐馆的老板成了朋友。这让我觉得有些奇诡,总觉得时间与生活似乎就是一条暗河,在不为人知的地方,隐藏着人事的许多秘密。正是那些秘密,让我们的日常与生命多了些曲折的情节,使得生命本身更像一场戏剧。

民族餐馆的老板姓袁,一个矮小却富态的老头。二十多年来,他一直待在这里,就像一棵树,从没挪过脚步。头顶上的星月变幻,街道上的人事迁移,从未改变他的初衷。一个又一个的人从交通路走过,从民族餐馆前走过,去了远方,或者再折回来,一个又一个的人在外面的世界独自经历人生的沉浮悲欢,一个又一个的人在时间与生活的波涛里不断改变自己。唯有民族餐馆的招牌不变。唯有袁老板不变。所以当我最终跟袁老板成为朋友,忍不住就有了些好奇。很多时候我一直想问问这一份坚守之下的原因，但终于没有开口。每次刚要开口，又觉得了自己的唐突，总觉这或许就是时间与生活的秘密——这样的秘密，其实是不能捅破的，一旦捅破，那一份诱惑，也就没了魅力，没了想象的空间。毕竟，一个人始终怀着一些秘密，无论对肉体还是灵魂，都是一种温暖的滋润。

民族餐馆是一个很小的店，整个铺面不过二十平方米，除去灶台和碗柜之类的物件，仅剩下两张桌椅的位置。好在往上还有两层，每层大概能容三四张桌椅。不过民族餐馆几乎是以第一层的两张桌椅为核心的。到民族餐馆来的客人，一般都是散客，一个或是两个，来县城赶集的，在县城当民工的，其他铺面的店主，或者就是机关上在别处混不上饭吃的公务员，收拾得干净整洁的，或者蓬头垢面的，不管什么人，来了也就是煮碗粉面或是炒碗鸡蛋饭、咕噜饭之类的，所以大多用不着上楼。几个熟悉的或不熟悉的，挤在这两张桌椅旁用餐，也并不觉得有任何别扭之处。袁老板呢，每每忙完之后，就静静坐在一旁，旁若无人地看他的电视，从不随便跟客人说话。倒是脸上永远挂着微微的笑。有吃完了的，他才站起来，收下对方的钱，然后热情地招呼一声“慢走”，然后又坐回原来的位置。老板和客人之间，似乎永远都是路人，在各取所需后，就让对方消失在了记忆之外。一份平静而又缓慢的秩序，使得民族餐馆的日常更具平民底色，也因此多了几分世俗的烟火味，让人觉得内心踏实和温暖。

我最初到这里就餐时，袁老板跟我也不说话的。直到后来在这里遇到一个姓伍的人，才改变了这种状况。

姓伍的在县政协副主席的职务上。那天在民族餐馆遇上他纯属意外。我跟往常一样点好饭菜后就随便坐在了靠内的一张桌椅旁，刚要坐稳，就撞见了他迎上来的目光。他正端坐在桌椅的最里边，慢悠悠地品着一次性杯子里的酒。我颇觉几分惊奇。按理，在小城，像他这样级别的官员，应该不会到民族餐馆来的。但我很快就知道了其中的原因。就在简单的问候之后，我知道了他跟袁老板是朋友。因为这份关系，他几乎每隔一天就要到民族餐馆来，来了之后却不吃饭，只是要品上一杯袁老板自己泡的药酒。酒是不开钱的。一杯药酒让他们的友谊既纯且浓。正是从那天开始，在姓伍的介绍下，我跟袁老板成了朋友。再以后，在民族餐馆，我就成了例外。我每次一到民族餐馆，不论袁老板有多忙，他总会及时地先为我端上一杯热茶，再热情地招呼一句，让我觉得内心暖呼呼的。客人少的时候，他就主动跟我聊天，让我颇有些受宠若惊的感觉。

后来，我也会跟姓伍的在民族餐馆相遇。他照例是不吃饭的，只打上一杯略略透红的药酒。酒里泡着枸杞、人参之类的中药，据说是袁老板祛病延年的祖传秘方。姓伍的每一次都力劝我喝几口，但因为身体原因，我始终不敢跟他对酌。这让他多少有些失望。看得出他是个讲究情调的人。两个人在一个普通的小餐馆里对饮，对他而言，是时间也是生活的某种本真。不过这并不影响我们之间的交谈。每次相遇，我们都谈得比较默契，聊一些无关紧要的天，有时也谈谈政治，后来竟然还谈起了文字。谈到文字时，姓伍的就要停下来，朝袁老板招招手——不管袁老板是否在忙着，他总要叫袁老板凑过来仔细听着，然后就狠狠地夸奖我一番。这让我感动的同时，多少也有些惭愧。因为此时，跟袁老板一样，餐馆里其他的顾客，都会一起看向我，那目光就像一股汹涌的潮水，席卷过我的身体，直至要把肉体乃至灵魂的一切秘密赤裸裸地剥离出来。此后我再到民族餐馆，袁老板就会问起一两句有关文字的事。我不知道文字在他内心究竟放在怎样的位置，但他每次提起文字，我还是忍不住涌起一股热流。我并不奢望他对文字能有多大兴趣，但事实是，一句简单的询问，就足以让我温暖甚至动情起来。

不过所有这些都不关乎民族餐馆的秘密。民族餐馆的秘密一直藏在老板娘的那张脸上。老板娘明显地比袁老板要年轻许多。虽然她并不施粉黛，但那副青春的轮廓还在隐隐地透出美丽的气息。她并不是民族餐馆的第一任老板娘。在二十多年里，民族餐馆的老板娘总不停地换。现在的这张脸，我无法确切地知道是第几张了。我也曾动过弄清楚的念头，但终于还是放弃了。除了不好意思窥视袁老板的秘密外，也觉得人与人之间总该留有一定距离，这种距离是一种粉饰和消弭，它一定程度上让彼此的交往更加完整和美好。倒是袁老板有几次跟我提起他的孩子们。他的孩子众多，但却没有一个在他身边，每一个都跟随了自己的母亲生活，也没有一个愿意继承民族餐馆的手艺……袁老板说这些的时候，略略地显得有些忧郁，每一次也都把我弄得有些无所适从。袁老板对我的推心置腹，让我总觉得在一份没说出的安慰里，对他亏欠了什么。所以当我再次看见或者想起民族餐馆的那张脸，就会生起一些莫名的情愫，我说不清这种情愫，但我明显地有了隐约的一份惆怅。

时间与生活依旧按着先前的步调不断从小城走过。小城照例经历着它该经历的一切。一些人离开了小城，一些人又来到了小城。一些人死了，一些新的生命诞生了。岁月的风从头发和指尖吹过，一些秘密不断滋生又不断消失。只有民族餐馆没变。只有我没变。每天，我依然会在上下班的路上，自觉或不自觉地瞅上民族餐馆一眼。在来不及回家吃饭时，我依然会像往常一样来到民族餐馆，也依然还会遇上那个姓伍的人。一切都是那样的无关紧要，那样的合情合理……

只是突然有一天，这样的秩序开始在我内心一点点坍塌。那天，深秋的风把人行道上的树叶撕扯得七零八落，湿湿的细雨铺天盖地。交通路上一片静寂。不多的几个行人，把头缩进高高耸起的衣领里，然后很快消失在各个店铺之下。我再次从交通路走过。我习惯性地把目光投向民族餐馆。民族餐馆的大门却紧闭着……就在这一瞬间，我突然涌起了一丝悲伤。我想，总有一天，就像此刻一样，存在了二十多年的民族餐馆也一定会从交通路消失。到那时，也许我们会像面对一张遗失的老照片，或面对一段遗失的时光，而心怀失落和怅惘；也或者仅是淡淡地指着这处遗址，说一声："咦，这就是从前的民族餐馆哩……"

县委大院

有两条路通向县委大院，一条是玉屏路，一条是文化路。玉屏路是公路，可以通车。文化路却是一条小街，在拐过几家并不显眼的铺面后，很快就隐没在了黄土坡下。文化路尽头，是长长的一排石梯。石梯已经存在了很多年，每一块都光滑如玉。据说最早的时候，这一长排石梯是通向县委大院的唯一通道。后来玉屏路开通后，这些石梯也就更多地闲置了下来。不过还是有一些人，在不乘车时，喜欢从石梯上走过。比如我。我就常常会在这里出现。或者是在春夏的夕阳里，或者是在秋冬的落叶中，我在这里出现时，总会静静地站上一会儿，抬头看看小城远方的山峰和流云，偶尔也会注视一阵石梯旁的荒树枯草。有时我还会在湿湿的细雨和冷风中扯一扯衣襟，然后快速地消失在石梯尽头。那些时候我多少显得有点神秘和忧郁。我留在石梯上的身影，总有几分深邃和幽深。

县委大院是一座典型的四合院，一律的青砖黑瓦。只是后来，不知为什么就在青砖上刷了黄色涂料，使得那一份古朴减了不少韵味。四合院内的每一幢房子都设有两层，第二层均是木楼。在有些过道上，还保留着多年前留下的一两张长椅，长椅早已被打磨得通透明亮，泛着金属般的色泽。但总有人舍不得丢弃它们，尤其是那些上了年纪的老人，总想通过这些长凳抚摸一些旧去的时光。每一次想起他们，我就会有一些无来由的感动。在时光背后，我总会因此触摸到一些柔软的内心，还有一些贴着生命的光芒与温情。

四合院就坐落在黄土坡上。黄土坡是一座小山，虽不大，但尽显灵秀之气，上面长满了各种树木，尤以松、杉之类的常绿树居多。也有一些不落叶的桂树，每年人秋后，就绽开洁白清香的花朵。深秋和初冬时节，先前零落的花朵重又绽开，并接着结出青绿的果子，季节在它们身上似乎失去了作用。当然也还有一些落叶乔木，比如梧桐、椿树、楸树，还有桑树，一直随季节荣枯。不过总的来说，四季中的黄土坡几乎总是充盈着绿意，一派茂盛。树林中居住着很多鸟类，以至于林下的各条小道总是落满鸟粪，虽然日日清扫，但还是留下了斑斑点点的痕迹。各种鸟鸣总是此起彼伏，宛如自然的和声，仿佛来自山野和大地深处，让人心旷神怡。近两年来，我还仔细观察和留心过，发现不断迁来喜鹊、斑鸠还有野鸽。它们总是成双成对，或者索性就是一群，不断地从林间飞过，有时落在县委大院的瓦楞上，闲适而且优雅。它们的叫声清幽空寂，在众多鸟声中尤为突出。如果天气晴好，那声音还会融进阳光的暖意，仿佛一股清泉，汩汩流进你的内心，让你觉得惬意无比。

四合院后面有一个小小的亭子和一方鱼池。从亭子和鱼池过去，在那条幽深小径的深处，就是县委领导办公的地方，是个隐秘的去处。亭子和鱼池四周，栽满了苍翠修长的竹。竹是楠竹、凤尾，有意栽的，为的是让环境乃至生活减少些俗气。若是晚上，在一轮霜白的月亮和几颗星子之下，丛丛的竹在光影和风中摇曳，还会透出一些古意。那些古典的情结，那些心绪，让丛丛的竹，获得了灵气与诗趣。而池里游着的金鱼，池面上落下的蓬乱的竹叶，随意和自然的一丝野气，使得这里更像一个梦幻的处所。亭子尽头是一道拱门，上面依稀可见“吉顺门”字样。这倒颇能引人遐思。想想最初修建此门的那一份心愿，再想想勒在这石里头的沧桑，内心难免就会生出些感慨来。

十多年前我初进县委大院时，就常常会在这亭子和鱼池边小坐，随便听听鸟声，或者想一想心事，比如事业，比如爱情。有一次我还在这里拍了一张照片。十多年后我重新端详这张照片时，才发现照片上的我清瘦无比，偌大的县委大院显衬出我漫无边际的孤独与怅然。那时我还很年轻，还没结婚，刚刚从一所偏僻的山村小学调进县委，县委大院的一切，还有我内心美好的理想，都显得疏离、陌生而又遥远。这里一度成为我一个人内心的疆域。我在这里想着自己，安慰自己，也鼓励自己。那些时候，以亭子和鱼池为标志，县委大院于我而言，是一种弥漫的青春的惆怅和忧伤，就像泻满一院的月光，一次次把我淹没和吞噬。

县委大院是寂静的。虽然在这里办公的部门很多，但平常基本是互不串门的。每一个部门，就是一个隐蔽和独立的世界。每天清晨，人们就像鱼群一样，照例涌进县委大院，然后快速地消失在某一间屋内。走廊上几乎是不见人影的，只是间或也听到一阵踩响木板的声音，急促或者拖沓，尖碎或者沉实，一听就能分辨出此时行走着的是男人还是女人，是急性子还是慢性子，倒也有几分逗人的意趣。偶尔，坐在一楼，也还会听到二楼说笑的声音。同在一间办公室，忙完工作后，男女之间往往就会开一些玩笑，甚至说上一些黄段子，并不觉得任何不适。倒是那一份融合，让彼此的内心清澈愉悦了许多，也让人想起工作或生活的另一面。不过这些都是悄悄进行的。相比整个县委大院而言，这些声音是微弱的，甚至是隐匿着的。除了不断啼鸣的鸟声外，实际上一切都被无边的寂静覆盖着。但这也不是说人与人之间不互相往来。实际上,只要是谁家有了红白喜事,不用你说,几乎很快整个县委大院的人就都知道了。当他们纷纷前去祝贺或者哀悼时,当你向他们致谢时,每一个人几乎都异口同声地说:“有什么呢?大家都是一个大院的人嘛……”那一份情谊,往往让人感动,也因此总会让人对县委大院生出一些温馨的情愫。

我却常常会走到另一间小屋去坐坐。小屋是县文联的办公室,躲在一个隐蔽的角落。若不是那块牌子的提醒,不熟悉的人,是很难找到的。小屋不足二十平方米,里面还堆了很多杂志,很乱,也很狭窄。我每次去,文联主席都会很幽默地耸耸肩,然后说:“你看,文联办公室已经是县委大院内最窄的了……”我大约明白他话语之下的一份无奈。不过这并不影响我们的交谈。在他替我泡上一杯浓茶后,我们就挤在唯一的沙发上,肩靠着肩聊一些文学上的事。这时我们就像一对患难与共的兄弟。文联主席快退休了,对于文学,却始终有一股不竭的热情。像他这样的人,在小城已几乎没有了。所以每次到他办公室去,他就要对我说,希望我将来能去接替他的位置,让小城的文学之河不要断流。言谈之间流露出对于文学命运的忧戚。这让我很是感动,同时也为之怅然。我当然不知道是否会去接替他。我的命运,跟文学一样,其实并不是自己一厢情愿就能掌控的。

在县委大院,偶尔也会有人摸到我的办公室来。记得早些年,我还在当业余记者时,有一个老人就常常到我的办公室来。我并不认识他,也不知道他为什么就会找上我。他来送给我一些米花糖。糖是他家自己做的,在小城很有名气。他一来,把糖给我后,就拿出一沓厚厚的稿子。稿子是他写的,大约是些古诗词之类。稿子最引人注目的是落款。看得出他很在意自己的落款。我就是从落款上知道他名字的。在落款处,他总是浓墨重彩地写上几个字:“摄影记者李如一”。我并不了解他的过去,也不知道他是否真的做过摄影记者,但在看过落款后我就猜想,“摄影记者”对他而言,一定是内心美好的梦。但紧接着我就感到了惊诧。因为他所写的古诗词,除不合韵外,还前言不搭后语,简直就是梦呓。我因此怀疑他似乎患有精神分裂之类的疾病。后来,我在小城很多窗口部门的留言簿上均看到了他留下的梦呓般的古诗词,还有同样的落款,我终于确信了自己的判断。再后来,他再来找我,我就开始回避他。但他并不顾这些。找不到我,他就把米花糖放在我的办公桌上,然后就在某张纸上签下“摄影记者李如一”的字样。那个落款,仿佛一些失血的花瓣,忧伤的花瓣,不止一次让我为之黯然。后来的几年,他终于不再到我的办公室来,无论在哪里,我也再没发现那个熟悉的签名。我就想,他大约是死了。这样想时,也就会有一种隐约的怀念,仿佛正从那些又甜又脆的米花糖,漫过我的心上,隐隐地有几分疼痛。

来我办公室的还有另外一个老人。他是县委大院看门的,我们都叫他刘伯。刘伯早先在粮食部门上班,后来下了岗,下岗后就来到了县委大院。据说刘伯下岗前,生活过得很是滋润。据说那些时候,每天下班后,刘伯总是一手提猪肉,一手提一两瓶啤酒,慢悠悠地从小城巷道里的夕阳中走过。刘伯的身影,一度让小城的居民们羡慕无比。我先前的一个领导就不止一次跟我说起刘伯。他说当年他最大的人生理想就是希望能够有一天,也跟刘伯一样,一手提猪肉,一手提啤酒,然后慢悠悠地穿街过巷。但时间总在不断改变我们的生活,改变原有的秩序。下岗后的刘伯,早已不是先前让人羡慕的那个刘伯。好在刘伯似乎是很安静的。人生的起落得失,并没让他改变多少。每天,我们都会看到他安静地燃起一袋旱烟,然后慢悠悠地行走在县委大院,脸上也总是挂着亲切和善的微笑。他到我办公室来的时候,就总是关切地询问我的私事,包括家住哪里,找着女朋友没有,等等。有时也还夸我为人的厚道与质朴,并跟我聊一些做人的道理。他的到来,让我想起村里许多和蔼忠厚的老人,想起一份淳朴无华的时光。只可惜后来他突然就死了。后来,看门的相继换了好几人,但再没有一个像他这样可亲的。后来看门的,也就没给我留下什么印象。只是有时想起往事,就会想起刘伯,并同时想起一些人事的变迁,也就会有那么一丝难过……

在县委大院,我就在这样一些琐事中走过了很多年。曾经青春年少,转瞬间已近不惑。我曾经的内心,在隐匿的时光深处,早已无迹可觅。而我身边的人事,就像时间的戏剧,也早已更换了无数版本。一些人走了,另一些人又来了。一些事发生了,另一些事又尘封了。唯一不变的是县委大院的四合院,还有那古老的亭子和鱼池,还有黄土坡上的鸟雀和树木,还有那些月亮和星子,它们静静地守在这里,守在时间深处,就像守着一个千年不变的梦……

写给唐人的诗笺

床前明月光

不用问是谁的月光，只要知道时间是唐朝，就够了。

时令是深秋，或者初冬，薄薄的白霜已经落满了天涯，甚至落在了月亮之上。月是明月，霜是白霜。但天涯在哪里呢？此时的路上，离天涯有多远？离故乡有多近？你抬起头来，我抬起头来，姓李名白的诗人，你也许不会知道，千载之后，我跟你一起回到了唐朝，回到了那个月明的夜晚。

我们都在路上，在天涯。你要到哪里去呢？我要到哪里去呢？也许我们都不知道。我们又怎能知道呢？天涯究竟在哪里？——听人们说掬捧月光就可以下酒，就可以喝醉，就可以忘却天涯。那么，就暂且不要提天涯的事了。就趁着这美好的月色，让我跟你一起对酌吧。听说你有月下独酌的习惯，听说你曾经跟月亮、跟自己，还有你的影子对饮成三人，你多么浪漫呵。但今夜，我分明看到了你的忧郁。你不是跟我说起了故乡吗？在你抬头忽低头的瞬间，故乡分明成了一滴清清亮亮的泪，就挂在你的睫毛上，挂在路上，挂在天涯。

你终究也是个俗人。

你终究放不下。而我又放得下吗？

就在今夜，在我流浪的小城，我六岁的女儿在一遍遍背诵：床前明月光，疑是地上霜。举头望明月，低头思故乡。一轮白白的月亮就挂在前面的山巅上，白白的月光覆盖了我来时的路，覆盖了女儿清澈如水的双眸。女儿不知道这首诗就是你写的，不知道这首诗都写了什么。但女儿说起了“故乡”这个词，并问我故乡在哪里。你也许不相信，当我还没想好如何回答女儿时，就已经泪流满面。如同你在唐朝的那个夜晚。

我分明也放不下呵。

那么故乡究竟在哪里呢？我们为什么就偏要说起故乡呢？有人说露从今夜白，月是故乡明……我们为什么要如此感伤呢？不是也有人说，海上生明月，天涯共此时吗？其实我想，或许天涯即是故乡，故乡即是天涯。只要那份牵挂还在，故乡就不会消失，月亮就还是那轮月亮。那么，姓李名白的诗人，还是让我们最后掬一捧月光——当然，我们不一定用它来下酒，我们可以有多种形式，比如把它写成一首诗，放在唐朝的天空里，让它流传千古；比如把它念成一首绝句，就搁在我们的心上，让它温暖心灵。

国破山河在

国破了，山河还在，但你还是从前的你吗？

让我们一起回到唐朝。回到那个乱世。

那时候是春天。杂花生树，草长莺飞。明媚的阳光并不懂得这是一个离乱的季节，依然跟从前一样照耀在长安城内。有偶尔的一刻，你也想起了从前的“三月三日天气新，长安水边多丽人”的盛景。你是多么的怀念从前呵。但眼下，长安陷落，佳人远去，就连那盛开的花朵，那欲滴的美色，也被你认为在“溅泪”，就连那歌唱的鸟儿，那宛转的悠扬，也让你一阵阵“心惊”。总之你的心是破碎了。如同这破碎的山河。破碎的长安。

但有谁知道你的内心呢？除了我知道你叫杜甫，知道你在这个春天满怀悲戚地写下“国破山河在”的诗歌外，唐明皇知道你吗？这个早已不早朝的君王，此时正身陷“云鬓花颜金步摇”的千娇百媚里，正叹息着春宵苦短呢。渔阳鼙鼓的声音，相对“芙蓉帐暖度春宵”的生生死死，终究不过是一种虚妄。更何况你的卑微之身呢？你充其量不过是个诗人，诗人是什么东西？相对美人而言，江山尚且可以不要，更何况你的微不足道！杜甫，你终究是个糊涂人呵。

请不要跟我说起你的清醒。你难道没听说过“众人皆醉我独醒”的屈原吗？屈原又如何？宁赴湘流，葬于江鱼以殉国又如何？楚怀王知道吗？清醒其实仅是自作多情，仅是自己跟自己过不去。

所以我要对你说，杜甫，你真的不应如此折磨自己。但我知道，我是无法劝说你的。你就是你。位卑未敢忘忧国。尽管你潦倒，尽管你失意，但你还是要高喊“朱门酒肉臭，路有冻死骨”，你还是要高呼“安得广厦千万间，大庇天下寒士俱欢颜”，你就是你呵。

你心系国家，心忧黎元。你可谓秉性难改。你可谓高洁无瑕。我承认，你正是因此赢得了身后名。一卷厚厚的唐诗，你哪怕是短短的一句，已足以光芒万丈、千秋不朽。但我不得不说你，所谓的身后名，其实亦只是一种寂寞。在现实的生命中，你其实只是个客，唐明皇有你也可，无你也可，你终究只是

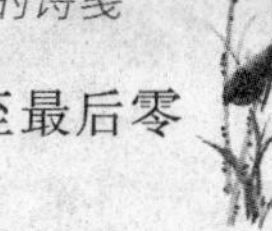

个唐朝的路人，只能是破碎山河中一棵荒芜的野草，独自荣枯，直至最后零落入尘。

这就是你的宿命。只是作为诗人，至死你都不会明白。

欲济无舟楫

清秋八月，洞庭湖的水已经涨了，几乎与岸平齐。远远望去，水天相接，波光浩渺。澎湃的波涛不断拍打着岳阳城，一种摧枯拉朽的气势隐藏其间。

没有谁知道，也没有一个人会注意到，此时，正有一个人，站在这波涛汹涌的另一端。他的内心一直无法平静。他一直在想，要是能有一只舟楫，助他渡过这波涌浪急的湖面，那该多好。能在这样的湖面自主沉浮，该是人生何等的盛事。

这是唐朝，开元二十一年，真正的盛世。这个人是个诗人，名叫孟浩然。

我们且不要问他从哪里来，想要到哪里去。他当然从书斋里来。他当然想要过湖去。生在这圣明之世，他当然渴望为君王所用，渴望建功立业。他甚至把这个想法，用诗的表现形式，呈给了当朝丞相张九龄。他说，“欲济无舟楫，端居耻圣明”，他不卑不亢，做得干净漂亮。同为诗人的张九龄当然明白他的心思。但张九龄却不会明白，除了能写几首诗外，这个孟浩然其实百无一用。

且让我们先来听听这个传说。据说这个孟浩然跟王维私交甚好。传说“王维曾私邀其入内署，适逢玄宗至，浩然惊避床下。王维不敢隐瞒，据实奏闻，玄宗命出见。浩然自诵其诗，至‘不才明主弃’之句，玄宗不悦，说：‘卿不求仕，而朕未尝弃卿，奈何诬我！’然后放归襄阳。后漫游吴越，穷极山水之胜……”你说这个孟浩然有什么用呢？见了皇帝，竟然“惊避床下”，及至言不达意，语无伦次。这样的人还谈什么建功立业、自主沉浮呢？这样的人，当然只能在山水之间独自彷徨，独自潦倒失意，终其一生了。

所以你不要见怪呵，浩然兄(我且称你为兄长吧，这样随意些)，不是我贬低你，实在是你原本就不是什么济世之才。你千万要知道，诗歌与济世，殊为甚远，原本不能相提并论。你我都是诗人，都只能写几首破诗，但这对用世而言，毫无用处。这是我们的悲剧。但最让我担心的是，我们对这种悲剧浑然不觉，那才是我们真正的不幸呵。

好在我终于释然了。浩然兄，后来我知道你总算明白了这个道理。你的朋友李白不是就称赞你“红颜弃轩冕，白首卧松云”，“醉月频中圣，迷花不事君”吗？你做得真好。做得干净漂亮。不能事君，我们就在山水林泉之间，在一杯清酒之间做个自己的圣人。进退之间，原本就该如此潇洒从容，又何必要去强求自己呢？

你不是说“人世有代谢，往来成古今”吗？古今之间，颇多虚幻；荣枯一道，忽生忽灭。我们原本轻如尘埃，不足一道呵。那么，浩然兄，就让我们安然享受“高山安可仰，徒此揖清芬”的那份敬重吧，这里面有我们所需要的静谧与闲适，尽管这亦是一种虚幻，但我们至少可以用它来佐酒——这是属于我们自己的生命方式。

空山不见人

这多像一句偈语呵。你自己的偈语。一语成谶。

王维君，我不得不说，当你写下这首诗，你其实已宿命般总结了自己的一生。除写诗外，你不是还是丹青高手并精通音律吗？你这句诗，真可谓诗中有画，画中有诗，诗画之间，一缕深沉迷离的旋律，一直漂浮其间呵。

空空的山谷，迷离的山谷，你的来去，终究恍若梦影，无痕无踪。空山不见人——王维君，你可知道，千载之后，当我再次回到唐朝，我看见的，只是一片空空的山谷，空空的山岚流云，空空的你的身影。

你年少成名。这是你的幸运。你年少出仕，让多少人羡慕。但不知为何，一种隐居的出世心态，却一直贯穿你的生活。这真是冥冥中的一份宿命吗？你一定记得，在你出仕后，你一直利用官僚生活的空余时间，在京城的南蓝田山麓修建了一所别墅，以修养身心。那是一座很宽阔的去处，有山有湖，有林子也有溪谷。你就在这里和你的知心好友度着悠闲自在的生活。只是你也许不承认，这其实就是你半官半隐的生活写照呵。你为什么要半官半隐呢？你一生虽然也有些波折，可跟你的好友孟浩然比起来，你至少也算是人生得志，世事称意了。你完全应该全身心地积极入世，这才对得起你的才华，才对得起这个四处赞赏你的社会呵。

我始终弄不明白。所以我只能说这是一种宿命。

你不是信佛吗？我听人们说，你甚至还有一个“诗佛”的雅号。在你这里，诗即是佛，佛即是诗。诗佛之间，究竟藏着你怎样的悲欣交集？其实，早在多年前，我就知道你一方面对官场感到厌倦和担心，但另一方面又恋栈怀禄，不能决然离去。于是你终日随俗浮沉，半官半隐。这是你的心病。及至后来，白云苍狗，世事多艰，宦海无常，于是你终于皈依了。皈依到诗与佛的三尺莲花之上，一片空空濛濛。你终于真正的放下了。你开始“兴来每独往，胜事空自知”。你每每“行到水穷处，坐看云起时”。你终于完成了诗与佛的交融，灵与肉的契合。

你真正回到了山水田园的深处。在这里，“松风吹解带，山月照弹琴”，松风让你惬意，山月让你忘忧，你终于可以不再过问穷通之理，“君问穷通理，渔歌入浦深”。又何必问呢？穷也好，通也罢，倒不如听一听深浦之间的渔歌，人生的一切，原来都藏在这渔歌之中，亦如你的空，你的明，你的清，你的亮。

你的身影，还有那句空空的千古绝唱。

秋月一日

现在是阳历10月15。时值秋月，寒露已过，只需几日，就是霜降了。

直到凌晨七时三十分，我才起了床。先前，我本是养成了六点起床的习惯，近几日却不再坚持。近几日，秋雨一直落着，虽不大，却很凉，寒气浸肤。加之患了近一月的感冒仍未彻底好转，一种懒意也就滋生了。

院子里的美人蕉依然在努力地开着。这是我院里唯一的花朵，共三簇，约十余株。它们距离很近，枝繁叶茂，因而显出很深的层次美。早在夏日里，它们就已绽开了，一朵朵红在院里此起彼伏，让有些荒芜的院子多了无限生气。但现在，经秋之后，那些花朵已变得黯然，虽在微雨和细风中撑着，却有了明显的倦意。太阳一直没有出来，云色灰白，如烟似霭。青龙山、五指山一片朦胧，草木微黄，略透出微寒的景象。看不见鸟影，却有零碎的鸟声隐伏在那几棵楸树里。鸟声有些低缓，甚至略带了忧郁，似与这秋声很是合拍。

女儿早已去上学了。女儿今年七岁，读一年级。但仔细算来，女儿其实已有了三年的学龄，幼儿园两年，学前班一年。三年来，每在上学的日子，女儿总是坚持着早起的习惯。这让我总是有些彷徨，总有一些莫名的担忧。我私下想，像女儿如此的年龄，理应天真烂漫，无忧无虑，现实却让她过早背上了学习的重负。幸与不幸的疑问，一直让我茫然、怅然。但我显然只能选择屈从。在竞争激烈的当下，在女儿的起跑线上，我不敢有丝毫的疏忽。

八时半后，我跟往常一样，已经坐在了办公室。打开窗子，一树桂花就进入了眼帘。这已经是秋月里的第二次花开了。我到这里已经六年。每年这树桂花都要开两次，年年如此，已成规律。第二次虽然不如第一次热烈，但对仅有一次花期的其他花朵而言，已足够让它们艳羡了。往往是，在寒露前后，那些花朵就重新在枝叶间冒了出来，虽然有些隐约，那一缕幽香却是明显的，让办公室多了些柔润。跟桂花比较起来，不远处的那棵梧桐，却显得是那样潦倒。逐渐枯黄的叶，不知是为虫噬还是秋风所破，纷纷凋残起来，显出狼藉的样子。这让我颇生出几分怜悯，总觉生命的质地原本是不一样的。

微雨突然停了。天边移过一抹亮白，太阳的影子隐约可见。大约半小时后，一抹微红终于越过那边的松树林，天地一片晴明，我也置身在太阳的光芒里了。斑鸠开始啼鸣起来。先是在我的屋后，后来越到窗前，再后来便到了远处，几乎仅是一瞬之间，来了，又消失了。但那声音仍然让我兴奋不已。在草木萧疏之际，那清悠的声音，总能让人想起春或夏的明艳来。况且自寒露以后，我是没听到斑鸠的啼鸣了。所以这匆匆的邂逅，已分明让我愉悦了许多。

妻拿出了锄头，说要趁这阳光到来时整理一下院子前面的地。这地是我买来的。三年前在小城买了地基修建房屋时，顺带就买了这块地。倒不是为了其他，只是因为在土地上生息惯了，突然之间搬进城后，总觉有几分不适应。一直计划着在上面种些瓜果蔬菜，想借此让自己离泥土近些，以慰内心的那份失落。妻也深知我意，所以总是按着季节，适时地在上面种下一些植物。偶尔我也会跟妻一起，在上面撒下比如豌豆或者胡豆之类的，然后在来年的春光中看那些花儿缤纷，看蝴蝶飞过的那份清美。四时的景致从上面走过，让我的生活有了几分田园的意蕴，同时也多了几许风致。

阳光真是个好东西。阳光一出来，万物就都柔和起来。先前还显得冷凝无比的山树，现在竟也泛出温和细致的光芒来。先前似都已隐匿了的鸟们，霎时间纷纷飞了出来。蝉也抓紧了这难得的时机，在椿树的剩叶里一展歌喉。野菊也在秋阳中攒足了力量，隐约摆出了现身的架势。午间无事，我抬了张躺椅，躺在院子的阳光下，双目微闭，静静享受着一份温暖和安静。稍后，便觉得了内心的闲适，于是竟有了一种让时光驻足的奇想，想紧紧留住这一瞬。但蓦然又觉得了自己的可笑，总觉得自己过于理想化了。

入夜，没有月亮，倒是有几颗小星，寂寂地挂在西天之上。天地一片暗黑。我跟妻，还有女儿，各自忙了一天后，终于一起回到家里。饭后，妻在台灯下刺绣，女儿在她房间做作业，我则躺在沙发上看书。屋外，虫声逐渐加深，尤以蟋蟀为甚，直逼屋内。微雨复来，秋风细拂，窗台上一盆兰草在灯影中摇曳。《源氏物语》刚好写到朱雀院之三公主受戒持佛的细节。秋花凋零，丽人清灯，青丝犹残。世事薄如秋草，生命亦多落寞，让我唏嘘，不忍读下去。掩卷。随手翻开德富芦花散文。人民文学出版社二〇〇八年十二月，北京，第一版，陈德文译。第十六页。“古寺，梅树三两株。有月，景色愈佳……此时，夕阳落于函岭，一鸦掠空，群山苍茫，暮色冥冥。寺内无人。唯有梅花两三株，状如飞雪，立于黄昏中……”多好的文字。简洁、干净，透着脉脉的体温。自然如此，人生亦应如此。于是那古寺，那月色，那两三株梅花，便充盈了我的内心，虽然有些秋意，但终觉这夜的温暖柔和了。

肆 行走与阐释

忏悔记

纸　牌

校园里的樱桃林依旧茂密,只是枝叶间已隐约挂着些微黄。风有些凉,偶尔还会变得迅疾,把凳子上的纸牌掀翻来,落到地上……这是中秋前后。这时候,这所民办小学刚刚开学,老师们总爱坐在樱桃林下玩纸牌。没有任何惩罚,也没有任何刺激,但他们并不觉得枯燥,在不断重复的简单的游戏里,我不知道他们最终获得了什么。我也曾疑惑过,他们中很多人都是民办教师,一边教书,一边还要下地干活,但他们似乎都喜欢把时间和精力耗在纸牌上——这近乎一个秘密,直到多年之后,我仍然无法破译。

我就是带着这样的疑惑成了他们中的一员。对我而言,他们并不陌生,他们中很多人曾经是我的老师。我正是从这里走出去考取师范并成为公办教师的。但对我的到来,他们还是表现出了极大的新鲜感——就像一块平静的湖面,突然掷入一块石子,而后卷起水波。在我到来之前,这里从未有过公办教师分来。多年以来,只有他们一直在这里,没有调出,也没有调进,环境平静得就像这乡村的日子。日出而作日落而息的轮回,让他们习惯了平淡无奇,所以当我来到这里,他们就迫不及待地跟我说起了他们的游戏。

我开始跟他们玩。黑桃、梅花、方块、红桃,四种图案,五十四张纸牌。大压小,恒久不变的秩序。就像学校的铃声一样,不断地响起,又不断地落下。起落之间,日历很快就一页页翻了过去。应该说,我是投入的。在固定而又简单的规则里,我早已习惯了一副庸常的纸牌。

只是,没有谁会预料到在一副庸常的纸牌之下,有一些让人兴奋的故事,竟会秘密酝酿,直至成为这平静日子的谈资。

故事要从一个女教师说起。

女教师的丈夫原本是个公办教师,但后来因为赌钱抢劫杀人被判死刑,当年的市报还在显要位置作了报道。这一直让她对赌钱深恶痛绝。所以在玩纸牌时,她总是拒绝实行惩罚——她说任何形式的惩罚从本质上都是赌博。我们知道她的偏激,却都不曾说出,也从未拂过她的心愿。这让我很是惊讶——很多年后，想着这一个小小的细节，一些生命的美好情愫总让我感动。

那时候，一天，又一天，我们就这样不断地跟这个女教师玩着纸牌，跟她说着纸牌之外的话——学校，学生，当然也还有她的日常——一个独身的女人，带着两个孩子，一边教书一边下地干活的艰辛……而故事也就在这些题外话里不知不觉地来了，故事来临的时候，我们都觉得了十二分的惊诧，紧接着还有了莫名的兴奋。

事实是，突然有一天，我们发现女教师的目光，竟然落在了C老师的身上，目光落下去时，还有一抹隐约的娇羞和温柔泛上来。这一瞬的变化被捕捉住的时候，我们就预感到，有一些故事，或许就要从一副纸牌中风生水起了。

C老师尽管也跟我们玩纸牌，但他最大的爱好还是四处赌钱。因为赌钱，他一直生活在温饱线下——逢赌必输的结果，让他不多的工资总是入不敷出，其妻一气之下另嫁外省。他总是债台高筑。就在跟我们一起玩纸牌时，也总会有人撞进来向他索债。这时候，他常常是尴尬的，满脸通红，语无伦次……而让我们也让C老师想不到的是，有一次女教师突然就站了起来，在问清其所欠数目后，一次性替他还清了欠款……

接下来的故事似乎有些顺理成章，也有些出人意料。

听C老师说，在一个纸牌散尽的夜晚，女教师在他的寝室整整坐了一夜。女教师跟他谈起了赌博，她说她曾经恨过赌博，但经历了生命的寂寞与孤独后，她已经觉得并不重要……女教师的心思不言而喻。但C老师说他是理智的，他对女教师说，他只是缺钱，还没有孩子，不可能因为暂时的困难就毁了一生……

我已经记不得故事最后是怎样收束的，只是记得，从此，我们不再玩纸牌。只是记得，此后不久，女教师辞职离开了学校，嫁给了一个有过妻子儿女的男人，后来就没了她的消息。只是再后来，听说那男人动辄就暴打她，并回到了原妻身边，丢下她一人……

多年后，偶尔我竟然还会想起她。想起她，就会有一副纸牌，在秋风拂过的樱桃林里，漫过面目全非的时间与内心。

寝　室

多年后，我总会梦到一间寝室，在隔三岔五的梦境里，它总会不断地出现。它是模糊的，又是清晰的。在梦中，我好像有一些书本，或者物件，遗失在里面。我企图寻找它们，但时间已然显得遥远，我的目光和双手，一寸寸被一

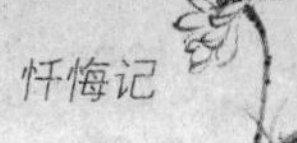

层迷离的光所淹没——仿佛身陷沼泽，我不断下降，再下降……我总努力记起什么，在一间忽明忽暗的寝室里，我像隔世的一个符号，寂寞而又惶惑……

我总是在一滴湿湿的泪里醒来。我知道，梦里的场景，那些似是而非的道具，来源于十多年前的一所戴帽中学。那是一间不足二十平方米的寝室，我在此住了整整四年。

现在，当我端居在时间的另一隅，当那间寝室渐行渐远，突然就有一种隐约的冲动——或许，在抹不去的记忆里，它的存在，一直连缀着我内心的某种遗失？

我不得而知。一个事实是，此刻，就在想起它时，那些时光，影像般开始切入我的记忆——凌厉或者温婉，那些混沌的内心，纷纷蔓延或者逃遁。

那的确是一间狭窄的寝室，但从一开始，就具有特别的意义。当我从那所民办小学调到这里时，学校所有的寝室都已被占满。那是一个秩序很乱的环境——没有任何分房的纪律和制度，也没有谁能够管束住谁，在“先下手为强”的约定俗成下，学校能够住人的房子都已没有任何遗留。就连那些家住学校附近的老师，宁愿在一间空空的寝室门上套上一把冰硬的铁锁，也不愿让出空着的寝室——这种强有力的占有欲和不愿吃亏的心理，就像野草般蓬勃生长在每一个教师的心里。我所说的寝室，同样也套着一把这样冰硬的铁锁，在两个煤棚（走廊上所能用的空间都被两旁的老师寸土必争地占据）中间，一条狭长的通道，连着一扇淡黄色的门，逼仄而且压抑。门上的淡黄漆，蒙着一层厚厚的灰尘和密集的蜘蛛网，门顶上的玻璃已经破裂，那些细碎的曲线，倒也像极了花瓣的组合……我发现它时，W老师正闪着一双不容置疑的眼睛望着我——他说，你就别费心了，这间寝室，我跟Y老师要过多次，但她始终没有答应……

但让W老师感到意外的是，在办公室，当着大家的面，我对Y老师提出要房时，竟然得到了肯定的答复。我无疑是兴奋的，而且也兼带了几分意外。此前，我其实也没任何把握，我敢开这个口的唯一理由，仅仅是因为在市报上为Y老师写过一篇人物通讯。Y老师的慷慨赠送，让其他教师对我侧目的同时，也让我有一种找到归属和安稳的幸福感，只是那种感觉并不是温润的，而像一些针尖的锋芒，一直刺在悬着的心上。

我几乎是在人们羡慕的目光中搬进这间寝室的。寝室是用教室改造的，所以当我推开关闭已久的门，墙壁上一块又黑又厚的黑板就突兀地凸在了眼前——像身体上的某块赘生物，丑陋而又不协调。四围的墙壁留下了点点斑驳的水渍，地面是泥巴铺成的，一些尖削的小石头，顽强地伸出棱角，参差不齐地占据着某一隅……那个时候，我想我大约一定有过短暂的失望。面对这样的环境，我大约一定想过自己荒芜的未来。

但我终于是记不清了。只记得在这里安顿下来后，我就用白色粉笔在黑板上抄下了李白的《将进酒》。不过，我选择这首长诗，并不是为了所谓的写照和寄托。那时候，对于未来，对于理想，对于精神的困境，我其实是混沌的。我抄下这首诗，更多的仅是一种随意的行为。如果真要说有那么一点寓意的话，至多算是对环境的点缀而已。

但我很快就发现了自己的孤独。每天，我抱着厚厚的教案，穿过狭长的通道往教室走去，然后又折回来，时光千篇一律，脚步也千篇一律，我甚至发觉，在来去的路上，我的脚步总是重叠在相同的位置。我开始失落，开始希望有一个人，两个人，或者更多的人来我的寝室，我失落的心需要倾诉。然而我是彻底地失望了，始终没有任何一个老师，或者是其他人，走进我的寝室。于是，我开始尝试阅读梭罗的《瓦尔登湖》——

> 一八四五年三月尾，我借来一柄斧头，走到瓦尔登湖边的森林里，到达我预备造房子的地方，开始砍伐一些箭矢似的，高耸入云而还年幼的白松来做我的建筑材料……那是愉快的春日，人们感到难过的冬天正跟冻土一样地消融，而蛰居的生命开始舒伸了

我想我该向大师学习，去到一个最起码属于内心的安静的湖上，颐养身心。然而可惜的是，我始终没有读懂这位与孤独结伴的大师，他的文字乃至生命的隐喻毕竟太浓缩，太艰深，甚至晦涩。几经折腾后，我想我必须把我的双脚重新落到寝室来——我必须简单地在真实的生活里完成某种真正意义上的消融和舒伸。

我开始留意我的学生。我想，或许，只有在他们的身上，才能真正实现我对于孤独的突围——我开始跟他们打成一片，并由此记住了一些名字：胡江仲、邓成龙、陈小勇、卢维……由此写下了一些文字——我办黑板报，写下他们对于理想和青春的引言，然后，在我的寝室燃起泥巴炉，然后，跟他们一起吃不是烧得很熟的饭菜，谈着也不是很熟的文字……

只是，我始终没有想过，正是这间寝室，成为我和他们精神的出发地。如今，不论是谁都没有忘记，文字是慰藉我们精神的入口——他们，或者我，都一直在不同地方、用不同形式写着有关或者无关的文字。比如此刻，陈小勇就在浙江，在打工的厂里编着一份企业报，比如卢维，就在贵阳街头写着流

浪的诗歌,比如我,就在记录着对这间寝室的怀念……只是不知道,此时,当我再次想起他们,是否就切近了文字的内心——隐秘,沧桑,却温暖无比。

不过,这已经是很多年后的话了。

蜡笔

如果不是那支蜡笔,我绝不会发觉,在老师们眼中,我早已成为另类。

我的确是封闭和疏忽的——就在我自己躲在自己的寝室时,他们的教学观念,早已跟我遥隔千里。我不断强化对学生各种能力的训练,不断用蜡笔刻下试卷,检测学生对所学知识的把握……而那个令我吃惊的发现就在这一过程中显露了出来——当我到H老师处再次借蜡笔刻试卷时,他疑惑不解地看着我——他的目光充满了怜悯,他说,你看,除了你,谁还在做这些无聊的事情?谁不在拼命赚钱……

那天晚上,我第一次失眠了。我辗转反侧,隐约感到一种教学的危机。于是,像一个战士,我迅速披衣起床,写下了一篇题为《困惑》的散文,文中很有些句子,直指教师们对于学生的不负责。那时候,我想我一定是忧心如焚的,我总在企望一种良好教学秩序的恢复和重建。但我并不知道这只是我的一厢情愿。及至后来,我还为自己的天真和幼稚感到了无地自容,同时也为自己的冒失尝到了应有的苦果。就在文章见报后,他们再也没有一个人愿意跟我来往。他们跟我始终隔着远远的距离。特别是后来那场洪水来临时,我对他们的"不敬"得到了应有的"回报"——那天晚上,暴雨如注,越下越大,激烈的雷声和闪电使得电源早被截断。没有灯,我早早就躺在了床上。我没有想到,一场有关生命安全的危机正悄悄地快速地向我逼近——就在我熟睡之时,整个校园已被洪水吞没,老师们早已互相通知,在洪水中转移。但没有谁通知我,我是在睡梦中被淹上床的洪水刺激后才醒来的……

从一支蜡笔出发,我跟老师们的格格不入越来越升级。

最直接的事件是从希望工程款开始的。那天,为了确定希望工程款的发放问题,学校召开全体教职工大会,进行民主讨论。我起初并没有发言,因为我相信讨论的结果一定是遵循上级制定的原则发放给贫困学生。但想不到讨论的结果是,在发放给贫困学生之前,必须保证每个教师子女享有一份(整个学校未婚教师只有三人,其余的都有子女)。我就是这个时候发了言。当然,我的反对最终犹如一块投入大海中的石子,还没卷起波澜,就已沉入海底。而我也像一只孤独的被遗弃的羊,在落日的山冈和余晖里顾影自怜——望着教师们纷纷拂袖而去的背影，我的自尊受到了前所未有的蔑视和践踏。直到后来，当校长因为希望工程款被处分时，我或多或少才得到一点安慰。我倒不是落井下石，只是觉得内心的单纯和唯美得到了一定程度的修复和维护。

而X老师和S老师的矛盾，则让我增强了对这所戴帽中学的反感。我甚至起了调走的念头。这时候，当我在寝室里躺下来，想起的已是蝇营狗苟一类的词汇——他们矛盾的焦点，竟然是为了争夺校长的位置！我当然无从知道他们争夺的过程和手段，也无意记录这其中的细节。我想我该置身矛盾之外——我开始阅读一些并不相关的文字，比如卢梭的《忏悔录》，比如小仲马的《茶花女》，比如曹雪芹的《红楼梦》，还有许多零碎的报刊。在闷热的午后，或者是灰蒙蒙的雨晨，抑或是月光无限凄迷的夜晚，我始终端居在我的寝室。我甚至把门关上，一遍遍播放着那些熟悉的歌曲。我疯狂而又绝望，那些文字，那些歌声，我分不清是混沌还是清晰，是沉静还是虚妄。我几近于佯狂……

但让我预想不到的是，一首没有署名的嘲讽两位老师争夺校长位置的打油诗，就在此时出现在办公室的黑板上。而我，作为能写几个字的所谓“文人”，成为大家一致怀疑的对象。我无法申辩，也不想申辩。只是当一个人再次在寝室躺下来，一滴眼泪，就莫名地染湿了眼角——我被告到了乡政府，分管教育的副乡长找我谈了一个下午。紧接着，一个关于我跟我的女学生谈恋爱的谣言开始出炉，并逐渐沸沸扬扬，直至让我声名狼藉……

我想我真的该走了。但我真能离开这里吗？

调动

我的确想到了调动，但很快就告诉自己，必须停止这种想法——同事们为调动四处奔忙的身影和他们让人羡慕的社会背景，让我感到深深的自卑，同时也让我明白，自己想调动的想法，就像无根的飘萍和断梗，悬浮而且虚幻。

X老师的姨父是教育局长，W老师的妹夫是国税局长，S老师的大哥是某乡党委书记，R老师的姐夫是县委秘书……当我终于理清这些关系，也听到他们在跑调动时，就告诫自己：必须把离开这里的想法深深埋葬。我感到了自己的痴心妄想——在我所能连接起来的关系网上，除了农民，还是农民。在我的亲戚链条上，根本就没有任何一个哪怕是混迹于官场的小小公务

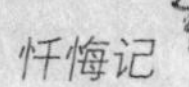

员。所以我终于又安静地在寝室里躺了下来，尽管我也会木然地望着李白的《将进酒》茫然无措，但我知道我一定是安静的——我不得不安静，我一向是个有自知之明的人。

只是我深切地相信，那个时候，当我安静地躺下去时，或许也曾经有那么一滴泪，流过我无助的荒凉与悲伤。因为那个时候，我被遗弃的孤独正不断地与日俱增，我基本上断绝了与任何一个教师的交往。而也因为这样的原因，我对他们的“不敬”获得了变本加厉的“惩罚”。平时，我随处都可以听到他们对我明显或不明显的挖苦，那挖苦里充满了鄙夷甚至仇视——我知道，作为他们眼中的另类，我已堕入万劫不复的深渊！

我开始听到有关他们跑调动的确切消息：X老师准备调往县教育局，S老师和W老师准备调往乡党政办，R老师准备调往乡教育辅导站……整个学校是沸腾的，相关的、不相关的，都在谈论着关于调动、关于离开这所戴帽中学的话题。而我，不知怎的就有了一种忧虑，在人们纷纷想要离开的背后，我似乎看到了一所戴帽中学正在面临被遗弃的命运，于是就有了一种无端的怜悯，只是不知道在怜悯的对象里，是否也有自己的影子？

但我终究没有看到他们离去的背影。倒是在那些迅速生长又迅速枯萎的消息里，意外地等来了P老师抽调乡党政办的一纸通知。P老师无疑是兴奋和自豪的，甚至有几分虚荣和快意。因为当我再次见着她时，她正跟乡党委书记一起回到学校检查工作。那时候，她正对每一个教师的工作进行指导性评价，其中有一个平时跟她有过竞争的女教师还受到了她的当众批评……只是让我深感意外的是，我很快就听到了有关她跟乡党委书记的绯闻——在人们点到为止和似是而非的语言和笑容里，我似乎明白了什么，又似乎失落了什么。

而更令人意外的事情竟然也发生了，意外得让这所戴帽中学似乎发生了一次不小的地震。

再后来的一个午后，乡党委书记、乡长还有其他乡领导都到学校开会，并指名要我到乡党政办当秘书。会上，乡党委书记还特意提起我在市报上发表的那几篇文章，并对我的写作水平给予了公开肯定……遗憾的是我当时并没在场，学校也没通知我开会。我是后来才听说此事的，我无限振奋，我似乎看到了希望——面对一片悬浮与虚幻的未来，我似乎抓到了那么一根救命的稻草。

后来的结果果然不出所料。几天之后，我就接到了去乡党政办报到的通知。但就在我即将出发时，一辆白色桑塔纳的到来，改变了我的航向。我没有想到，县教育局副局长竟然会为我专程来到学校。那天，就在操场上，就在全校师生的众目睽睽之下，副局长一钻出桑塔纳，就紧紧握住了我的手。在简短的交谈后，副局长就明确答复调我到县教育局办公室当秘书……

那一天，我第一次有了意气风发的感觉。那一天，面对跟我格格不入的戴帽中学，我像一个得志的小人，在满面春风中对其投去了鄙夷的目光……只是多年后想起这一幕时，突然还想起了当年在这所戴帽中学读过的卢梭的《忏悔录》开篇的引言，仿佛偈语，仿佛从一开始，所有的故事就为我准备好了答案：

> 我以同样的坦率道出了善与恶。我既没有隐瞒什么丑行，也没添加什么善举。万一有些什么不经意的添枝加叶，那也只不过是填补记忆欠佳而造成的空缺。我可能会把自以为如此的事当真事写了，但绝没有把明知假的写成真的。我如实地描绘自己是个什么样的人，是个可鄙可恶绝不隐瞒，是善良宽厚高尚也不遮掩：我把我那你所看不到的内心暴露出来了。

像风一样的爱情

爱情就像风一样,这是多年后我得出的结论。

爱情从十五岁的指间穿过,融融的月色是神祇的目光,在高处端坐。月色静静地注视着风的行程,我无法窥视月色的内心,但我猜想,那个时候,月色一定显得幽静而又柔情,就像春天的圣母,一次次在看不见的地方抚摸我们渐长的青春。

事实是,在我十五岁或更早的时候,村里每到正月就要唱花灯。台上的爱情剧成为催我们成长的土壤,往往是台上在唱戏,台下的少男少女也进入了爱情的角色。十五岁的年龄,就像春天月光下的麦苗,经风一吹,一层暗绿就秘密地汹涌起来,生命的拔节和涌动若明若暗。

风吹过,我能明显地感觉到体内隐约的躁动,迅疾,甚至有几分狂野,就像一头小兽,在身体里左奔右突。

我就这样成了这些少男少女中的一员。在花灯的舞台下,一个梦终于成为身体的陷阱与诱惑。

只不过,当我第一次在月光下紧紧抱住她的时候,花灯戏早已落幕,我也将要离开村子,到另一个县读师范。我跟她在月下的约会,大概就是临行前的告别,极像一个古老的爱情细节。

这一个月夜,她逐渐凸起的乳房,像是钻进我胸膛的两只小鹿,来自异性的秘密,第一次让我心慌意乱。她最后还送给我一双鞋垫,鞋垫上绣着两枝红梅。她羞涩地说,希望我不要忘记她。我点点头,我说咋会呢?她说她一定等我师范毕业,然后跟我结婚,过一辈子。

她是我们村里的一个女孩。跟我同龄。

我想她大约一定履行过自己的诺言。在村里,她一定痴痴并傻傻地等过我。但她没有想到,我在月夜下的诺言,不过是一次莽撞的言行。十五岁的我们,诺言与爱情,隔着很远的距离。

多年后,有一次突然想起她,我忍不住深深地自责。我至今不知道她嫁到了哪里,嫁给了谁。我一直觉得,从那个月夜开始,我始终欠了她什么。而更让我觉得对不起她的是，现在遇着，我恐怕早已不认识她了。

这是我遇上的第一个女子。

第一次的爱情，显得潦草而又莽撞。就像风，刚刚从月色中吹来，转瞬就消失在了田野的深处。

十八岁，我遇上另一个女子。

我遇上她的时候，她已经二十六岁。

那时我刚刚分回村小任教。我到这里时，她已在此教了好几年的书。对于她，我从未存过任何念想，年龄的差距是一道槛，我并没有想过要跨越。

那一年的冬天下了罕见的大雪，天气特别冷。我们常常一起围着铁炉子，聊学生，聊大雪，当然也聊一些无关紧要的生活，我丝毫没有想过，这些细节竟然会跟爱情有关。

我们其实并没有提到过爱情。

一直到冬天结束，我们都没有提到有关爱情的半个字。

生活总是充满了戏剧性。第二年夏天，我偶然地成了她的信使。

一个乡医生请我给她送求爱信。求爱信还是当着我的面写的，我甚至帮医生斟酌了好几个句子。

那天放学后，我在一段斜坡追上她。但不知为何，我竟然有些口吃，我说："我——我——有一封信要交给你。"她回过头，微笑着面对我，脸上漾起几分羞涩的红晕。我站在高处，她站在低处，她白色衬衣领子下隆起的乳峰，突然暴露在我的眼底。此时，十五岁的爱情月夜，突然就浮现出来，并勾起了我莫名的向往。我的心终于狂跳起来，激动让我更加语无伦次。

而当她弄清送信真相后，她就收住了微笑……我不明白她为何会有如此的表情。那天，我一直静静地站在原地，一直目送她远去的背影消失在远处，一直想着在她脸上忽然绽开又忽然消失的花朵，一直想着，在花开花谢的瞬间，是否隐藏着一些跟我相关的秘密呢？

日子就像我们日常的脚步，依然按着先前的秩序缓缓推进。一晃眼，再一个秋天就已经来临。这个秋天，她跟另一个男人举行了婚礼。

我是在婚礼的前一天去她家的。那天，当着我的面，她跟她远方的一个同学说，她跟我恋爱过，而且是最珍惜的一次……

这让我颇感意外。她竟然认定我们之间发生过爱情。

我们之间真的有过爱情吗？——我疑心自己是做了个梦。逐渐萧瑟的秋风拂过我的额头，时间带给季节的凉意，让我突然就有一种隐约的怅惘。只不知那一份怅惘，是否也含有一种错过的悔意？

再后来，我调到一个小镇上教书。

在小镇上，我发觉我正式爱上了一个女子。

她长得很漂亮。关于她的漂亮，我在另一篇文章中说过，她破了小镇的历史记录。看见她第一眼的时候，我就想急迫地娶她为妻。以至于多年之后，我总感到，一份美丽的诱惑，足以改变甚至是毁灭一个人。

她家住在小镇上。那时候，只要没课，我就往她家跑。我甚至帮助她家干农活，而且很卖力。认识我的人都说我被她勾走了魂魄，那口气还有点像书生遇上狐仙一类的调侃意味。

小镇附近的山野里，每到插秧季节，就会结出一种白色的小果子，味甜，可以吃。白色的果子遍布山野，就像落满一地的星子，颇有诗意。那几年，在帮她干活的间隙，她就会约我到山野里去采摘这种小果子。一颗颗的白果摘下来，我仿佛就觉得，一场预期中美丽的爱情，正缓缓地向我降临。

那时候我几乎离不开她。我就像那些古老的爱情主角一样，她的一颦一笑，都能惹我相思。我完全陷进了爱情的泥潭。

后来，我终于忍不住向她表白。但她只是笑笑，不置可否。

不久后的一个夜晚，她到我的寝室来。她说她要去深圳打工，而且极有可能不再回小镇。她来跟我告别，并祝我幸福。

我默默地不发一言。我如梦醒般地知道，我的生活不可能成为滋润她漂亮容颜的土壤。

她走后，我突然觉得小镇的天空变得无限的忧伤。我从此不再到那些山野里去。我把所有的窗户紧紧关闭，不让任何一丝风吹进来——风的影子，总让我想起如风一样的爱情。爱情在风里，就像捉摸不定的前途和命运。我紧紧地把自己关在一个人的寝室，开始拒绝跟任何人往来。那时我有一台录音机，我常常把音量调到最高，反反复复播放着《我的未来不是梦》《再回首》和《星星点灯》——我显得有些疯狂而又绝望，在爱情坍塌的天空里，我第一次学会了放纵自己。

有一年，我接到她的电话。她说她到深圳后，嫁给了一个老板，生了一对双胞胎，但很快老板又有了新的女人，常常把她一个人扔在家里，而且不接她电话。她说她取了个“葬心”的网名，她已成了一个失意幽怨的女子，她已把自己的心深深地埋葬。她还说，如果可以重新开始，她一定不会选择这样的生活……

这很像一个古老的爱情悲剧。

我沉默无语。我大约明白她话语之下一份隐约的期待。但我还能说些什么呢？真正的爱情其实跟生命一样，往往只有一次，错过了，就不可能再回来。

再后来，我又遇上了另一个女子。

那时候，我已调到县城。我在县城的一角租了间小屋，小屋狭窄，也简陋，但却是别致的。说它别致，主要是因为小屋前面，一棵梨树紧贴着阳台，斜斜地生长上去。这是一棵奇异的树，星星点点的梨花总是开了又落，落了又开，从春到冬，从没停息。它似乎是一棵被季节遗忘的树，季节在它身上，永远保持着春的繁盛。这一奇特的现象总是让我不能忘却。直至多年后，我还会在另外的梦里遇上它们。

我睡在小屋里，目睹一朵朵洁白的梨花在风中静静经历生与死的轮回，我欣慰而又失落。一方面，生是热闹的，就像一朵梨花绽开的过程，就像我自己，曾经的曲折、失意，到现在工作环境的改变，似乎让我看到了希望。但另一方面，死却是寂寞的，当一朵梨花在风中零落，我就会忍不住涌起一丝孤独。毕竟，逝去的过程，总是充满了愁郁。

当然，这一份孤独或许也跟环境有关。刚进城，我几乎没有熟人。每天上班之外，我就回到这里。除我之外，没有谁到这里来。在这里，我的生活其实是隐匿着的，没有谁会在意我，谁又会在意一个跟自己并不相关的人呢？

她大约就是此时来到小屋的。

她不漂亮，也不浪漫。她一来，就忙着帮我把那些零乱在地上的锅碗瓢盆收拾得整整齐齐。她也不跟我谈什么爱情，她就这样不断地忙着收拾我的小屋。她说她是个贴着地面生活的女子。

而我终于感到了从未有过的温暖。

后来，我们就开始做爱。还记得最初是一个月夜，就像十五岁的那个月夜一样，风从梨花上吹进来，从我们的指间穿过，风一遍遍抚摸我们裸露的肌肤与魂灵，朦胧的月光下，生命的秘密再一次若明若暗。温馨涌动，梨花开得正繁，月光落在梨花上，洁白显得格外深沉，如水如雪，扑朔迷离。那时候，她静静地看着我，认真地问我会不会抛弃她。我说咋会呢？我说我就这样跟她过一辈子……

她就是我现在的妻子。现在，我们依然不说爱情，但彼此都是对方的牵挂，生活也过得不紧不慢，无惊无险。爱情在风中，成了看不见摸不着的一份承诺。那承诺，就端坐在内心之上，默默无语。

一九九七年的小镇

小镇很小，小镇实际上就是一个乡场。小镇只有一条街，街道弯曲、狭窄，晴天尘土飞扬，雨天满地烂泥，并时时堆满了各种牲畜的粪便，因此有人戏称之为猪屎街。街道从两边的房屋间穿过，有点像人体内的一根肠子，让人想要呕吐。小镇只有几家简陋的店铺，平时显得很冷清，只有到赶场天，那些临时的小摊搭起来，才会显出几分热闹。

我教书的中学就在街道旁边。学校也很简陋，教学楼是一幢老式的两层平房，已经显出老相。教师宿舍是一些瓦房，瓦房显得更老，是解放初期就修建的。寝室里都是泥巴地面，天气稍稍干燥，就会浮起一些尘埃。更恼人的是，一到雨天，那些多年的瓦，已无法遮住雨流，雨水从瓦缝里淌下来，东边一股，西边一股，雨流在狭窄的寝室里狂舞，如果用桶和盆把它们接住，那叮咚声倒也另有一番情趣。

到一九九七年，我在这里教书已有了三年的时光。

只是一九九七年的时光似乎有些特别。

一九九七年的我似乎特别有意思。

一九九七年，我竟然想着要离开小镇。

你也许不相信，这一想法对我而言，是多么的意外，有时连我自己也觉得惊奇。

其实，未来小镇之前，小镇已是我最大的理想。此前，我已在我的村子里教了三年的小学。因为教学成绩优异，尽管没有大专文凭，我还是被破格选拔到中学任教。不论是外人还是我自己看来，这都已是最大的荣光。我也就想，这一生中，小镇就是我的归属了，我将在这里教书，然后结婚、生子，然后退休、老去……就像很多教师一样，我将在这里完成一个新的轮回。

我是想要告别我从前的梦想吗？

一九九七年的阳光似乎很明朗。阳光照下来，落在小镇的青砖和黑瓦上，落在一片狼藉的街道上，落在中学校园唯一的一棵老槐树上，神秘的知了总是躲在某个隐蔽的角落，叫声长长短短，此起彼伏，小镇的时间显得缓慢而又悠长。从小镇走过,那些明朗的阳光落在我躁动的心上,像是有火焰在炙烤我的肉体和灵魂。有时候我会抬起头来,眯着眼睛看看太阳的方向。太阳四周永远飘着一朵洁白的云彩。天空显得很高远。我有时就坐下来,用一本书挡住自己的视线,或者是卢梭,或者是梭罗。那时候我疯狂地爱上了他们。卢梭的《忏悔录》,梭罗的《瓦尔登湖》,在一九九七年的阳光下,让我在安静的同时,又有一些隐约的浮躁。

不过,这仅是一个意外,仅是跟小镇并不相关的一个细节。

更多的时候,尤其是当夜晚来临,黑色的夜幕让小镇的灯火亮起来时,我就会感到无限茫然。坐在一个人的寝室,我突然觉得夜晚像极了大海,而小镇,则是这茫茫中的一座灯塔。“它会照亮我吗?”在一九九七年的夜晚,我弄不明白,这个隐约的小镇为什么突然就变得忧伤起来。

于是,我一直在等待那熟悉的敲门声。

为什么会这样呢?

你不知道,当一九九七年到来,我已经开始莫名地孤独了。在漆黑的夜,孤独的心总需要那么一点点安慰。

敲门声始终没有响起。黑夜依旧空空荡荡,小镇显得神秘幽深。窗外的田野,虫鸣声一浪高过一浪,有蟋蟀,还有纺织娘,再有的我叫不出名字。它们似乎是一支组合的乐队,乐音紧凑、有序,婉转起伏,奔腾跌宕,流水般漫过小镇,仿佛托着一个轻柔的梦。

而我似乎是梦里的一个客。

我突然觉得自己跟小镇隔着很远的距离。

因为,先前的时候,在这样的夜晚,是有人来敲门的。

敲门的是小镇上的一个女子。她长得很漂亮。在小镇上,迄今为止,她的漂亮,破了小镇的历史纪录。

她在我视野中出现时,我一下子就想到了爱情。

我开始接近她,她也开始到我的寝室来。

她一来,我就像童话中的王子,我的寝室里面似乎开满了鲜花,我似乎是小镇最幸福的人。这样的场景持续了将近一年。一年后,也就是一九九七年到来时,她离开了小镇,去了深圳。

我感到无比的沮丧,也才明白自己在小镇的生活,不可能盛得下她的人生。我开始了对于小镇生活的思考,直至生起怨恨来。我也终于从童话中走了出来,我的夜晚从此孤独而又忧伤。

但小镇并不知道这一切。一九九七年的小镇,依旧是先前的小镇,阳光依旧照下来,阳光又怎会知道我内心的变化呢?

中学旁边是一片松林。阳光从树林上闪过,留下一道道金黄的波光。波光重叠起来,五彩斑斓,绚丽耀眼,算得上奇异的景致。尤其是黄昏时分,夕阳融进来,金黄中揉进一缕血红,竟让小镇显出几分壮美。

我最初到松林去的时候,只是想一个人静静。一个人坐在这样的光下,四周是繁密的树叶,只有一丝白云,偶尔从缝隙里透出来,鸟雀也并不多,倒是能瞅见一群鸽子,正从小镇远处的上空飞过。我知道这群鸽子每天都要这样飞过,小镇的天空就是它们全部的生命。这有点像小镇的居民们,一隅空间,即是一生。有时候我也会随便躺在地上,嘴里嚼着一棵青草,或者什么都想,或者什么都不想。这时候,风就会吹动树叶,弄出窸窸窣窣的声响,树林显得阔大而幽深。有时候我索性闭上眼睛,仿佛就听到了叶落的声音,叶落在草地上,阒无声息——我突然就有些伤感,我想,叶落之后,大地接纳和安慰了它们。而我也是一枚落叶吗?小镇,或者小镇之外,我最终会飘落哪里呢?

在一个人的松林里,一九九七年的时光也充满了迷茫。

但真正让我感到奇异的是,后来我竟然在这里发现了一座小屋。

那是一个月光皎洁的秋夜。因为睡不着,我披着月色走进松林散步。秋风已有些凉了,风吹过树林,松涛一阵紧过一阵。月光落在松枝上,落在林地上,仿佛一些细碎的雪子。隐在前方草丛里的秋虫,大概三五只的样子,拉着悠长的旋律,一声,复一声,就在不远处响着。而更奇妙的是,随着脚步的移动,那声音似乎也跟着移动,始终跟你保持同等的距离。我后来一直疑心它们是一些神秘的精魂。因为实际上,在那个秋夜,那些声音一直诱惑着我走进了松林深处。就在那深处,我突然看见了一座小屋,小屋里竟还亮着灯……

我疑心这是梦境。我以为撞见了传说中的鬼魂。我拔腿、返身,准备逃跑。

就在此时,一个苍老的声音传进了我的耳鼓。

“小伙子,进来坐坐吧?”

我停下了脚步。我怯怯地回过头,再次看向小屋。

“别怕,我是小镇上的人,在这里守林。我就知道总有一天你会撞到这里来。”

我抬起头。我终于看清这是一个老头。

老头已经很老了,花白的头发和胡须下,垂着一副被时间击打得松松垮垮的身子。老头在月光下立着，像一匹被时间与岁月遗弃的老马，唯有那双眸子，依然闪耀着逼人的光芒。

我一直以为这是一个神秘的秋夜。

在这个秋夜，我惊奇地发现老头除了知道我是中学教师外，竟然还知道我喜欢弄点文字。而更让我诧异的是，交谈的结果让我知道，在小镇上，他早已悄悄注意到了我的存在。

他是读出了我内心的浮躁、孤独与忧伤吗？

也或许，他是看清了我在小镇的与众不同？

这个秋夜，我牢牢地记住了老头说的一句话，他说："你应该离开小镇。因为你会写作，你应该成为小镇多年后的骄傲……"

他会是谁呢？

他也是一个失意的人吗？

一九九七年的小镇，从这个秋夜之后，越发显得神秘起来。

而我，也坚定了要离开小镇的决心。

一个混沌的梦，终于羽化成一条明晰的心路……

而值得补记的是，一九九七年之后不久，我果然离开了小镇，离开后再没有回去过。后来也打听到了那个老头的真实身份——他生于小镇，早年求学南京，后在重庆任职，国民党战犯，获释后回到故里，默默终老一生……

穿过村子的火车

很多年以前，我喜欢一个人坐在村子的某条小路上。头上是正午的太阳和众多蜻蜓翻飞的影子。大地一片岑寂。一边是阳光的灼热透出的荒凉，一边是蜻蜓们演绎的华丽。我一个人静静地坐在这里，没有谁知道我竟然在这里想着一辆火车。在这样的情景里，没有谁知道，总是有一辆火车正穿过我少年的梦境。那时候，面对贫穷的村子，我总无端地想着远方。我总固执地认为，一辆火车的尽头，就连接着我所希望的远方——包括我的事业、爱情，甚至在等待着我的一幢房子。我甚至想，要是有一辆火车能穿过村子，我一定毫不犹豫地跳上去……那时候，从一辆火车开始，我少年的梦幻遥远而又真切。我总认为我应该属于远方。

但我终究没有走向远方，没有坐上我梦中的火车。后来我虽然第一个走出村子吃上皇粮，但我所考取的师范学校就在邻县。从村子到邻县，根本就没有铁路，没有火车经过。这让我遗憾多年。我记得，在安顺城郊第一次看见火车从铁路上飞驰而去的时候，我激动得几乎要掉泪，而这一瞬的感觉，竟然就成了永恒的情结。直到现在，每当我看到飞驰而过的火车时，我仍然会激动不已。少年时代的那个梦想，仍然会在偶尔的一瞬让我潸然落泪。

这让我同时想起了我的乡亲们。曾经很多年，对一辆火车的渴望，一直贯穿他们生命的过程。这让我很是难过。因为当我发现在他们心里也跟我一样藏着一个有关火车的秘密时，我所触摸到的已是一种真实的沉重。那时我已师范毕业回到村小教书。那时坐在我教室里的学生还很多，他们都盼望着跟我一样，通过读书端上铁饭碗。那时我依然跟他们说着火车，说着远方，说着我未曾实现的梦想。那时候，火车对他们无疑也是一种诱惑。而就在那时，一起事件的发生，让我知道除我和学生之外，几乎所有村人也藏着一个关于火车的梦想。这让我无限惊愕。正当我跟学生们沉醉在我的火车以及远方的梦里时，村里的福长大叔跳火车摔死了。这无疑成了村里的一大新闻。因为此前，福长大叔作为村里第一个坐上火车的人，一度成为村人羡慕的对象。我至今没弄清福长大叔跳火车的真实原因，仅听说是被人抢劫时被迫跳下去的。人们对他的死因似乎也不太感兴趣，倒是对他能死在火车上觉得死有所值。这一直就是我为此沉重的缘由。由村人的价值观出发，我似乎触摸到了村人们围绕一辆火车的荒芜的生命。

我不知道福长大叔的死是不是直接的导火索，总之自从福长大叔死后，先是年轻的，然后就连我的教室里面的学生们，都开始走出了村子，坐上火车成了远方的人。火车对他们再也不仅是一个梦想，火车把他们变成了远方的打工族。在远方，他们有的跟福长大叔一样，用自己卑微的肉身作了远方的祭奠；有的拖着伤残的身体回到村子，然后无奈地继续做着火车以及远方的梦；有的依然来来去去，在火车上成为一只候鸟……只是不知道，火车及远方对他们而言，是否真的如他们所想的一样绽开着绚烂的梦想之花？但我无疑是羞愧的。因为直到现在，我一直没有坐过火车。相比他们而言，我仍然停留在那个少年时代的梦影之上——火车以及远方，依然混沌而又迷蒙。

不过我终究还是感到欣慰的。虽然我少年时代的梦想没有实现，但在穿过村子的火车上，我的弟妹们让我看到了希望。先是我的小弟，坐着火车到了重庆的一所大学，然后又是我的小妹，坐着火车到了西安的一所大学，小弟曾一边坐在嘉陵江边吃麻辣火锅，一边用电话跟我说起他关于城市的理想，小妹则一边在古城墙上看日落，一边用短信告诉我她对于繁华过往的叹息与忧伤……他们在远方的诗意，让我看到了一辆火车真切的诱惑。在穿过村子的火车上，我们的希望之花，正悄然绽放。

所以我也一直在做着火车以及远方的梦。多年以来，每当夜晚来临，面对岑寂苍茫的夜色，我总会听到一辆火车呼啸的声音。它从乡村穿过，碾过我的内心，然后驶入一片荒芜。我总在睡梦中坐上想象的火车，在遥远的远方寻找一个不曾实现的梦想。我总在梦里醒来，总想寻到一些什么启示——对于村子贫穷落后的叹息？对于生命中一份生动的向往？……然后我总是无法入睡。我其实是迷茫的，只是隐约中似乎明白，一辆穿过村子的火车，紧紧联系着我们美好的希望。不论是对我，对弟妹们，抑或是对村人而言，火车都是生命里一份挥之不去的情结——它或许更接近于一种祈祷，或者安慰？

而我忍不住就感激起来。尤其是当我听说曾经梦里的火车真的就要穿过村子时，就像当初看见火车在铁路上飞驰一样，泪水无数次模糊了我的双眼。事实是，当时间进入二〇〇九年，计划修建的长沙至昆明的高速铁路已决定从村子穿过，并且还将在这里设一个火车站。这无疑是一个让人振奋的消息，因为此时的村子，众口一词谈论的都是关于火车的话题。所不同的是，现在的村人，几乎都是眉飞色舞，火车再也不是遥不可及的忧伤的话题，家门口的火车让他们感到一种拥有主人身份后的踏实。他们还说起了各自的计划，比如开一个旅店，比如开一个饭馆，比如开一个超市，等等。穿过村子的火车，让他们感觉到一种新生活的到来。他们跃跃欲试。在他们看来，先前的远方就是现今的家门口，先前远方的一切惶惑与失落如今就要得到补偿……我无疑是替他们高兴的。只是不知道，当我们的梦想终于成为伸手可及的现实时，村人们是否会跟我一样，对一辆火车怀着深深的感激？

我不敢苛求他们。因为我知道，就实质而言，他们心中的火车，跟我心中的火车，并不是完全相同的概念。他们心中的火车，其实仅是一份对于物质上的渴求。而我心中的火车，除了物质之外，更多的还是一种精神的向往，尽管那种向往更多的接近缥缈与虚无。我甚至想，当火车真正穿过村子，当穿过村子的火车给他们带来物质上的丰盛之时，也许他们还会忘记曾经的火车之梦。火车对他们而言，终究抵不过一份富足实在的生活。而我一定会记得那个少年时代的梦，在穿过村子的火车上，它终究会让我想起一个村子连同自己的从前、现在与将来，那里记录着我们自己的行程，也有一个时代变迁的印记——也或许，那里更会镌刻着我们对于生命的祝福与感恩。

所以我期待着——在不远的将来，我在村子里一抬脚，就坐上火车，就走进我不曾走进的远方——我梦想中的荒凉或者华丽。

走过江南

一

烟雨江南。这是我对江南全部的印象。

所以一到江南，我就买了一把伞。这是一把杭州天堂伞，细碎的花纹，纯净的淡紫色，撑开来，我便渴望走进一幅古典画里面——这是梅雨季节，天空湿湿的，雨丝黏黏的，一对燕子低低地飞着，从那些垂柳的上面划过，柔柔的，弱弱的。我不知道这是否就是古典的江南——烟雨之中，那些尘封的唐诗宋词，那些幽怨与芬芳，此刻，是否依然在一册线装的书页里唤醒我心底的某种情结？

而我知道，此时，我所渴望的，是穿透一份水的忧郁。

烟雨之下，是水的江南，柔弱的江南。有路必有河，河流纵横交错。粉墙。黛瓦。寺庙。园林。才子。佳人。不论是谁，都与水有关。在水的环绕之下，江南的故事，从此诞生。而有谁知道，这些水做的魂魄，竟会越千年而来，在这个午后，在一把天堂伞里，一点点漫漶，让人想起一些皱褶，在荡漾的瞬间，贯穿日子与生命的痛处。让我，停留在这种节奏里，一点点开始浮想——当水穿过我们的时候，一种文化，是否就已开始生生不息？

二

庄周梦蝶。我终于想起这个典故。

现在，我就站在双桥之上，那些乌篷船，那些船娘，那些吴侬软语，就从我的脚下不断划过——那些日子结出的诗意，让我如梦似幻，让我想起一个与之相近的词——周庄。让我想起，庄周梦蝶，一定也在一汪水波之上，薄薄的双翼，一定托着水做的梦，一梦千年。

我想我一定是怀着寻梦的企图。

而我真能寻找得到那个梦吗？越水而去，一份梦境，是否依然停泊如初？——庄周梦蝶，还是蝶梦庄周？梦与非梦，在水之上，那个翩然的瞬间，是否依然在擦亮一缕永恒的诗意？

而周庄，这千年的古镇，是否也在诉说着某种固执或留守？

我想我一定是失望的。因为我看见了水，浑浊的水。像被玷污的女子，圣洁与神性，在一个叫做污染的动词里黯然失色。于是，我就有一种被击得粉碎的感觉——这水，如何能载得起化蝶的梦境？而当我来到古戏台，一种苍凉，还让我想起了近乎宿命的悲剧——宽阔的操场上，空空的座位上没有一个听众，只有台上的古装戏，仍旧固执地不断上演。如同远去的清澈透明的水流，那古典的唱词，竟然有一种挽歌般的况味，哀叹着一种遗失。

周庄也会遗失吗——来来去去的游客，还有大声招徕游客的周庄人，在商业的交易里喧嚣不断——在热闹的底下，不知有谁会跟我一样，想起一些悲伤的词？

三

我去寻一首诗。写在小学课本里的《枫桥夜泊》。

直到现在，我依然记得我坐在教室里背诵的场景——窗外秋风萧瑟，树木摇黄，我开始念——我并不知道它的作者叫张继，也不知道它属于唐朝，更不知道它在哪里，但我还是把它背得滚瓜烂熟——月落乌啼霜满天，江枫渔火对愁眠。姑苏城外寒山寺，夜半钟声到客船。我并不懂得里面的意象，却牢牢记住了一个地名——寒山寺，记住了一次不朽的失眠。

从小学课本出发，寒山寺就这样走进了我经年的梦境。

而现在，我就坐在寒山寺的听钟石上。所不同的是，姑苏变成了苏州，城外变成了城内，曾经的遥望变成了近距离的对视。记忆与现实，咫尺与天涯，历史与沧桑，恍兮，惚兮，我甚至怀疑自己此时的存在——像置身梦境，不见月落与乌啼，不见江枫与渔火，我所看见的，只有摩肩接踵的游客，以及充斥在一张门票里的喧嚣与浮躁。我想我一定是孤独的，坐在听钟石上，想着无缘聆听的钟声，忍不住就想起了那只远去的客船——千载之下，真正属于寒山寺的客船，也许就只是唐朝的那只了！

而我，也会有一次不朽的失眠吗？

四

桃花坞。唐寅墓。

我来到这里的时候,这里空无一人,也没有任何一朵桃花。只有江南的烟雨,静静斜在空中。只有一座墓冢,独自沉寂。只有用红漆在墙壁上歪歪斜斜写下的几个字:门票五元。

这是五月,桃花已谢;这是黄昏,暮霭渐浓。

我想我一定是寂寞的。较之其他景点而言,这里是冷清的,更是潦草的——不多的几个展厅,几幅作品,就是一生,简单得就像唐寅的生命——除了几首诗,几幅画外,再没什么可以炫耀的简历!

唐寅也是寂寞的吗?——酒醒只在花前坐,酒醉还来花下眠。半醒半醉日复日,花落花开年复年……曾经的功名,曾经的坎坷,曾经的潦倒,曾经的看破,此刻,是否依然在一朵来去的桃花里诉说某种决意与执著?

我想你一定是寂寞的。墓旁的秋香园——一个虚构的女人,似乎更能成就你身后的声名。那些不朽的诗画,似乎只能遗失在一个杜撰的故事里。我想你一定是悲伤的,当你,依然在一朵盛开或者凋谢的桃花里端坐,你或许并不知道,此时,一卷残诗,几幅画卷,已抵不过一张窄窄的五元门票和一个子虚乌有的传说。

五

我决意不再去看水,不再去看任何景点,不再想起任何一个与江南有关的名字。

我躲在苏州城的某一幢房屋里,独自斜靠在铝合金的窗上,挑开绿色窗帘的一角,静静看着窗外。这是午后,烟雨凄迷,我不知道我究竟想要看见什么?我知道,当我穿过苏州古城,就感觉到了自己的失落。粉墙。黛瓦。寺庙。园林。才子。佳人。具象的或者意象的,当我企图穿过这些,就触摸到了内心的破碎——也许,真正意义上的江南,早已遗失在随处可见的喧嚣与浮躁里?真正的江南,只能定格在遥想之中?

但我依然固执地向外看着。高耸的楼房,林立的店铺,拥挤的车流,匆匆的人群,除了提醒你有关现代社会和文明信息的话题之外,丝毫看不出有关江南的气韵和风骨。而我固执的目光,真要企图打捞江南的遗失吗?

我想我一定是忧郁的。回过头,把窗帘重新拉上,面对浅白的墙壁和深红的地毯,我大脑一片空白。摩挲着手中的天堂伞,穿过细碎的花纹和纯净的淡紫色,我决定不再把它撑开。我想,江南的烟雨,或许已不会在一把伞下,绽开古典的幽怨和芬芳。

漏网之鱼

现在,我仿佛站在小城之上,我对这个高度和视觉很满意——这是我房屋的二楼走廊,我站在上面,脚下是万家灯火。音乐、喇叭、人声,此起彼伏,热闹异常。我凝视着这一切,满足而又庆幸。三十多年之后,我依然能够站在这里,静静地看着一份生活的演绎,突然就有一种恍惚的隔世之感。三十多年来,疾病、挫折、悲与喜、寂寞与失落,风来云去,花开花落,许多往事、名字和背影枯萎再枯萎,唯有我,在时间之外,像一尾漏网的鱼,侥幸地存活。

一九七三年一月二十七日,对我的父母来说,是一个喜庆的日子。我无法想象,当我以一个男孩的身份降临,父母是怎样的喜形于色。我作为这个家族的长子,让他们看到了血脉延续的希望。许多年后,听母亲说,当证实了我的性别之后,一向懒于料理家务的父亲突然变得勤快起来,挑水,劈柴,煮饭,无所不做,与姐姐出生时的四处玩乐判若两人。而许多年后,我却在想,如果当初他们知道,我的生命竟然充满了劫数,他们会不会因此而沉重?

一个事实是,我身体从小孱弱,而且一直徘徊在死亡的边缘。

我总是感冒、发烧,然后死去(但心脏没有停止跳动)。母亲说,在她忙着干活或者吃饭的时候,我的疾病都会发作。我总是不分时候突然死去——全身抽搐,然后气息全无。母亲说我患有晕病,每一次都让她心惊肉跳,痛苦不堪。母亲特别跟我提起了那个夜晚——她刚刚把饭菜端上桌面,我却从板凳上摔了下去。把我抱起来时,我鼻子呼出的气息已经细若游丝。顾不得吃饭,在身体撞翻饭菜的同时,父亲抱起我便朝县城飞奔。那时交通不便,县城离家有三十余里,还不到一半路程,我已停止了呼吸。父亲认定我这次是真正的死了,说把我扔掉算了。但母亲坚持说不到医院确认死亡,她决不放弃。母亲告诉我,当她气喘吁吁跑到医院,却遭到医生的呵斥,医生说人都死了你还抱来干啥?无论母亲怎样求情,医生就是不理睬。后来母亲突然想起了当区委副书记的外祖父。但不巧的是,外祖父已经去看电影了。在一番辗转寻找到外祖父后, 医生才从母亲手中接过我实施抢救……母亲讲述这些细节时,我还明显地感觉得到她的心跳。母亲说我真是死中得活,要是她同意父亲把我扔了,要是那晚找不到外祖父,我早已不在人世。

此后,我依然不断地晕倒。母亲说,一个偶然的机会,跟我一起在医院输液的一个老妇在查看我的症状后告诉她,一个叫魏金秀的草医能根治我的病。后来,母亲背着医生悄悄给我拔掉针头找到那个草医,后来草药确实治好了我的病。而我之所以要提到这个老人的名字,是因为许多年后,在县城她家的小饭馆,我意外地遇到了她——她所回忆的细节,比起母亲的描述还要详细。她说母亲抱着我走到她家时,我的疾病再一次发作,而她当时的药已经用完,必须到山上去找。当时四野一片漆黑,她拒绝了母亲。她说,后来,母亲哭了,正是母亲的哭声,激起了她的同情,最后打着手电筒到山上为我采回了药……我之所以要描述这个细节,是因为怀着深深的愧疚——就在去年九月,当我再次到她家饭馆吃饭,就听说她患了脑瘫,一直躺在里屋。我曾想去看看她,也几次从那间屋子边经过,但终究没有迈进那道门……

我的不断与死神相遇的过程,让父母尝尽了求医之苦。

小学四年级时,我全身浮肿,不能行动,终日躺在床上。

医生让我不断吃药、打针,却总是不见好转。特别是后来,当父亲再也支付不出昂贵的医药费后,便不再送我去医院。除了四处寻找偏方外,他还弄来一本中医书,发誓一定要自己找草药清除我的浮肿。我至今仍记得他一边取出采回的草药,一边对照医书查看的场景。他的欣喜是当他从山上找回一种叫做鹅耳长(也许记忆有误)的淡绿色植物后——当我吃下用这种植物煎的鸡蛋,浮肿就逐渐消退,直至痊愈。看着我再一次与死神擦肩而过,父亲在欣喜的同时,也充满了忧虑——父亲不止一次跟我说起多年前的那个夜晚,他说,他真的不知道,那种以为我死去的错觉,还会不会再次发生?父亲一直为我多病的身体忧心如焚。

就这样到了一九九一年的春天。这个春天,我的肾脏出了问题,一病就是很多年。

其时我已师范毕业当了教师。我有整整两年时间请病假在家休养,乡教育辅导站和中心学校疑心我请假去赚钱,直至亲自到我家看见我的药罐后才相信。两年后,在不可能无限期拖延病假的情况下,我带病走进了教室。我孤独,除学生外,学校的老师基本不跟我往来——印象中他们的红白喜事总是很多,除自家有事外,七大姑八大姨之类的有事,他们都要约客送礼。我那时工资仅有四百多元,一方面要不断地买药,一方面还要供两个妹妹读书,经济高度拮据,送不起礼的次数多了,就成了他们眼中的另类。我只能待在自己的寝室,开始读书,甚至写下一些文字,以此消磨时日,并企图从中获取一些安慰。

但意想不到的事竟然发生了。当我在市报上发表了几篇文字后,乡党委书记上门找到我,希望我去给他当秘书。我说我思考一段时间再答复他。就在这段时间，学校的两个教师主动来到我的寝室，希望我给他们一个机会——他们说,他们都已经送了礼,想改行去乡政府工作,但前提是我必须拒绝乡党委书记,只要我不去,他们就有希望。我不置可否。当然我也没去,只不知他们为何也没有去成。再后来,我却开始了"天翻地覆"之旅,先是调县教育局,再调县委宣传部,又调县委组织部,而且还混了个在他们看来可望不可即的正科级领导。而更让他们想不通的是,"公务员凡进必考"、"教师不准改行"的体制,一直在阻挡着他们离开学校的脚步(他们一直很想改行)——我却是个例外,在没有任何社会关系和经济基础的情况下,却能成为这个体制的漏网之鱼。

只是他们永远不会知道,作为一尾漏网之鱼,在挣破此渔网的同时,我又钻进了彼渔网。正如墙内墙外的故事一样,他们不可能知道,那堵墙,那张网,无时不在,无处不在。

在机关工作,我是小心而又谨慎的,但我还是很快就触网了。那是一个春节,县教育局局长、副局长分别带队下乡慰问老教师,临上车时,因为刚好靠近副局长，我说我就跟副局长同乘一辆车吧。我至今不能忘记那个眼神——当我说完这话,局长开始朝我望了过来,那目光里盛满了意味深长。后来的事实完全证实了我的判断——局长说,我不够成熟,不能到局机关工作。此后,我被调回了乡教育辅导站。但我没有料到,站长竟然不分配我的工作,也不打我的考勤,我就像下岗的职工一样,整天待在家里,或在村里闲逛。我倒也乐得清闲,只是不知道,一张网却已悄悄向我撒了过来——年终考核,站长以我出勤不够定了我一个"基本合格",以至于当年的工资少调了一档,甚至还到市委党校参加了一周的"不称职干部职工学习班"(实际上就是搞了一周的军训)。直到后来我才得到消息,站长对我下手的真正原因,是怕我夺了他的位置,所以想尽一切办法要把我撵回学校去上课。但他终于没有得逞，就在他反复打报告要求调我回学校上课时，县委宣传部的一纸调令,让他的计划彻底失败。我像一尾挣破渔网的鱼,我欣喜,却也更加慎重,凡事小心翼翼,如履薄冰,但我终于还是遭到了所有同事的嫉恨——就在宣传部长把所有材料都安排给我写并当着他们的面多次表扬我时，我与他们开始疏远。而真正让我感到来自他们对我的嫉恨,则是后来换了部长之后。那天,一个外单位的人打电话询问新任部长的电话,我不小心说成了一个女同事的号码。女同事开始暴跳如雷，她到楼上把新任部长请下来，当着我的面，责问我为什么连领导的电话都记不住？此后，新任部长从不跟我说话，所有工作都是委托女同事(她跟我平级，所在科室互不相干)对我进行安排。及至后来，我终于忍无可忍，当着女同事的面，狠狠教训了新任部长一顿——我当然为我瞬间的快意付出了沉重的代价，从此成为政治不成熟的典型，一度作为反面教材。而我终究再一次漏网而去——就在新任部长将我搁置一旁坐冷板凳时，组织部长却把我调到手下，并从此走上了领导岗位。

我想我是幸运的，我这尾漏网之鱼，总是与不幸擦肩而过——而这个夜晚，多年之后，当想着一尾漏网之鱼，想着工作，想着生与死，重与轻时，我还想起了一些跟我擦肩而去的名字：小镁、红侠、二林。在时间之上，我总有一种恍惚的错位之感：

> 我生病的时候，他们还没有生病。
> 我还在尘世时，他们却已经死去。

现在，我确信这种形式，是提起他们名字的最佳途径。在枯萎的时光中，他们像一群陷入网中的鱼，被死神一网打尽。唯有我，依然站在这尘世的一隅，想着入网与漏网的幸与不幸。

小镁大我三岁，身强力壮。他住在邻村。认识并跟他建立起友好的关系，是因为他舅舅。他舅舅是个作家，跟我父亲关系不错。记得我跟他舅舅到他家去时，他正忙着谈恋爱，为此遭到了他舅舅的批评，他舅舅希望他先立业，后成家。我那时是羡慕他的，看着他健壮的身体，我忍不住心生荒凉。而他似乎知道我内心的脆弱，不断地安慰我，说只要坚持，病总会治好的。自此后，我很少遇到他。记得最后一次遇到他，他正扛着约两百斤重的稻谷在田野里健步如飞，丝毫看不出任何患病的迹象。但不久，就听到他患了直肠癌的消息，还听说是遗传他父亲的疾病。再后来，他死了。后来遇到他母亲，听她说起小镁患病和死亡的经过，是那么的迅速和令人措手不及。她无限悲伤，责怪自己听信了小镁舅舅先立业后成家的话，后悔没让小镁结婚——她希望小镁能留下一个孩子……我无言。只是想，在小镁关心我的时候，他是否想过，在死神的笼罩下，他竟然逃无所逃，而我，一个几近垂危的老病号，却能漏网而去？

红侠是我远房的舅舅，大我五岁。我跟他关系一直很要好。他先在重庆当兵，后来到老山前线蹲猫耳洞。在他当兵的那几年，我总是不断地跟他通信，除了生活之外，我们甚至谈到对爱情的憧憬，辈分所带来的界限，在我们之间已经消弭。他家境贫穷，但对未来始终充满信心，不止一次跟我谈起他的理想——赚钱、建房、结婚、生子……他从来没有想过，他的理想会因为一场意外的疾病彻底被扼杀，他的生命会早早因此而停止。我也没有想过，特别是当我患病久治不愈时，我更没有想过有一天他竟然会先我而去。直到现在，我仍然清楚地记得，在我患病的时候，他特地赠了我一张照片。照片上，他手握钢枪，背靠老山上的一块石碑，双目远望，炯炯有神，生命的活力在英气中焕发和彰显。我知道他的用意——他想让我走出悲观和消极的泥潭，焕发向上的生命活力。但此后不久，他突然患了脑膜炎，由于乡医生误诊为感冒，延误了治疗……他没有结婚，身后无子，在帮他料理后事时，我作为孝子，不断跪在他的灵堂前，望着他的遗像(就是他赠我的那张照片)，我无限悲怆——我甚至想，他其实是不该死的，他一直很健壮，却死了；而我应该死的，我一直疾病不断，却活着。生与死，幸与不幸，就这样的矛盾并出乎人的预料之外。

二林大我四岁。不知是凭哪一层关系，我也称呼他为舅舅。二林喜欢出门，我很少跟他见面。但他也知道我的病情(我的病情在村里是个公开的秘密)，每次遇到他，他都要关心地询问我究竟治得如何。我清楚地记得，有一天黄昏，我在村外的岩头上晒太阳，恰巧遇上他。他一脸灿烂，在习惯地问起我的病情后，他还跟我说起了一个个近乎“死而复生”的病例，比如某某是医院下判决说活不过俩月，最后却被草药治好了；某某患了几十年的慢性病，后来无意间遇到某某，几剂汤药后就收到了药到病除的功效……他是不想让我失去治疗的信心和勇气。而让我想不到的是，后来二林竟也病了。他的臀部生满了一种怪疮，也是久治不愈。他终日躺在床上，甚至有厌世的情绪。但他是幸运的，在他父亲的努力下，后来的一个乡村草医治好了他的病。他不但结了婚，还到浙江某厂当了一个小老板。我为此很是羡慕。二林病好了，对我也就更加关心。有一年春节，他在村口遇到我，第一句话就问我的病好了没有，并鼓励我一定不要灰心……我嘴里答应着，心却是失落的。望着他远去的背影，我甚至对他的幸运有了点嫉妒。而让我再次意料不到的是，就在第三天，他在回浙江的路上遭遇车祸，当场死亡……

幸运的终究是我。我想。这个夜晚，时间之外，小镁、红侠、二林，你们是否知道，我这尾漏网之鱼，还在看着世间的热闹？——我想，我该是满足而又庆幸的，尽管也会有几分失落和悲怆。

隐约的血脉

我现在想起了一本薄薄的家谱——几页薄薄的黄纸，年代也不久远，粗通文墨的大爷爷凭着一些零星的传说，用生硬的毛笔小楷竖排着记录下来。我想大爷爷一定是努力地把它装点成古色古香的——这种颜色和质地，最能见证一个家族的荣光与气势！然而，它毕竟是粗糙的，它简单而又琐碎，甚至还有许多不通顺的字词句。但就是这样的一本家谱，已足够让我反复端详并热血沸腾——一种寻找到生命最初出发地的激动，让我无限地踏实并格外温暖。

在这本家谱里，我第一次找到了同样属于我们这一支的几句：李氏一世祖，祖籍南京应天府，系明太祖朱元璋调北征南时入黔。尽管除此外，再没有关于我们这一支的只言片语，但我仍然仿佛看见了那些隐约的血脉——关于先祖，那些透着体温的断裂的血脉，依然让我热泪盈眶。

而现在，我也终于确信，那些把血液不断延续直到我体内的先祖们，他们的传递和接力，是那样的如梦依稀、遥不可及——一本缺失的家谱，只能让我从爷爷奶奶的嘴里触摸那些血脉底下的艰难与混沌……

爷爷没有文化，就连自己的名字也不会写。听奶奶说，爷爷小的时候，因为有几亩薄地，家境不错，很小就入了私塾，读过的书远比大爷爷要多，可就是不学无术，除了背得部分《三字经》和《百家姓》外，整个私塾期间，就只是留下了把先生装进囤箩痛打的笑话……奶奶还说，爷爷顽劣的脾气，实际上与曾祖父的早逝有关。而我，正是从曾祖父的早逝里，开始寻觅李氏家族血脉延续的过程。

许多年后，我一直怀着虔诚的心情，对一场突如其来的秋雨心怀感恩。那时爷爷还不足两岁，脖子上生满了一种怪疮(已经没有谁知道确切的病名)，在确认爷爷已经死亡后，曾祖父用一捆稻草把爷爷裹上。就在他准备把爷爷抱往山上扔掉时，一场秋雨如约而来。习惯了抽大烟的曾祖父不得不重新坐下来，说等雨停后再把爷爷扔掉。曾祖父没有想到，正是这场雨，让他留下了整个李氏家族唯一的血脉——奶奶对我说，就在雨快要停的一刻，爷爷的怪疮突然全部破裂，在脓水淌干后，爷爷重新发出了声音！就在爷爷奇迹般活过来的第二年，曾祖父就因病去世了，死时不满三十岁……我坐在一旁，听得心惊肉跳——我想着现在共计二十余口的家族，忍不住涌起一种死而复生的庆幸。

我一直弄不明白，为什么李氏血脉的延续，会是那样的细若游丝。当我在二曾祖父和三曾祖父的坟前跪下来，在隔年的遥远的祭拜里，那些血脉的温度，总让我想起生命的无常与无奈。

曾祖父共有弟兄三个。当他们都长大成人时，我的高祖，是满怀自豪和喜悦的——在传递血脉的过程里，他为这个家族作出了突出的贡献。三个儿子，让他看见了家族兴旺的希望。但让他想不到的是，三个儿子，竟然只留下了爷爷这唯一的血脉。曾祖早逝，二曾祖只留下一个女儿，三曾祖在一个叫六马的少数民族村寨被人下毒致死，以二十几岁的年龄和一个瘦小的坟堆成为家族永远的痛。我曾渴望窥视这一代先祖生活的场景，比如爷爷究竟跟谁生活长大的？比如我的二曾祖母，就是那个留下一个女儿的老人，为什么不见她的坟墓？比如……而我终究是困惑的，除了知道爷爷是跟二曾祖生活长大外，爷爷始终未曾告诉我有关这一代先祖的点滴信息。我不知道是因为他原本也只有一个模糊的影像，抑或是一些秘密让他无法启齿。只是后来，我无意间从村里一个杨姓老人的口中得知曾祖母与二曾祖母原来就是同一个人的真相。但我终究还是困惑的，我就隐约记得，在二曾祖父女儿的家里，幼年的我就曾见过她的母亲，也就是为我们李氏家族留下另一点血脉的女人。她究竟是什么时候来到李家又什么时候离开李家的？她与我的曾祖母之间，究竟有着怎样的关系？……我曾不止一次想要知道这些秘密，但我始终没有勇气问爷爷。或许在我的内心，也有着跟爷爷一样的心理——有一些秘密，原本是无法启齿的。

而我终于断定，这一代先祖的生活，是支离破碎的。我也终于明白，这样的家史，缺失一本古色古香的家谱，自然是情理中的事。我是沮丧的。一本缺失的家谱，从某种程度上提醒我——李氏家族的血脉，不单细若游丝，而且是卑微和贫贱的。特别是当我看到外祖父的家谱后，这种沮丧甚至变成了自卑。在外祖父的家谱里，有将军，有进士，还有皇帝亲自题字赐予的匾额——尽管这些在外祖父现在的家族里早已无从寻觅，但它依然让我羡慕无比……

而我，依旧固执地不断抬起我迷离的目光，企图在那些远年的血脉里，找寻来自时间深处的一缕温情和暖意。

我再次想起了我的高祖。倒不是因为他为李氏家族血脉传递所作的贡献，而是因为他为李氏家族留下的生活依凭。事实是，那时候，他凭着自己的勤劳，跟着他父亲开垦出了现在村庄里的绝大部分土地，使得李氏家族一直没有忍饥挨饿过——奶奶就不止一次自豪地对我说，这些土地，一直到爷爷二十多岁时，才被收归集体。而更让奶奶自豪的，则是曾祖母出殡时因为土地所带来的“风光”。奶奶说，那时候，很多人想租种我们家的土地，所以竞相来帮忙，一口气把棺材送上了又高又陡的九头山上……毫无疑问，在一度让我自卑的隐约的血脉里，这唯一的“风光”让我感到了某种安慰。而当我企图寻找高祖的生平时，仅是从村里一个罗姓老人口中得知唯一的片断：在一个黄昏，我的高祖，赶着一匹驮着粮食的马归来。快到村口时，他一扬马鞭，一任马蹄飞驰而去，他自己则来到他开垦的地里，深情地注视。后来，有人中途拦住马并取走了粮食。后来，我的高祖只是一笑了之。我知道，罗姓老人叙述这个场景的目的，是为了证实我高祖因为富裕对一袋粮食的不在乎。而我，透过满天的夕阳，却为能看见先祖们遥远的生活场景而温暖无比……

现在，我必须提到一座坟墓。在我即将要向上或向下追寻的血脉里，这座坟墓是一个转折，也是自李氏一世祖之后所能链接得上的一个环节。而从此往上，我只是从每年“七月半”祭祖时挂起的一幅祖宗牌（我一直认为这祖宗牌就是我的家谱了）上得知，从一世祖到这座坟墓，李氏家族还经历了整整六代人，但那些先祖，除了一个个遥远模糊的名字，他们从哪里来，到哪里去，早已跟时间一起消隐了。他们不可知的生命轨迹，一次次让我感到这座坟墓的真实和一种寻找到血脉之根的慰藉。

这座坟墓，其实埋着两个人，就是我曾祖的父亲和大爷爷的曾祖父。他们是亲弟兄。直到现在，他们迁徙到这个村庄的故事，一直成为可以上溯的整个李氏家族史的开端。如同许多古老的故事一样——一个月黑风高的晚上，为了躲避仇人的追杀，弟兄二人千里迢迢来到这里，当看到这里地势平坦，土地肥沃，在最后回望一眼迢遥的家乡后，就在这里定居了下来。他们用自己的双手，把十里无人烟的荆棘之地，开垦成了良田好土……一个家族的血脉，从此在这块土地上延续下来。但让他们想不到的是，许多年后，就是为了这片土地，一个家族的两个支系，竟然把一脉相承演绎成了仇恨和杀伐……

不得不又提到我曾祖的那一辈。在那一辈，曾祖和三曾祖早逝。憨厚老实的二曾祖并无争夺和扩张之心，但大爷爷的父亲却打起了二曾祖的主意。在一次次精心策划之后，二曾祖的大部分土地归到了大爷爷父亲的名下。二曾祖也曾奋起理论过，但终究不是大爷爷父亲的对手。然而正是这些被强占的土地，在后来解放时却帮了爷爷的忙，因为量少，爷爷只是被划成了“自耕农”的成分，大爷爷一家却因土地众多被划成了“地主”——如果到此为止，我想一个家族的两个支系，大概不会发展成仇及至覆水难收。但事实是，就在大爷爷一家被划成“地主”后，我的奶奶，为了所谓的“报复”，参与了对大爷爷一家惨烈的批斗……我不止一次为之觉得悲凉，在血脉延续的过程里，情与欲的纠缠，爱与恨的相煎，竟也不能幸免——后来我甚至还想，在文明递进的路途上，这或许也是社会的某一幅缩影？

现在，我想该写写我的父辈了。父亲共有弟兄三人。要不是后来大爷爷的儿子——我的堂叔组织他的表兄弟们对我父亲和三叔殴打，我永远不会知道，我爷爷其实一共生下了五个儿子——在哀叹人手少敌不过大爷爷一家时，父亲就说，要是他死去的两个弟弟还在，那该多好！而当我问及两个叔叔为何死去时，我却涌起了另一种悲凉——奶奶说，其实他们患的也不是什么大病，只是因为忙做活路，没有给他们及时治疗……我倒不是为他们的死而痛苦（他们对我而言，只是一种模糊的符号，并无感情），我只是想，也许，在李氏家族血脉的延续中，对生命的漠视，或许正好反映了先祖们悲凉与艰难的生存况味……

最后，我想该沉重地叙述一下堂叔对父亲们“报复”的场景了——一九九一年的春节，就在我们一家像往常一样沉浸在浓浓的年味里准备辞旧迎新时，我们并不知道，一场蓄谋已久的暴力正向我们一点点逼近。当我们正准备祭祖时，有人慌慌张张来喊父亲（事后知道这个人也是对方事先设局特意派来的），说我的三叔被人打了。猝不及防的父亲在没有任何准备的情况下就往出事地点赶了去，还未赶到地点，就被早已埋伏在路上的雨点般的棍棒打倒在地。我赶到现场时，只是看见了躺在地上的血肉模糊的父亲和三叔……我一直固执地相信，正是这一幅场景，让我总有一种追寻血脉的冲动，我总在想，血脉、仇恨甚至杀伐，它们之间的矛盾和顺理成章，是否一直在记录着人性的某种真实和悲哀？

这是否就是一本家谱——那些隐约的血脉，在隐约的时空里留给我们的启示？而我们，是否应该学会忘却，从而抓住生命中最温情的部分？——我想，这也许才是我们所要寻求的价值和意义。

失忆的忆

看见她们的时候,我突然就变得恍惚了。

她是我奶奶的大姐,我们称她为大姨奶奶,今年八十七岁。

她是我奶奶的二姐,我们称她为二姨奶奶,今年八十四岁。

她们都还活着。在我的奶奶死去十四年后的今天，她们依然还在活着。她们如霜的白发,她们佝偻的身躯,让人想起一株植物跟时间抗衡的姿势,倔强,但也有几分不可避免的萧瑟意味。我很是高兴。她们顽强地留在时光里的身姿,分明让我为奶奶的过早离世多了些安慰。

我显得有些动情。我先是扶着她们走过来，然后找来一张矮矮的小板凳，然后撑着她们一寸寸地降下身子，最后跟她们一起坐在秋天的树荫下……一只知了隐伏在树丛深处，正一点点撕破阳光的静谧，时间显得幽深而又遥远……

紧接着是空白,时间分明已经断裂……记忆的起点,应该从奶奶开始。而这十四年来,关于奶奶的记忆,早已消隐,就像一张溃烂的照片,已逐渐褪色。激动。激动。我分明开始激动。从一张脸上，我开始寻找到往事的链接——当二姨奶奶转过头来,我就看见了她的脸——陌生而又熟悉的脸,我仿佛又看见了奶奶……她们相似的容貌,让我蓦然间兴奋无比。

十四年前的深秋,我清晰地记得,在我奶奶的灵柩前,她的两个姐姐,用青色的一双长袖蒙着双眼不断数落着哭泣。她们是悲伤的,她们说,奶奶是小妹,按理她们应该先她死去——这种颠倒的秩序,让她们感到人事的无常。而更让她们伤心的是,因为她们没有哥也没有弟,奶奶的死，注定不会有跟她们一样姓氏的侄儿前来祭奠，她们一致认定这是一种凄凉的结局！我就一直记得,奶奶还在世时,每年七月半,当她挂上祖宗牌,总忘不了要我添上她父母的名字。她说,她的父母没有儿子,只有三个女儿,所以逢年过节,一定要祭奠他们,并希望在她死后，我们还能继续在祖宗牌上保留她父母的名字。后来我们做到了这

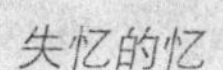

一点。尽管我们知道写在纸上的名字并没有实在的意义，但我们知道，保留那些名字，或许真的就守住了来自血脉的一份温度？

而多年后，此刻，我却企图从另一个细节出发，寻找奶奶和她两个姐姐互相牵挂的故事。

奶奶临终时，并没有给我们交代家里的任何后事，只是郑重地说，二姨奶奶家境贫穷，子女没有出息，一定要把她还来不及穿过的一套衣服送给二姨奶奶。至于大姨奶奶，叫我们有时间去看看就行了，奶奶说大姨奶奶生活过得去，不用担心……这让我一直有着别样的感动。其实，平时，奶奶和她的两个姐姐是很少走动的。尤其是二姨奶奶，因为她家住在另一个县，距离很远，当我还很小时，几乎没有见过她，只是在奶奶的只言片语里得知了她的一些零碎的信息，比如长相跟奶奶相似，比如丈夫很早就因病去世，比如生了两个儿子和一个女儿，比如大儿子患有疯癫病，二儿子因为憨厚直到四十多岁都讨不到老婆，比如女儿的丈夫最后也患了疯癫病……从这样的只言片语开始，我就猜想，在奶奶内心，一直是牵挂着二姨奶奶的。直至奶奶临时死一定要把衣服送给二姨奶奶之后，我就更加坚信，对二姨奶奶的牵挂，一定贯穿了她的一生。

奶奶四十多岁时就差点因病死去。我是后来听大姨奶奶回忆的那个场景。那时候，当她和二姨奶奶赶到我家时，奶奶已被人们抬到堂屋里，爷爷和大爷爷他们正忙着准备后事。大爷爷甚至还酝酿着给爷爷再张罗一门亲事。屋后的一群老鸹在高一声低一声地乱叫，我的年幼的父亲坐在奶奶身旁嚎哭不止。大姨奶奶一来就扑向奶奶，当她发觉奶奶只是病危时，她一下子就暴跳如雷，冲着我爷爷他们命令，必须赶快把奶奶送进医院，否则，要是奶奶死了，她就把奶奶煮给他们吃……时隔多年之后，奶奶一直对此耿耿于怀，总是很感激大姨奶奶，对于爷爷，则总是满怀怨气地骂他挨千刀和没良心……而多年后，此刻，当我再次想起往事，我的大姨奶奶，早已经不再记得这一切——她患了失忆症，她跟我们坐着，她不知道我们在说些什么，她的与主题不相关的话，常常让我们忍俊不禁而又失落无比。

大姨奶奶已经不认得人了，包括她的女儿在内。但她竟然还认得二姨奶奶。就在昨天，当二姨奶奶赶过来看望死去的大姨公时，大姨奶奶一眼就看到了她。大姨奶奶当时显得很兴奋，一见面就问二姨奶奶："小万明那烂私儿回家照顾你没有？"小万明是二姨奶奶的二儿子，我的表叔。早在八年前,因为娶不到媳妇,不知是谁牵线搭桥,跑到广东一个村子里当了倒插门女婿,帮助一个女人抚养前夫死后留下的两个孩子,去了之后再也没有回来。大家都为大姨奶奶这一瞬的清醒觉得惊奇无比。因为此前,大姨奶奶所说的一切,都是一些离题万里的话,比如有时候正在吃饭,她却急忙地站起来,说是要上山去掏玉米。比如有时大家坐在一起闲聊,她却突然说,她要去麻龙宫(她和大姨公年轻时居住的另一个村子),家里还有两个小孩没有吃饭,她要回去给她们煮饭。比如我的三婶,一个将近五十岁的人,当问大姨奶奶是否还认得她时,回答却是你今年又长高了之类的话。再比如现在大姨公的灵柩就停放在堂屋里,但她竟全然不知,总是说大姨公去玩麻将了等等。而我则是伤痛的。我知道,她在二姨奶奶面前的瞬间清醒,或许正如我奶奶临终时的那一份牵挂?

在奶奶三姊妹中,要数二姨奶奶的生活最为困苦。直到现在,二姨奶奶仍然以一副风烛残年之躯,自己为自己遮挡风雨。她的两个儿子和一个女儿,对她而言,早已仅是一种虚无的存在——我的患疯癫病的大表叔不可能知道他还有一个老母亲,我的跑到广东上门的二表叔或许已经忘记了他还有一个老母亲,我的因为丈夫也患疯癫病的表姑妈竟然也有整整十多年未能前来看望她一眼(我一直不知道这究竟是为什么)。我想,很多年来,二姨奶奶也许已没有了关于儿女的概念,更没有来自儿女一丝一毫的温暖。但让我颇感安慰的是,二姨奶奶似乎是从容的,这不,她就一直不停地跟我们说起她的孙子,最小的六岁,最大的已长到十二岁,快成人了……言谈间充满了对未来的憧憬和希望。她还说,她因为坚持下地干活,身子骨总算不错。这不,从她家到大姨奶奶家,五十多里的山路,也没难倒她……

再后来,二姨奶奶接下去的话,让我在窥到她坚强的内心的同时,还看见了她一份淳朴的真情与慈爱。后来,二姨奶奶接着说,也有人劝她不要来了,但她说,我的大姨公只能死这一次,作为姊妹,她必须看上最后一眼。而且,她相信在这里一定会遇到我们,她说,自从奶奶去世后,她一直记挂着我们……再后来,我突然就有些哽咽——也许,在奶奶逝去的十四年的时光中,她把对我们的牵挂,作为对奶奶怀念的延续?

我们显然都被感动了。我,我的弟弟,还有我的父亲、三叔,我们都纷纷掏出了钱,送给她。当着大姨奶奶的儿子和孙子的面,我们说,二姨奶奶家境不好，我们表示一点对她老人家的孝敬。至于大姨奶奶，她有钱用的，就不考虑了。而大姨奶奶就在此时又清醒了过来，看着父亲把那些钱小心地折叠好并揣进二姨奶奶的荷包时，她竟然嘱咐二姨奶奶一定不要把钱弄丢了……

我似乎明白了什么。也许，当记忆失落的时候，有一些记忆，却注定要在内心根深蒂固。那根深蒂固的，是时间也是生命无法夺走的爱……

一个村庄的历史

田地的传说

多年之后,我的目光落在了一块田地上。

我始终觉得,村庄的历史,时间的变迁,均在一块田地的版图上呈现或消失。一块田地的历史,总会牵扯我深埋在内心的一些忧伤。

村里的田,最早属罗氏家族所有,地则收归我们李氏家族。一块田地的归属,大约就是村庄留给我全部的印象。

但事实是,当我获知这种说法时,一切都早已成了记忆。村庄的时间,早已经历几世几劫。我的对于田地的追溯,并没实在的根据,就连这些土地最后的传人——我的爷爷(这些土地在爷爷手中被收归集体),也从不提起它的过去。一个家族的历史,一个村子的历史,在爷爷那里,最多是一句无足轻重的反问——"都过去了,还提它做啥?"满不在乎的口气,严重破坏了我内心的好奇。

倒是村中一个老人,无意间为我打开了一扇通向往事的秘密之窗。

那是一个夕阳西下的黄昏,静静的河流一如亘古地往东流去,时间的奥秘就藏在逝者如斯的一声叹息里。坐在岸上,那个老人满怀深情地对我说:"你家祖上曾是这片土地的主人呵。那时候,罗家得田,李家得地……"说完,老人脸上竟还涌起动人的景仰之情。透过点点彤红,我还能窥到潜藏在他内心的一份憧憬。那一刻,确切地说,我的情感可谓波兴浪涌。一个村子的历史,一个家族曾经的荣光,能让一个人在若干年后念兹在兹,无论如何总让人激动。

不过,在有关田地的历史里,真正让我在意的是人事的嬗变。

因为,当我能认真地打量一块田地时,曾经的罗氏家族,早从村里消失,仅剩高矮不一的一排坟墓,静立于坟坝上,像远年的几声叹息,荒芜而且凄清。一个家族消失的背影,就像一缕风一样,竟然不着一丝痕迹。

我是在多年后听到有关罗氏消失的传说的。传说某年,某个月黑风高夜,被罗氏田租压得透不过气的苗民,杀上了罗氏居住的大囤上,用一律的长矛,灭了罗氏全族。所幸有一个长工,将罗氏幼子藏于自己的长裙下,才留下了唯一的血脉……再后来,那唯一的血脉是否被人收养,是否隐姓埋名,是否修复了一个家族的传递与接力,却已不为人知了。

在传说的背后,我常会涌起劫后余生的浩然之叹,并为自己的家族庆幸。在罗氏消失的另一面,李氏却好好地生息了下来。我一直在猜想,在罗氏遭遇变故的时候,李氏究竟在做什么?是否也经历了血腥与杀戮?……已经没有谁能告诉我答案了。一个家族的历史,早已在一块田地的背后,成了永远的秘密。

不过我终究还是感到了庆幸。相比罗氏而言,我每每感到李氏家族生命顽强和坚韧的一面。尽管所有的荣枯,早已深埋其下,但在那一块块的田地上,我们还能触摸生命的厚度与温情——这是多么美好的事呵。

神秘的罗氏后裔

多年之后,村里来了个神秘的女人。

女人一来,就爬上了罗氏曾经居住的大囤上。她说她很喜欢这个所在,她认为这个远离村庄的高山之巅,能阻断一切疾病的传播途径,她准备到这里养鸡致富。

给村里交出一笔租金后,她很快在旧屋基上搭起了屋子,并买来了许多小鸡以及喂养小鸡的食物器具。村人也没多想,同时也忽略了事件背后的其他可能性。直到有一天,女人的举动让村人大吃一惊,人们突然就想:"她难道就是留下来的罗氏血脉?"一时间,有关罗氏的传说,让平静的村庄,再次添上了神秘的气息。

事实是,某天夜里,女人请了两个憨厚的男人作陪,按着她带来的图纸,秘密地寻到猫猫山的某个深洞。这是从未有人发现的洞穴。入洞不远,即有一个宽阔的深潭,潭水泛着幽绿。潭的对岸,隐约可见两座隆起的坟墓。从此岸到彼岸,有一座木做的浮桥,只是早已腐蚀,一触即烂。据那两人说,女人发觉木桥腐烂后,长久地静立于深潭边,最后还洒了泪……就在当天夜里,女人迅速从村里消失,一去之后,再没有谁知道她的消息。

后来有好奇的人走进此洞,证实两人所言不虚。

再后来就有了两个版本的传说。一说女人此来是为寻找先祖藏下的金银财宝;一说那两座坟墓,连接着她先祖的一段爱情故事,她寻来只为了却一桩心愿……

但不管真相如何，人们都确信，这个女人一定是罗氏后裔。

我倒没有进入那个洞穴，只是后来爬上了大囤。我去时是秋天，逐渐枯去的八角叶落满了每一级石阶，一些黯红的野花和果子，星散在石缝和荆棘里，隐隐的，却又努力地想要凸出来——就像某种隐喻，引人遐想。那个女人早已不在此地，她搭起的屋子也被人弄塌了。喂养小鸡的食物器具，零乱在地上，几张小板凳，孤独地倒在堂屋一角。

荒草萋萋，夕阳迷离。我静静地站立了很久。层叠的远山、脚下的大地和村庄尽收眼底。视线一片苍茫幽远。一只孤独的秃鹰，在空旷的夕晖里兀自飘浮。我就在那瞬间泪流满面。我想，我与秃鹰，都是浮着的一粒尘，我们一直远离村庄与尘土，随时都会被风吹没……

我最后还很伤感地想起了罗氏家族，想起了那个神秘的罗氏后裔——在奇诡无常的时间里，生命的来去，究竟隐藏了多少荒芜？

纸上的家族

关于李氏，我决定从一座坟墓说起。

坟墓位于狮子山。山名源于其形状。无论是远观还是近瞧，其形状都酷似一只仰天长啸的狮子。这座坟墓埋葬着李氏最初的先祖母。

从这座坟墓起，李氏一脉在这里已整整繁衍了八代。以这座坟墓为界，李氏一族早在五服之外。尽管一脉相承，但实际上除近房外，其余的早疏远了。就以这座坟墓为例，每年的清明，已没有哪家前来挂纸了，早已失去了怀念或祭奠的意义。

但要上溯李氏家族在村里的历史，她是一个绕不过去的点。李氏落脚村里，最早是她的两个儿子。因为避祸，两兄弟带着他们的母亲从盘县一个遥远的村子来到了这里。李氏第一座迁徙的坟墓从此落了下来。

这就是我们全部的来历。但多年后，当我遥望那些遥远隐约的血脉，却只能靠着一张薄薄的祖宗牌，寻向一个家族的纵深。

李氏虽然拥有自己的土地，实际上整个家族的文化史极其贫瘠，甚至荒芜。这单从一本缺失的家谱就能窥见一斑。事实是，偌大一个家族，若干岁月的积累传递，竟不能成就一本古色古香的家谱。家族卑微与荒凉的历史，甚至让我一度自卑不已。

所以后来，当那张唯一的薄薄的写下了李氏所能追溯的先祖们名字的祖宗牌摆在眼前，我竟有一种张皇的心碎。尽管我依然会在每年的七月半，按照古老的风俗把它挂起，用几炷点燃的香火和几个人世的水果遥寄对于他们的怀念。但我更多的是感到飘浮与游离——他们的生平，他们对于家族的业绩，他们个人的气息，早已踪影全无。我的怀念，我的对于家族往事的追寻，不过是内心一些不切实际的愿望罢了。

但荒芜的历史并没影响一个家族的繁衍生息。在村里，李氏一脉就像一棵树，一直枝繁叶茂，以现在的数字算，人口已达百余。只是想不到的是，同一棵树上长出的枝丫，最后竟然反目，水火不容。

比如大爷爷跟我们这一脉。还在他父亲跟我曾祖那一辈，就因为土地纷争不断、纠缠不休。及至我的爷爷、奶奶，到我父亲和他的儿子们，一个家族的两个分支，将仇恨的火焰越燃越烈。直至一九九一年的春天，在县委工作的堂叔组织他的表兄弟们对我父亲和三叔大打出手……

一个家族的繁衍，最终走向了疏离。在血脉流淌的长河里，血浓于水的诤言，更多时候也处于被质疑的尴尬。

我不敢确定这一现象折射了什么。但当我再次在狮子山的坟墓前跪下来，就想到了人世代谢的无奈与沧桑。

遗失的地名

我一直觉得，要追溯一个村庄的历史，除有记录的人事外，那些遗失的、散落的、无从寻觅的历史，更具诱惑性。一个村庄的来去，如同戏台的开启与闭幕，演员来了，又走了；演员换了，道具也换了……恒久的，或恒久中的速朽，一切的停留，一切变化，就构成了这宏大历史场的一个微小元素，构成村庄的来去。

比如地名。地名总是与人事相关。所不同的是，当一切人事成为过去，地名总还存在。当一切人事枯朽，那个地名，却像时间剩下的草，仍旧岁岁绵延。

村里就有这样的地名。比如八大。八大属于山地，山顶开阔处，曾是一个小小村落的旧址。纵横交错的屋基，年年不枯的水井，精雕细琢的石器，虽横躺于斑驳的青苔与荒草间，仍可让人遥想盛极一时的气味。只是没有谁知道，在这里居住，然后从这里消失的，是何姓氏，是否曾留下什么名字或其他记忆。我曾就此问过父亲，父亲说不知道。我也曾问过爷爷，爷爷还是说不知道。从爷爷开始，甚或更早时候，有关八大的记忆，就已开始断裂。它的扑朔迷离，一度使得八大多了几分神秘。

而真正牵引我的，是八大的墓地。昔日红烛罗帐处，如今已是荒塚白骨，一排排坟墓并立于旧屋基上。我曾仔细地注视过它们。它们面南背北，正是所谓"王气"凝聚的方向。在它们背后，众多的山峰从远处逶迤而来后，纷纷把头一转，如一条长蛇，在这里俯仰。我曾猜想，也许曾经的那个村落选择这里栖息时，也曾看中这缕"王气"，并寄托了深远的希望。所以我心是萧条的，时移代易下，一切的良好心愿，最终都是风飘云散。

在村里，让人难忘的还有另一处地名——胡家屋基。据说这里曾经居住着胡氏家族，但后来在灾难中不知所终。至于是何灾难，早已成了秘密。以至于多年之后，我只能以一声叹息的方式妄图走进胡氏。这里名为屋基，其实早已不见屋基，即使如一块残缺的石头或瓦片之类，都已全部隐遁。相比八大而言，这里更接近废墟——精神的，甚至以物质形式存在的，都已零落为尘。包括一座坟墓。事实是，在村庄的山野中，我从未发现过胡氏家族的任何一座坟墓。这一直让我费解。一个曾经在此繁衍生息的家族，竟然不能留下任何一丝痕迹——他们让我再次想起像风一样的比喻，风吹过的时候，所有的故事就注定已经结束。在一缕消失的风中伫立，我甚至会想，胡氏与罗氏、李氏，还有八大曾经的村落，彼此间是否曾有过纷争，有过爱恨情仇甚至杀伐呢？

我想也许有的。因为究其实，在历史之中，从一块田地的得失开始，人类的争斗从来就没停息过。我甚至曾把自己的想象发挥到极致——也许为着一块田地，为着一个家族的繁衍生息，胡氏、罗氏、李氏家族以及八大的村落间，也曾上演血腥的场面，事件的结果催生了一个个家族迁徙甚至消失的宿命——这或许就是生命固有的秩序？即使偏僻、渺小如我的村庄，也无法逃避。

一条河流的背影

村子出去,不远就是河流了。

河流没有名字,倒是以桥命名。桥名大桥,虽称大桥,其实并不大,桥身不过十余米,但在村子众多的桥中,已是最长,加之又是难得的石拱桥,而且历经沧桑,其地位当是不一般了。

大桥横跨于河流之上,是舟也是楫,渡人,也渡牲畜。大桥其实成了河流的精魂。只可惜后来桥身垮了。不是河流冲垮的,也不是人为破坏的。大桥只是太老了,连梦也已经疲惫,所以就塌了。就像一个人,或者一株草木,秋风秋雨之后,肉体与灵魂,再经不住那一份萧瑟,于是自己枯了下去。

大桥没了,但河流还在。河流发源于青龙山。青龙山背后,众山重叠,万壑千峰。所以我一直怀疑源头并不止于青龙山。也许,青龙山仅是一个出口,真正的源头,还在那群山深处。这是一个秘密。这个秘密止于青龙山。青龙山之外,是河流留给人们的想象。凡事都需要留点想象的,想象是生活的另一种空间。由此可见造物主的狡黠与精明。

河是小河。因为小,所以显得很宁静。河水总在流着,就像清晨或傍晚的牛铃,就像每天都要升起的炊烟,默默地在四季中轻轻划过。河流仿佛没有季节变化,即使在枯水的秋冬,河流依然在流。静静的流水,仿佛守候一个地老天荒的约定。一条河流的梦幻,无惊无险,不紧不慢。

河流两边是星散的村子。河流与村子的关系,正如江月照人与人初见月的关系,谁先谁后,没人知晓。这是一个更大的秘密。倒是有一点可以确信,在河流之上,有一些人过去了,有一些人又走来了,一些故事没了,一些故事又诞生了,一生一灭,河流便有了时间,有了岁月。

我便是这时间与岁月里的一个客。

很多年,我常常会一个人沿着河岸走。

一般是夏天,成双成对的蝴蝶与蜻蜓,飞过一簇又一簇的艾蒿、狗尾草和蒲公英,有时它们还会歇下来,在一朵金黄的花朵上想一些心事。也许在一朵花的今生里,有它们前世的梦,它们的温暖或者忧伤。阳光落下来,干净透明,就像蝴蝶与蜻蜓的羽翼。阳光落在河流上,金光摇曳。清澈的水波之上,多了几许幻美,同时也多了份奇诡。一只灰白的点水雀,从水面上掠过,留下轻盈的身影和一圈圈水纹。不远处,在一块块干净的石头上,响着村姑村妇捣衣和说笑的声音。风拂起她们的长发,风把她们的说笑,送到河流之上,送到我的心上,河面上风生水动……

这样的场景和细节,一直是我对一条河流深情的记忆。

而我似乎从此也有了心事。那个时候,我已读了"关关雎鸠,在河之洲"的诗句。一条河流与一段古老爱情的关系,一些生命的秘密,已让我有了一些隐约的冲动。一个人沿着河岸走,没有目的,没有方向。河岸是一座迷宫。我深深地吸入青草和泥土的芳香,先是从鼻孔进入,然后让它们在肺里荡漾,及至充盈全身。我总在有意地酝酿、制造和经历一些过程。我总是困惑——在河流的远方,我不知道水流最终的呈现形式,成江成海?抑或在某个黑色的洞穴和某条暗河里兀自沉沦?灿烂或者寂然,或许都是一条河流的宿命?

那么生命呢?爱情呢?

一个少年的背影,在近乎形销骨立中,在水一方的古典里,那些漫过苍苍蒹葭与《诗经》的心事,一直让多年后的我感慨不已。

我一定是想起邻家女孩了。

那时候,河岸上的艾蒿、狗尾草、蒲公英,依然在夏天的阳光下疯长,但我已无意于一株植物生长的细节,阳光沿着叶脉拔节的声音,已不能构成对我的诱惑。那时候,在河之岸,在水中央,捣衣的邻家女孩已成了我眼中的风景。风吹来,她飘在水面上的长发,她月白衬衫下凸起的秘密,不止一次诱发我的想象。

她并不知道这一切。这是一个少年的秘密。

在这个秘密里,一个少年不经意间就已长大。

长大了的少年,不再想起"关关雎鸠,在河之洲"的诗句。河流在他心里,早已失去了诗意。从河岸上走过,一些人,一些事,已经让他感到沉重,让他,看见了一条河流的前世今生。

时间的步履始终变幻莫测。

当我再一次从河岸上走过时,我就撞上了另一个人。

那时候,一枚夕阳静静地挂在青龙山上,像一团温润柔红的花瓣。余晖落下来,落在水草和流水上,水波荡漾,生动妩媚。万籁静寂,风掠过稻子,虫鸣声声,仅有的一声鸟鸣,仿佛从古诗里跳出。鸟还是那只灰白的点水雀，它一直寄居在河流之上。当我拐过那道河湾，就撞上了堂三叔。他正在河流的浅湾里洗澡，河流刚好淹过他的下身，他黑色的阴茎和阴毛，悬浮在水面上……这是我第一次窥见成人的阴处。我突然就想起了门的比喻(我一直以为这是一个天才般的想象)——它像一个时间的场，一经打开后，生命一切的版图均在这里纠缠、呈现及至消失……而更为巧合的是，后来的一年，就在河流的下游，当人们把溺水而死的堂三叔从那个幽深的洞穴里捞出来，当人们把他的裤衩最后退去，我再次看见了他左右晃动的阴茎和黑乎乎的阴毛。只不同的是，现在，作为一扇门，它已彻底关闭。一条河流与时间的隐喻，从此成为一种标志，让我难忘。

一条河流，从此打上了死亡的烙印。

一个美好的梦幻，从此变得脆弱和不堪一击。

而河流，它并不管这一切，它依然还在制造有关死亡的事件。

先是哑女被它淹死。那是一个黄昏，哑女跟村里的一个女孩相约去打猪草。那个黄昏并不炎热，但哑女偏要走进河流，一去再没有回来。当人们捞起她的尸体时，她全身已经浮肿，像一尾失去知觉的鱼，一抹死寂的白，让村子无限伤痛。她母亲一直趴在她的尸体上痛哭："她一定是撞上河鬼了，一定是撞上河鬼了，该死的河流呵……"再后来，忠明大叔的一对女儿，也在洗澡时淹死在了河里。忠明大叔把她们捞起来后，一只手抱一个，左右亲吻她们的脸庞，那一份不舍和疼痛，一直定格在我的记忆中……

曾经很长一段时间，河流以其狰狞的一面，不经意间成为我的梦魇。

好在河流终究是亲切的。一条河流的梦幻，并没有因为连续的死亡事件而被击碎。

河流依然搁放在村子的梦里。

我也依然还从河流上走过。他们也依然还从河流上走过。

比如幺公。幺公是外乡人，没有谁知道他的名字。"幺公"在这里，早已不是辈分的称谓，而是一种代号。

幺公没有妻子儿女，孤身一人，靠赶鸭为生。记不清是哪一年，他赶着鸭群来到河流之上，从此就看上了这条河，于是就停了下来。对河流的了解，再没有谁比得过他。哪里的水要深些，哪里的水要浅些，哪里的鱼儿多些，哪里的水质好些，甚至哪里有那么一块或滚圆、或尖削的石头，他都一清二楚。终年在河流里来来去去，河水因季节的变化而变化，比如或凉了，或暖了，或深秋了，或开春了，所有这些，往往是他首先知道。曾经很多年，他甚至成了村子感知二十四节气的"天气预报"。后来，幺公被他的一个远房侄子接走，离开了河流，但不久后就死了，据说死得很有些忧郁……

河流与村子的关系，再一次披上迷离的外衣。

尘世与人心，终究逃不过一条河流的手掌。

但河流毕竟是老了。在大桥坍塌后不几年，河流也快速老去。泥沙很快填上来，细若游丝的流水，已很难让人想象一条河流年轻的面目。唯有河岸还在。唯有岸上的艾蒿、狗尾草、蒲公英，年复一年在阳光下荣枯。唯有蝴蝶与蜻蜓，继续在地老天荒的故事里生生死死。

那只灰白的点水雀，早已失踪。

当年的少年，沿着手掌的纹路绕了一圈后，也老了。

繁华早已褪尽。时间和一切生命的过程，已经归于从前和想象。想象成了最后的慰藉和皈依。

于是终于明白夫子为何要发那声叹息。于是有一天，他也站在空空的河岸上，指着一条消失了的河流，说："逝者如斯……"

伍 阅读与视觉

戴明贤先生的境界

——重读散文集《一个人的安顺》

重读《一个人的安顺》(人民文学出版社,二〇〇四年五月第一版),进一步懂得了戴明贤先生的境界。

先生的境界,首先体现在他的文字中。先生的文字,温婉平静,就像一潭宁静的秋水,不动声色。就在那无声处,却波澜迭起,人生世相、时代划痕、人情物理,俱在那里呈现。这是文字的真相,同时也是《一个人的安顺》所呈现出来的语言秘密。

先生的境界,还跟他的情怀紧密相连。通读《一个人的安顺》,不论是对安顺那一段特殊历史的审视,还是对生活在那一段历史之下的"众生"的关注,都体现出他博爱与悲悯的情怀。或可说,这一情怀一直是贯穿《一个人的安顺》的主线,有效构筑了先生"文字品格"的高度。我一向以为,博爱与悲悯,应该是一个大作家所必须具备的"素质",这种"素质"不同于文字技巧、功力等(这些可以锻炼),它是与生俱来的品德,是一种不可复制和再生的"写作资源"。先生显然拥有了这一"资源",这一"资源"一旦与文字相遇,就呈现出了特有的精神亮度。

《一个人的安顺》从某种意义上来说,主要是记录了安顺的一段历史,在"宏大"的历史叙事下,深刻记录了由众多小人物组成的"一个繁富陆离的印象世界、一卷风情浓郁的浮世绘(戴先生语)"。它所带给我们的信息,有历史的、社会的、生命的、文化的、情感的诸多"现场"。但记录本身并不能体现文学的意义。文学的意义在于启示人的心灵乃至灵魂,在于启示历史、构建美好未来,在"重构"的秩序与状态里获取不朽与永恒的价值。先生做到了这一点。在《一个人的安顺》里,除记录之外,先生更多的是透过事物的表象,去关注并思考事件及人物背后的"思想实质",去揭示"风情与世像"之后的本质特征。

先生的境界,体现在《一个人的安顺》里,还在于他揭示了时间的主题。关于时间,我一直以为是整个人类永恒的命题,文学正是为揭示这个命题而诞生的。无论是"风情"还是"世相",或是历史与个体生命的内心,都不可避免地置身在时间的当下，也可说，是时间构成了他们的存在。在《一个人的安顺》里，先生为我们还原了很多历史情境，比如马帮过街、到安顺避乱的下江人、美国兵以及安顺本土的众生百态、生活习俗等等，在一幅“清明上河图”式的生活场景之下（钱理群先生语），那些逝去的生命气息，在先生的字里行间里浓浓地飘溢出来，让你沉重，让你蓦然觉得一种来自时间的苍茫感——在时间之下，一切的生活情境，都要成为历史，成为过去，时间永远是一段遗失甚至是毁灭的过程——先生或许一直在不动声色地为我们揭示时间的本质特征及其意义？

我私下想，在《一个人的安顺》里，时间在先生的内心，一定是绕不过去的心结，对于时间的怅惘，一定程度上决定了他叙事的立场与姿态。我不知道其他读者是否有这样的感受，我在重读完《一个人的安顺》，在读到先生《后记》中摘录的“我已久离开了故乡/我看它，俨然和昨朝一样……”的诗句时，我就断定，来自时间的那一份沧桑，一定也让先生感慨万千。只不过先生是深刻的，他跟别人不一样，他并不高声张扬，他不虚妄、不浮躁，他只是静静地让文字与心灵相遇、对话，他坦然而不经意，他激动却很内敛。远去的故乡，远去的历史与生活，以及那些早已“退居一块石碑之后，销声匿迹”的“生老病死”（戴先生语），虽然就像昨天一样历历在目，却更引人伤感。先生虽然没有说出他的伤感，但其实越是不能忘却的东西，越是最牵扯人的愁思。这是一种悖论，也是文字的一种张力。读《一个人的安顺》，我特别注意到了一个细节，那就是先生不止一次提到他早夭的姐姐。姐姐的早夭，是时间留给先生一生的疼痛。时间在这里，成为生命与时代的一种魔咒。除此之外，其他的人事，也都是时间划过之后留下的痕迹——时间带给先生的启示，已然转化成内心无言的救赎。正是这一份救赎，让我们最大限度地窥见了时间的秘密。

先生的境界，还在于他的节制。不论是感情的倾诉还是文字的表达，先生都视节制为一种美德。文字的张弛之道，全在节制之中。节制就是有所为有所不为，节制的背后，是艺术所呈现的力量。在《一个人的安顺》中，不论是描写还是思考，乃至语言本身，先生自始至终都做到了节制。这种节制，让先生的文字显得干净、从容，让先生的感情藏而不露，却又深刻如刀子，一点点泛着冷峻而又暖色的光焰，一点点贴近你的心与魂。除节制外，先生的文字还充满了生命与生活的气息，自然的景物以及日常的场景，一经他着墨，寥寥几笔，顿时“风姿摇曳”、“摄人心魄”。在《一个人的安顺》里，除了先生的思想与情感带给我们的震撼之外，文字的优美和生动，也让我们充分感受了语言本身的艺术魅力。在先生这里，一切的物象都是诗意的，一切的物象都蕴藏着精神的神秘气息。原本枯燥无趣的东西，一旦被先生的文字所点染，立即就有了美的光芒。在光芒的后面，那些时间与心灵的沧桑感，似乎就被一份温润所淡化，倒是留下一份诱惑和向往，让人无端地觉得亲切，并迷醉于那意境里，并获得艺术的感染与升华……

由此，我认为在当下众多的散文集中，《一个人的安顺》是经得起时间考验的，时间也终将会证明它存在的价值。它虽然仅是记录了安顺一地的一段历史，其普遍意义却是很明显的。它无疑是时间和地域、情感与心灵中的某一“坐标”或者“刻度”，它的存在，对于我们解读历史与生活，以及艺术本身，永远具有启示的作用。

我思故我在

——杜应国先生其人其文印象

读完《故乡道上》,我觉得是该为杜应国先生写点文字的时候了。许久以来,先生在我心里,早已不仅是单一的文字情结。于先生而言,每每面对他,我首先想起的都是他做人的一面——他的对于我,对于安顺如我等一样的文学青年的呵护和扶持,他的无私情怀,他的“化作春泥更护花”的胸襟与品质,常会先他的文字抵达于我。总觉得一方面,我等对于文学的努力、取得的成绩,相对先生的期待而言,始终有很远的距离。而另一方面,从个人感情而言,总觉没有为先生付出什么,相对于他对我等的付出,形成鲜明的反差。这样的矛盾与惶惑,便一直成为自我“折磨”的缘起。所以现在,当断断续续终于把《故乡道上》读完,我就决定要为先生写下一些文字,权且作为对自己的一个交代。

基于这样的原因,也决定了我这篇文字的“不伦不类”。这篇文字,我曾决定把它写成纯粹的评论文字,我甚至沿着《故乡道上》的文本,拟定了所谓评论的提纲。但我随即就否定了这种模式。我始终觉得,像这类板着面孔作评的方式,用在先生身上是不合适的。于先生而言,我更愿意用透着体温的亲切气息的散文笔调,走进他的文字和内心。但不可否认,走近先生,我所有的文字也当从《故乡道上》的文本出发,从他的文字和思想出发,从而走进他的情感世界——他的对于生命与哲学,对于生活与世界的思考和认知方式,他的精神和灵魂的高地。所以我终于听从了这“不伦不类”的召唤,一切依着情感的本原出发,即使冗杂甚至离题,也顾不得了。

认识先生,大约是在五年前。那时安顺市文联要编辑一本地域风情散文集,请他出任主编。在这之前,因为我并没有立志要搞文学,对于文学写作,也仅是停留在所谓的初学阶段,没有仔细读过任何一位作家的作品,也还未涉足网络,除了本埠市报的一些副刊文字外,阅读量几乎为零,文字功力也极其浅薄,所写文章连在市报发表的水平都达不到,在安顺并没什么名气,所以并不能进入先生的视线。也因此,先生于我而言,也是陌生的,以至于当他在会上逐个点评每个作者的文章时,我竟然涌起了惊奇,遂问坐在身旁跟我同龄的早已小有名气的丁杰兄:“这老者何许人?”让我想不到的是,正是从此开始,我认识了先生,先生也认识了我。在他的鼓励和关心下,我的对于文学的爱好和信心,开始树立,并逐渐成为心灵的皈依。也正是从此,我常会到他家里去,并逐渐走进了先生丰富和深刻的内心(或者说思想)世界。

记得在跟先生交往几次后,我就得到了他赠送的一本集子《山崖上的守望》(福建教育出版社,一九九九年八月第一版)。应该说,全面认识和了解先生,正是从这本书开始的。从这里开始,我知道先生是原北大著名教授钱理群先生的“私淑弟子”,被钱先生称为“精神兄弟”。其时,说句实话,我并不完全领会这一称谓的高度及其“辛酸”的内涵,一直到我把全书读完,特别是后来再读了钱先生的《我的精神自传》(广西师范大学出版社,二〇〇七年十二月第一版),又读了《故乡道上》后,这“精神兄弟”的内涵,我才真正品到了个中三昧。而我对于杜应国先生的解读, 也注定将从此开始——我始终觉得,在先生的文字里,闪耀得更多的光芒就是从精神出发的思想文字,尽管他留给我的,仅是背影似的“浮光掠影”,尽管我并不能全部洞悉和理解,但那种光焰,已足以温暖并照亮我。

杜应国先生是以自修而走向讲堂,成为一所中专学校的教师的。他教的是政治经济学,而更多的兴趣却放在哲学上。但我知道,这不是他思想的缘起,而是他与哲学相遇之前的一种选择,一种追求。其时,在安顺,他与从北京毕业分配到此任教的钱理群先生不期而遇。其时,因为家庭出身的缘由,钱理群先生是以“流放”的形式来到安顺,后来又作为“反动学术权威”被批斗,甚至一个年轻学生因为替他说了几句公道话而被迫害最后投湖自尽。其时,社会的大环境极其惨烈。其时,在“半通不通地读了几本马列著作单行本后”,杜应国先生“仗着胆写了篇《马列主义国家原理学习——兼评苏联“社会主义”》的文章,前去找钱先生看。这是他们的第一次相识。但让他们想不到的是,正是从此开始,他们开始了长达几十年并将会是一生的沟通,“并且常常会不约而同地从各自不同的领域里实现思想的对接”(杜应国先生语)。而我之所以要回到这个细节,是因为我觉得,印象中的杜应国先生,正是因为有了与钱先生精神和思想上的相遇相知,从而才展开了他终生秉持的思想姿态, 他个体的生命也才赋予了崭新的意义和价值,才引发了让人尊敬的一面。

应该说,无论是《山崖上的守望》还是《故乡道上》,虽然编者的意图不同,前者属于“野草文丛”,是“一批活跃于当下文坛的杂文作家和鲁迅研究学者以读书札记、文化随笔的方式，对现今文化现象进行鲁迅式的审视和反思”(出版者语)；后者是“我的贵州”丛书，通过作家们“在贵州曾经的生活和正在的生活，让人们看到他们在这块土地上悲欢离合的人生命运、酸甜苦辣的心路历程，折射出这块土地在一段时间内的变化发展，由此看到时代风云的深刻痕迹”(出版者语)。但这两个文本，却分明有着相同的“痕迹”——即杜应国先生于生命旅途中思考的轨迹。在不同的场景、不同的人事里，对于社会、对于个体生命的思考，却是一以贯之于他的精神和思想深处的。

让杜应国先生念念不忘的，当是“文革”中自身的经历及“文革”中的人事。而《山崖上的守望》和《故乡道上》，其中最多的篇幅也即这样的经历和人事。这几近成为先生全部的记忆和思想的场。我一直以为，每一个作家，都有自己特殊的思想的“场”，这个“场”无疑地镌刻了他生命中最深刻的记忆和体验，留存了最为持久的可供思想挖掘的资源。这个“场”，注定成为作家思考的出发点和归属地，成为形成作家特有的思维和叙述“风格”的根本。杜应国先生就是这样明显的例证。纵观先生的来去，贯穿先生生命的“场”，就是“文革”的“场”。作为“文革”的亲历者，“文革”中诸多荒唐的逻辑，诸多黑白、是非颠倒的秩序，以及对于社会、个体生命的烙印，成了先生生命和思想的重要组成部分。面对残酷的历史现实，特别是“在‘文革’后期，人们再也不能不面对现实了，当理想的面纱脱落，露出狰狞面目时，怀疑开始并且逐渐增长了”(钱理群先生语)。对现实不断怀疑的杜应国先生，就这样开始了他的思考。尽管他的思考是属于民间范畴的，但他的自觉性，他的震撼性却是不言而喻的。这种“卑俗中的崇高”(杜应国先生语)，却充满了宗教般的虔诚。应该说，杜应国先生只是一个平凡的人，甚至是个微不足道的人。他的影响，他的思想，并不能改变什么，社会固有的秩序并不会因为他的思考而变化，驶入他所企望的“正轨”(思想者都是孤独的，或许正缘于此)。然而正是因为这一点，才使得他的思考更具有价值和诱惑力。试想，一个置身底层的不为人知的小人物，面对历史的大悲剧，却要把自己的思考紧系于这波谲云诡的政治，企图从自己所信仰的马列著作中寻求解决问题的答案，这种一厢情愿的自觉，不更值得尊敬吗？翻开《山崖上的守望》和《故乡道上》，这样的例子不胜枚举。比如在《剪不断的思念》里，杜应国先生就有这样的记述：“……正是在这样一种混沌和迷离中，我们感到，中国的出路和前景，恐怕还有一个漫长的探索过程，我们所渴望的那种社会变革，估计也不是短期内就会到来的。因此，应该沉下来，继续我们的思考和研究,以更充分的理论准备,去迎接未来的检验……”相比于历史的车轮和走向而言,杜应国先生的思考,其实仅是一盏微弱的灯,并将消失在历史的烟云深处。但我始终认为,正是这不着一丝痕迹的风景,反衬出先生思考的难能可贵!

从“文革”的“场”出发,杜应国先生无疑确立了他对于这个世界、这个社会以及生命认知的方式——不懈的思考。在他的作品中,他写他的故家,写泥土上的记忆,写知青岁月,写黔中石头,写书店,写曾经从贵州走过的各种人物,写他的岳母,写他的亡友,等等,在恬淡平和、温婉细致(这也是他生命的一种境界)的叙述中,总有思想的“火花”闪耀其间。无论是对宏大事件的叙述,还是对个体生命细节的描摹,始终都赋予了“一花一世界,一树一菩提”的精神和思想寓意。他总是在自觉地为自然的物象与平常事件灌注思想和精神的要义——对于时代变迁的思考,对于个体生命沉浮的思考,对于理想与希望的思考,始终成为贯穿他作品的或显或隐的“主线”,使他的文章获得了深邃的“活力”,让人叹服。诚然,一如先生自己所说,他其实只是一个“民间的思想者”,尽管他熟读了各种哲学著作,熟读马列,熟读《资本论》……尽管他能了解并懂得各种纷繁芜杂的哲学思潮和流派,但从“思考体系”而言,先生所遵循的,仅是“自由思想与独立精神”的原则。虽然先生也怀着“思想本身不是目的,认识社会进而改造社会,才是思想的目的和动力”(杜应国先生语)的初衷,但由于种种因素,先生最终的思考也“只能守住常识,守住底线,守住独立的人格与自由的思考”(杜应国先生语),这种从民间开始又到民间结束,从个人开始又到个人结束,从自由开始又到自由结束,从独立开始又到独立结束的思考,难免以尴尬的形式终结。但毋庸置疑,面对这个世界、这个社会以及个体生命的存在,杜应国先生一直在用思考的姿势去贴近,他在那里伫立、徘徊、犹豫,最后引领自己抵达,正如笛卡尔说的“我思故我在”,他一定程度上“唤醒”了我们甘于平庸、乐于麻木的内心,让我们寻找到了精神和灵魂的定位。

他一定程度上让我们懂得了所谓“精神”的实质,懂得了人之所以为人、思想之所以为思想的题旨。在《故乡道上》,杜应国先生在评论本埠作家宋茨林先生的文章时这样写道:“精神是什么? 精神是一种遇土生根,遇水发芽,遇到合适的空气、阳光就会开花结果的无形之根、无影之叶,是一种无机加有机的生命化合物、灵魂添加剂。当历史因迷失而错乱,人们因迷信而疯狂时,精神似乎被踩在脚下,消隐无痕,声息点无。而一旦它在人的心中获得灵与肉的亲和,它就会长出榛莽,长成巨林,就会化为高高飘扬的大旗，导引着人们将自身的苦难转化为成长的资源，把现实的不满转化成奋争的动力。如此，才有了一代人的自我救赎、自我醒悟；才有了随之而来参与社会变革，推动历史进步的巨大热情和巨大能量……”植根在杜应国先生思想深处的精神，是积极的、向上的，他的透明、乐观以及豁达，总能让我们充满了力量。

我无疑是推崇杜应国先生的这种“精神”的。从他的作品出发，到他的作品结束，杜应国先生最后留给我的印象，正是这“精神”的形象。在治学和写作的路上，杜应国先生一直是个孜孜不倦的跋涉者。我虽无意叙写他的这一面，但我无疑想要说出他对于我等的影响。他的勤奋、他的对于精神和思想的探寻和追求，一直影响着安顺年轻的文学群体。他在安顺城里的家，也就时常会有文学青年来去的身影。他的那间屋子，甚至让我想起当年钱理群先生在安顺的那间小屋，想起了那间小屋对于“民间思想村落”的承载。从彼屋到此屋，我一直在想，杜应国先生其实在做着“薪火传承”的义举，一直在延续着他“卑俗中的崇高”。事实是，无论对谁，他总是努力尽到一个师长的责任，竭尽循循善诱之责，努力帮助每一个文学青年最大限度圆自己的文学梦，以至于有人把他“视若父”，其爱心和胸襟可见一斑。我虽然没有这样“高度”的“理解”，但对先生的无私帮助，始终充满感激。我就一直记得，两年前钱理群先生来安顺，为了让我见上钱先生一面，他费尽心机，终于让我得到了钱先生当面指点的机会。去年十月，为了让我和丁杰兄的写作得到进步，他出面主持了一次具有相当规模的民间性质的“作品讨论会”，除了调动各种关系多方邀请有关作家到会，还一再表示要分摊部分费用……而我之所以要刻意写上这些，是因为我觉得这些并不是孤立地存在的，都属于先生“精神”的范畴，是一种“大爱”，唯其因为这种“大爱”，才使得先生的胸襟与文章具有无比光亮的“思想”和“品质”，具有博大的“气象”与“声息”。

所以我写先生，所以我评先生的文章，竟然就是这样的“不伦不类”，杂糅交错。好在我在前面已经交代过，这完全是因为对先生怀着特殊的感情，想借此道出对先生的感激和谢意而已。

先生以及读者诸君，也当不会责怪我了。

笔墨胸襟与文字气象

——读宋茨林《我的月光我的太阳》

合上《我的月光我的太阳》最后一页，才发觉实际上是对这些文章再次温习了一次。书中收录的文章，我大多都在一年前、五年前、十年前甚至更久远的时间里读过。那时我特别喜欢《安顺日报》和《安顺晚报》，其中原因主要缘于两份报纸均开设有相关的文化副刊。我就是在这些栏目里牢牢记住了宋茨林这个名字。总觉得他是一个“文化型”和“思考型”的报人——他一直在做着“文化观察”和“思想探寻”(或者说思考更为切题)的工作，这让我在众多的报人中对他刮目相看。我一直以为，作为一个报人，如果仅是“实录”，仅是停留在对社会生活与工作的“表象”记录和报道上，没有自觉地对这些世俗镜像进行必要的“人文关注及思考”，这样的报人大抵是平庸的。而宋茨林先生不同，正如《我的月光我的太阳》的副标题——报人生涯的心路笔痕一样，贯穿作者报人生涯的，最为可贵的就是要拥有这种“心路笔痕”——抛却泛泛而谈的记录、报道而接近事物本质的叙述和思考，将赋予报人丰富典雅的精神气质和灵魂的高贵！

我正是从这个角度去发现《我的月光我的太阳》这本集子的亮点和魅力的。说句实话，我曾经试图把它当做纯粹的散文文本来读，但我最后感到了力不从心。我是分两次读完整本书的，从“风雨兼程”、“月光与太阳”、“理性的声音”、“文化的魅惑”直到“定格的记忆”，应该说，五个版块的内容、叙述的方式，都是不同的，合在一起甚至给人驳杂的感觉，所以当我试图以“纯散文”的姿势接近它时，我竟然感觉到了吃力——我甚至思量起它与文学的距离，有些犹豫和徘徊。但是，当我的视线再次落在本书的副标题上面，当我再次认真品味宋茨林先生《后记》里的“……这本书的枝蔓确乎多了一些，但是它的定位本是‘报人的心路笔痕’，报人本属‘杂家’，本该‘杂花生树’……”时，突然就有一种豁然开朗的感觉。合上书卷，遥想我在那些遥远模糊的时空里阅读过的先生的文字，我就仿佛看见了经它们连缀而成的图案——在近乎冷色调的月光与暖色调的太阳相互映衬的意境里，我仿佛看见所谓“杂花生树”的缤纷景象——那其实是一种有序的组合，杂乱中隐藏着对社会生活与工作乃至生命某种逻辑的窥视，在充满象征和隐喻的幻景里，仿佛有一只手，牵引着你在杂乱的秩序里找寻有序的排列……我就是这样完成了对《我的月光我的太阳》的进入，沿着作家的“心路笔痕”，看见了作者的笔墨胸襟与文字气象——

悲悯意识与向下的姿势：报人的担当与崇高

我始终认为，作为一个报人，是要讲担当与崇高的。一个缺失担当与崇高的报人，充其量只是一个文字工作者而已——我也一直觉得这或许有些偏颇，但当读完《我的月光我的太阳》后，我就果断地下了这个结论。从《我的月光我的太阳》，我看到了作为报人的宋茨林先生的“担当与崇高”，不论是对于现实的观察、记录还是思考，作者始终都怀着一种悲悯意识，并用向下的姿势去接近和亲近，正如钱理群先生针对《风雨兼程到紫云》一文给作者的来信：“……普通人的日常生活才真正构成了真正的历史……想建议你利用工作之便，有计划地写一批类似这样的文章，以反映在急剧变革中的中国边地小城镇普通人真实的生活、思想、感情、心理等方面的变迁……”贯穿作者报人生涯的，也就是这些“普通人的日常”，他们的存在，总在吸引着作者的目光——对日常的观察、记录及思考，就这样赋予了作者作为报人的理想价值。在作者的眼里，这些“普通人的日常”，就构成了他记录和思考的全部，成了他与世界对话的主要途径。比如他对客车上的人们“生存状态”的描述，比如他对那个神秘的放鸭人“人生际遇”的描述，再比如他对于麻风村的记事，还有对于自己“文革”中诸多遭遇的叙述，都充分反映了他的这一种姿态。我一直在想，也许当作者用这样的姿态去诠释报人生涯的时候，他一定是痛苦的——在追求担当与崇高的路上，他一定感到了肩上的重负。但他也一定是幸福的，在“普通人的日常”里驻足，他一定感到了从浮华到沉静、从平庸到崇高的升华。

为什么我要这样说呢？抛开关注对象的意义和价值不谈，就以作者的“叙事手法”而言，我觉得作者在“从新闻开始、到新闻为止、又超越新闻”的定位里，已经实现了生命与俗常物事真正的交融。翻开《我的月光我的太阳》，特别是“风雨兼程”、“理性的声音”这些直接与报人生涯紧密相关的章节，就会发现作者并没有单纯地把他的所见所闻作为一种消息式的新闻存在，而是为其赋予了更深刻的意义——俗常物事连接着的是对于体制，对于生命，对于情感，对于思想的深度挖掘。在这里，所谓“新闻”的手段，已经被注入了“文学”的内涵,它已不再是单纯意义上的新闻,而是“新闻”的补充和延伸,是“新闻”与“文学”的复合体,它更通透,更具张力,更能反映作为一个报人的职责和使命。从这个意义而言,我想说,当作者开始以这样一种姿态行走的时候,他其实已经完成了作为报人的“涅槃”,获得了真正意义上的新生。

叙述自觉与自由的高度:文字的多种可能性

我还想起了“文字的多种可能性”这个命题。

读宋茨林先生的文章，第一印象就是来自他文字的那种压力——仿佛凌空高蹈的一些符号,在不断“移步换形”的瞬间,铺天盖地般击中你身体的每一根经脉,让你动弹不得。正是在这种语言的“暴力”之下,我窥见了先生的“侠气”——悲悯、道义以及自由放达的结合！也正由此,我开始思索起文字的可能性——于先生而言,我想,文字一定是引领他抵达和穿透的“舟楫”,在关于此岸与彼岸的追寻里,文字一定让他感觉到路途的曲径通幽。

我想先来谈谈叙述的自觉。我私下认为,能否形成叙述的自觉(或者是文体上的自觉),直接影响着一个作家成就的高低。大凡成就斐然的作家,都具备一种“自觉”的叙述状态——这甚至可以理解为一种修养和品质,胸襟和气象。而在《我的月光我的太阳》里,对关怀和担当的自觉关照,始终成为贯穿每一章节的笔墨情怀。我曾经针对《我的月光我的太阳》这本集子里的《庙与学校》写过一篇评论,对先生的“自觉”意识,即作家自己被迫在寂静的“庙”与“学校”寂寞地泅渡的种种内心和现实遭遇关照的自觉进行剖析,可以说,《庙与学校》的成功,正是因为有了这一份“自觉”,从而确定了作家思想水准的高度,进而使整篇文章具有必要的“精神品质”和“美学张力”。应该说,这种叙述的自觉,始终贯穿着宋茨林先生的报人生涯,也正是他之所以“拒绝平庸”终于没有流于平庸的关键。

接下来我再谈谈自由的高度。我想起了甘肃作家杨献平为我及九位朋友的散文合集《散文新锐九人集》(天津人民出版社)所作的序言:“……从内心和精神要求上讲,我是想回到唐朝的一个写作者。抛却封建、专制和家天下等等与现代文明相悖的政治因素，那确实是一个热血激荡的年代,也是高度自由,可以放浪性情的年代。向往唐朝,或者心怀古典情结,大致是当下书生们的一个通病。由文化和思想‘武装’起来的书生们往往以笔为旗，'妖'言惑'人'，企图以文字建立自己的不朽流传和绝世文采……"我私下想，就本质而言，宋茨林先生当是这样的一介"书生"，他的豪放、他的不受任何羁绊和束缚的精神气质，也当是一个向往唐朝和渴望自由言说的"理想主义"的书写者——尽管他的"自由言说"一定程度上受制于来自文体的"框架"（我相信以"新闻"为本体的写作是有局限性的），但从内心而言，从先生平时的言行举止而言，从先生的文字气象而言，我相信这应当是他的毕生向往。当然，客观而论，我觉得从文字上来说，先生的语言应该还没有彻底达到所谓"自由的高度"——那种"意到力到"、"不露痕迹"的语境，至少离先生还有一步之遥。在《我的月光我的太阳》中，特别是先生的一些议论，我私下认为是与"物象"本身相剥离的，始终让人有一种牵强甚至梗阻的嫌疑。或可说这些成分的存在，一定程度上破坏了先生"语言系统"的"和谐"与"顺畅"，是通往自由高度上不可忽视的"软伤"。但也正是这样一些"软伤"，透出了先生的大气象——先生总是站在思想的高度上，企图在神性的刻度上打量他眼下的一切——呈现或者消失，都是一个平静的过程；追问与探寻，都在"寂静的风暴"里完成对接与交融，从而实现真正意义上的自由和释放。

我想，这或许就是文字的多种可能性，在"叙述自觉"与"自由高度"的秩序之下，我们也许就找到了语言真正的秘密——复杂的抑或简单的、隐晦的或者明朗的、苍白的或者有力的秘密，一个不可知的充满魅力的语言魔宫！

"文学的虚构"：被遮蔽的文学距离

毋庸讳言，在《我的月光我的太阳》里，宋茨林先生其实一直在用"文学的姿势"与世界对话，抛开"月光与太阳"、"文化的魅惑"这些直接属于散文文体的章节不说，就是那些属于"采编叙事"一类的文章，文学的元素也随处可寻。这也正是他自觉关照的结果，是他对于"报纸一定要有文化追求"的办报理念的全面体现。而实际上，也正是这些文学的元素让《我的月光我的太阳》获得了内在的生命力，得以区别于那种浅层次的"从新闻到新闻"的纯粹性记录。

我无疑是赞成这种"文化追求"的。钱理群先生在为本书作序时也写道："《我的月光我的太阳》是'文人'宋茨林和'报人'宋茨林劳作的结晶。""文人"和"报人"的结合，使《我的月光我的太阳》具有"与众不同"的意义，其“文本理念”和“文本价值”也因此得到彰显。但最后,我还想谈一个似乎与《我的月光我的太阳》并不相关的话题,也纯粹是一个属于我个人的“喜好”问题,那就是宋茨林先生作为“文人”的一面——我不得不承认,我更乐意用“文人”的姿态去接近宋茨林先生。在听说先生年轻时发表的十多篇短篇小说都毁于一场意外的火灾时,在听到先生说“生活比小说更曲折更真实更精彩更富戏剧性”,所以索性摈弃“文学的虚构”而致力于“生活真实”的“实录”时,我其实是觉得遗憾和可惜的。我一直在假设,假若先生一直在进行他的“文学的虚构”,凭他的才华,应该完全可以成为立足全国的真正意义上的作家。所以我要说,透过《我的月光我的太阳》,透过“文学的虚构”,我似乎看见了一种被遮蔽了的文学距离。所以我要对先生说,当你尝试了“从新闻开始、到新闻为止、又超越新闻”的“散文写作”后,可否再缩短一下新闻与文学的距离,或者干脆直接用文学的形式,继续你对“普通人的日常”的观察、记录和思考,或许,你会获得再一次的“涅槃”,并借此获得精神的永生?

孤独的拷问与救赎

——读吴佳骏的《掌纹》

《掌纹》(太白文艺出版社,二〇〇九年第一版)是一部以乡村为题材的散文集。

跟众多乡村题材的散文集不一样,在《掌纹》里,没有牧歌似的优美,没有小桥流水、田园炊烟的宁静与祥和。《掌纹》里的乡村,是衰败和枯萎的。《掌纹》所呈现的乡村世界,更接近二十世纪末与二十一世纪初的乡村现实。所以我认为,《掌纹》是现实主义的作品,具有"史诗"的特质,以一种悲剧的视觉,记录了特定时代变迁下乡村的苦难与疼痛。

我不得不承认,面对现实的乡村,我跟吴佳骏的视觉保持了高度一致。我们都生于乡村,长于乡村,都经历了贫困,并目睹了乡亲们(包括我们自己)逃亡乡村的一切经历。乡村给予我们的,并不是田园牧歌般的诗意与幸福。置身乡村,我们感到的更多是贫穷与苦难,及至对于时间与灵魂的迷茫与困惑。于是我们终究会忍不住思考:现实的乡村究竟隐喻了什么?现实乡村的一切,对于生命的存在或者消失,究竟昭示了怎样一种意义?

在阅读《掌纹》时,我发现吴佳骏对于乡村的叙述与言说,正是建立在这样的思考之上。在那些内心的、细节性的叙述和描写里,吴佳骏自始至终都将乡村赋予了哲学意义。乡村的一切物象与人事,都跟时间、灵魂、生命息息相关,让人沉思,让人警醒。在他不断提到的那些贫穷、疾病乃至一切荒凉里,我还想起了那个不断推巨石上山的西西弗斯——吴佳骏对于乡村贫穷与苦难的审视——自己给自己安排的精神劳役,一定程度上让他获取了神性的光芒,让读者看到了写作的方向。

是的,在这里我愿意顺便提及写作的方向。很长一段时间,我一直在思考写作的意义。无疑,写作的意义具有多种属性。但我认为一个最根本的问题就是其"承载和担当性"。这让我们想起那些对于散文认识的误区。相对小说和诗歌而言,散文概念的模糊化和边缘化,就是因为对于散文的"功能性"认识不足。在一般人眼里,小说和诗歌是"济世"的,而散文则仅仅属于小说和诗歌的附庸,不能"济世"。我一直为散文鸣不平。在我看来,散文跟小说和诗歌一样，作为一种独立的文体，同样具有所谓的“济世”功能。吴佳骏的《掌纹》就充分证实了这一点。在《水车转动的年轮》、《乡村诊所》、《父亲的疼痛与乡愁》、《最后一个夜晚》等篇章中，吴佳骏并没有停留在泛泛的记录层面上，而是努力使其笔下的物事具有“济世”性，力图通过内心的、细节的展现、还原，去撕裂现实乡村的苦和痛，让这种苦和痛，锲入时间与灵魂的深处，锲入社会变迁下乡村的本质。在深沉、舒缓、忧伤的笔调里，呈现出一个完全的、彻底的、真实的乡村世界。在这里，暗含了作家的悲悯情怀——正是从这一情怀里，我们读到了作家对于现实乡村的拷问与救赎，读到了作家的品德与良知，同时也读到了文字所谓“济世”的属性。

毫无疑问，《掌纹》的写作是具有重要意义的。《掌纹》里的乡村，像一艘疲惫的船，时时面临搁浅的尴尬。物质的极度贫困，使得作者笔下的村庄像极了一具染上沉疴的肉身，在奄奄一息里苟延残喘。这是作者个体生命的苦和痛，但同时也是乡村社会的苦和痛。也正是这一点，让《掌纹》里的乡村具有普遍意义，让作者的叙述与言说获得了哲学的深度，获得了一种普世价值。

我们不得不承认，随着工业文明的推进，农业文明下的一切已逐渐丧失了其活力。这种丧失是以乡村的衰败和枯萎作为表现形式的。实际上，现在的很多乡村都走在了“逃亡”的路上——物质贫困下的打工潮，让很多村庄近乎成为空村，仅剩老人和小孩作最后的象征性留守。物质贫困下的感情、教育、生存等危机，让很多村庄几近成为人们的梦魇，成为诅咒和遗弃的对象。《掌纹》里的乡村，正是这样的一个典型。由此我们明白，吴佳骏的拷问与救赎，实际上就是要揭示这样一个深刻的问题——在农业文明向工业文明转型的时期，乡村存在的一切问题该如何解决？该如何重构乡村和谐的秩序？乡村该何去何从？这其实已经成了一个社会和哲学问题，是我们推进城乡一体化所必须正视的现实。从这个层面而言，我以为《掌纹》已经超出了散文文本的意义，具有文化社会学的某种属性。

在这里，我还想说说《掌纹》对于散文写作的尝试与超越。在《掌纹》里，可以窥见作者对于传统散文写作的继承与颠覆。一方面，《掌纹》是传统的，但另一方面，《掌纹》又是先锋的。《掌纹》的写作，在传统散文的叙述方式上，更多地揉进了小说的叙事化手法，《掌纹》注重的是细节性、场景性的叙述和描写，作为叙述的主体，作者的言行、活动、内心一直置身于叙事的现场，这样的呈现方式更能凸显叙述的力量，让作者叙述的主体更加鲜明、生动，并具典型性。在这点上，我以为吴佳骏跟俄罗斯作家康·帕乌斯托夫斯基的散文写作有着某种共通的气息。尽管后者的散文洋溢着的是诗人的浪漫主义色彩，是“暖色调”的抒情笔调，跟吴佳骏的现实主义的“冷色调”截然不同，但在小说化的叙事利用方面，却是一脉相承的。这种气息让我们看到散文血脉的辽远与阔大，同时也看到继承与创新的希望。

当然，这仅是写作技巧层面上的，甚至是《掌纹》之外的题外话，并不是我在此文中想要论述的主要问题。我想要说的，最终还是关于《掌纹》写作的终极意义——吴佳骏的拷问与救赎。我相信，面对现实的乡村，吴佳骏一定是痛苦的，一定怀着殉道者的勇气与精神，企图完成内心的自我拯救。正如他在《活着，是一笔债》中说的：“只要有瓦片的地方，就有根在。有根在，就可以撒播种子，种谷子，种高粱……重建家园，孕育生命的胚芽，等待收获的喜悦。”他其实一直怀着某种善良的祈盼——作为现实乡村的“代言人”，这样的殉道思想及其理想，让他的叙述与言说获得了崇高感。正如他在自序中所说的：“一个优秀的作家，必定心怀苍生，不附庸体制，不寄生强权。他所写的每一个字，都闪现着人性的光辉，能够真切看到其隐藏在文字背后的，那精神的光芒和生命的温度……”所以我们可以这样说，《掌纹》的写作充满了一种自觉性，其西西弗斯式的悲剧精神，让人不得不生发敬重之情。

不过我们也应该注意到，就其实质而言，《掌纹》实际上是孤独的。吴佳骏也一定是孤独的。正如他所写的一样：“我的痛是身躯的，也是心灵的。我躺在土堆上，像一个沉默的影子。父母已经回家，整个山地只剩下我一人，独对荒野，和自己战栗的灵魂。我始终感觉自己是一个无家可归的人……”在《掌纹》中，吴佳骏自始至终面对的，都是一个已经坍塌了的家园，他自己的灵魂始终没有丝毫的归附感。就跟所有的思想者一样，孤独最终构成了他的宿命。更何况这种孤独不单属于他内心的一种存在，——在他内心，他其实一直希望这种孤独能化作具体拯救的言行，使现实乡村走出自己的困境——这一定是吴佳骏隐藏在文字背后的希望。但文字本身是有局限的，文字本身的“济世”功能，也不过是一种提示或者警醒，它并不具备任何实质的意义。这是文字的悲凉——我想，或许也是吴佳骏内心的悲凉。但一个让人安慰的事实是——至少，一个作家虽然孤独，但他的每一次文字仪式，都能让我们感到一种神圣的温暖和力量。

清醒的与温暖的

——读李家淳《私人手稿》

很多时候我们都会问:“我们为什么写作?写作是为了什么?”从世俗意义上来说,这涉及物质和精神两个层面的答案。前者是功利性的,后者是纯粹的。前者无可厚非,但后者更值得尊敬。李家淳属于后者。在纯粹的写作当中,李家淳让我们看到了作为一个写作者以及文字本身的清醒与温暖。

我这样说,实际上已经说出了我的褒贬。因为对写作本身而言,我更倾向于后一种方式。我始终认为,这样的方式更能接近文字的本质,更能让人感受到文字的魅力。在我看来,只有当写作成为生活的一种方式,成为一种纯粹的行走时,文字才能贯通这个尘世的情感与生命,文字才会具有所谓的向度,具有所谓的担当功能,从而引起读者的共鸣。李家淳的《私人手稿》(珠海出版社,二〇〇九年八月第一版)正是透出如此气息的一个文本,一定程度上让我们再次看到了一个写作者的方向和态势。

要理解李家淳的写作,我认为必得了解他生活的背景。李家淳其人,生于江西石城某个偏远的山村,后来当教师,后来在那块山地上结婚生子,后来因生计所迫(连两斤猪肉都买不起,并因此遭受屈辱),出走南方,几经煎熬磨难,举家迁徙,总算在广东有了属于自己的安身之地。应该说,在李家淳的生命历程里,贫困、生存成了他的两大主题。按道理,这两大主题已经构成了他生命与生活的极限。但关键是,在这样的状态下,他还加上了另外一个主题——写作。我不知道是不是写作最终拯救了他。但我相信,当他把写作跟贫困与生存连在一起时,他一定是冷静而且清醒的。在生命与生活的极限之地,他一定寻找到了通向肉体与尘世的隐秘路途。

但我想,李家淳一定也是痛苦的。痛苦与清醒,往往是一对孪生兄弟。在李家淳的《私人手稿》中,他实际上就写了两个地方:故乡与南方。故乡是贫穷而又温暖的,故乡想回去但不能回去。南方是富裕而又冰冷的,南方想舍弃却不能舍弃。这就是李家淳生命与生活的悖论,同时也是他写作的悖论。正是这样的悖论,构建了他内心的疼痛。只不过李家淳的这种疼痛,早已被他文字的温暖所遮蔽甚至覆盖。他在用一种艺术的诗意,帮助我们理解他对于苦难与希望的解读。

这就是他对于艺术、对于贫穷与生存的言说方式。我一向以为，言说方式是衡量一个作家成就高低的重要标准之一。比如面对苦难，一个作家可以有很多种方式——哭着说、笑着说、不哭不笑平静地说。三种不同的方式反映了三种不同的人生境界。对李家淳而言，我以为，面对苦难，他已经到了不哭也不笑的境界。哭笑的人生常态，早已不能构成他内心的任何羁绊。面对故乡的贫穷落后，面对南方残酷的生存法则，李家淳早已深知，哭或者笑都不可能拯救自己。正是生活中的这一认知，让李家淳获得了艺术上的飞跃与升华。事实是，当生活的经验一旦跟写作碰撞，作家们就由此得到了涅槃。从这个意义上说，李家淳又是幸运的。而我们也终于知道，李家淳文字的清醒与温暖，其实也就是一种对于尘世的透彻与通达，对于艺术的理解和诠释。

所以说李家淳是别异的。李家淳已经超出了常人的言说方式。这不单使他在贫困与生存的极限里最终拯救了自己，也让他在写作的极限里获得了最大限度的自由。由此，我想进而说说李家淳的文字，说说李家淳在文字之中给予自己连同别人的那份温暖。就在我阅读《私人手稿》的过程中，李家淳曾给我打来电话，说出了对自己文字的不满意。这是他对自己的否定。我替他高兴。一个作家的进步与成熟，正是以不断的自我否定作为标志的。李家淳做到了这一点。但话说回来，这必定是作家自我的更高的要求，它并不意味着《私人手稿》的不成熟。相反，我之所以说到这些，是要说，李家淳一开始，就将怀疑与反叛、创新与跨越植根在了他的写作中，这使得他的文字一开始就具备了必要的风度、高度与气质。他对于景象的描写，对于事件的叙述，对于内心的描摹，均做到了干净从容。他的文字，就像刀子，一点点深入、用力地切割，但又不露痕迹，让你在尘世的疼痛中感觉到那温暖的光焰，让你迷茫困惑，但更让你看到光明与希望。这就是文字的魅力，就是李家淳的魅力，是我们对《私人手稿》树立信心的充足理由。

现在回到李家淳的清醒上来。我以为，清醒对一个作家而言，关系到文字最终的成败得失。它不单是一个立场和态度问题，它实际上跟文字的生命力息息相关。一个清醒的写作者，总能看清文字在写作中的地位，看清自己在写作中的地位，看清精神在世俗中的地位。这是一个根本性的问题。具体点说，作为一个人，一个作家，我们该怎样理清自己与这个世界的关系？再具体点，就是我们该怎样在当下或者未来存活？李家淳半世流浪漂泊，吃尽苦头，受尽屈辱，这样的人生经历让他更加懂得了这一俗世的意义——

在这里,李家淳选择了文字,并完全摒弃了物质层面上的原初意义,义无反顾地将自己的内心建立在了纯粹的“精神”之上。通读《私人手稿》我们会发现,说这本散文集是李家淳的精神自传或许更为合适。正是这样的一种写作视觉,让《私人手稿》文本本身、让李家淳本身获得了一种“不朽”的意义。

这倒不是高抬李家淳。我以为所谓“不朽”,并不是说李家淳的文字已成了经典(无疑,在文字的路上,李家淳还有很多坎需要跨越),而是说他对于在这个茫茫尘世间的“精神”有了清醒的认识。相比物质而言,“精神”这个东西,更能让我们看清所谓人性、所谓善恶、所谓积极与消极、所谓隐忍与迸发、所谓崇高与卑劣,等等。尘世一切的矛盾与悖论,在“精神”的烛照之下显露无遗。从这个角度说,我以为李家淳具备了有别于常人(包括我自己)的品质与气度,他是一个真正的精神的殉道者,他完全抛掉了世俗的那一份浊气——他一直在进行一种真正意义上的写作与言说,我也深信,他一定会在精神的领地里,实现他生命与灵魂的皈依。

那么,无论是李家淳本人,还是《私人手稿》本身,必将因此获得我们的敬重和推崇。

在喊痛的另一面

——读李存刚散文集《喊痛》

早在冬天的时候,《喊痛》(太白文艺出版社,二〇〇九年八月第一版)就已读完。但直到春天,有关《喊痛》的读后感一字未写,倒不是忙或者是身体欠佳的原因,而是李存刚那喊痛的声音,一直让我心慌、意乱,总觉得在生活、在内心,有一种彻骨的凉意,正改变着我固有的秩序。

李存刚无疑是幸运的。作为医生,他有幸坐在了距离人性最近的窗口,他可以窥视到许多人性的秘密——时间与肉体、虚荣与浮华、尊贵与卑微,一切的谎言在这个窗口纷纷隐退。真实浮出水面——在这里,李存刚跟很多写作者看到的不一样,他直接接触到了人性最隐秘的部分,这给他直面灵魂、直面文字带来了一定的便利。但与此同时,李存刚又是不幸的。在真实的另一面,我一直在猜想,李存刚其实是失落甚至迷茫的,在他有限的心灵承受上(又会有谁的心灵承受是无限的呢?),人性所呈现的真实场景一定让他不堪重负。他或许曾经想到过逃避,我相信每一个人都有自己内心的桃花源,一份不用任何承载与担当的生活,永远是我们最理想也是最后的精神皈依。但李存刚不能。作为一个有良知的写作者,李存刚与一般的医生不同,除了那些来自肉体的疼痛之外,那些心灵的、灵魂的、人性的疼痛,就像一些时间的声音,一直在召唤着李存刚。

这便是李存刚写作最初和最终的悖论。

我曾经把医生比喻成神——在医生脚下,所有的患者(包括在现实生活中身居高位者和拥有巨大财富者)就是芸芸众生。在医生犀利的目光与手术刀下,一切被生活所包裹和遮蔽的疼痛纷纷现身……这或许有些夸张的成分,但这的确是一种真实的存在。无论是对死亡的恐惧还是从容,无论是生命的富有还是贫穷,无论是豁达还是无奈……当他们面对医生时,就显露得一览无余。从这个角度而言,作为医生的李存刚完成了一种现实生活不可成就的寓言——我突然有些沮丧,寓言是什么东西呢?寓言最大的特点就是寓意的不确定性。那么,李存刚视野之下的所有疼痛,也是不确定的吗?

这样想的时候，我就想到了《喊痛》的另一面。

在现实生活中，伪装几乎成了我们必须具备的本能，在遮蔽尘世的同时，也遮蔽内心。自己的疼痛，只能自己藏着，或者就是把一份疼痛说成谎言，在麻痹别人的同时，也麻痹自己。这是人性由来已久的悲哀。所以在读到《喊痛》的时候，我的确是兴奋的（当然也是沉重的），我甚至觉得应该感谢李存刚，是他以自己独特的身份、以自己独特的观察和记录让我们窥到了那些被遮蔽的生活与心灵，让我们面对这个尘世与人心时又多了份深刻的思考。

李存刚的文字，是他手上的另一把手术刀——犀利而且深刻。它不单深入骨髓，还切入灵魂。李存刚所医治的，不仅仅是肉体的疼痛，更是灵魂的疼痛。正是这样的视觉深度，决定了他文字的精神风度。我曾经说过，李存刚的文字是神性而别异的，具体体现在语言上，李存刚不流俗，但也不标新立异，不图奇诡，就像他喊痛的声音一样，不急不缓，不喜不悲，在无惊无险中却充满了刀子的冷峻与深邃。李存刚明显是一个熟练的刀手，他一点点切下去，由外到内、由表及里，他显然游刃有余。在文字的刀锋上行走，李存刚让我看到了作为一个写作者的优雅与从容。

从这点上来看，我认为李存刚的书写，已经可以归于"灵魂书写"这个层面。通读《喊痛》，我发觉李存刚有效借助了两条途径：一是细节性的途径，一是向内的途径。这两条途径构成了他的叙事特质，同时也决定了他思想的高度。在《喊痛》中，李存刚给我们还原了一个个外在和内在的场景，每一个场景都从细微处开始描摹，每一个细微处都让我们看到人性的真实。李存刚实际上在自觉或不自觉地把那肉体与灵魂的疼痛一点点撕裂——李存刚懂得所谓美的最高境界，就是让事物充满悲剧性。在《喊痛》中，我认为李存刚做到了这一点。也正是这一点，让《喊痛》获得了自己的美学价值，获得了自己的生命质地。

当然，就写作而言，语言仅仅是李存刚手中的一把手术刀，仅是一种技巧或者说是一种形式。李存刚不是那种纯粹的词语写作者（在这一点上，我对很多诗歌写作感到沮丧）。我一向以为，词语写作是没有任何灵魂温度的，更重要的是在词语背后的"承载性和担当性"。这似乎又回到了那句老话——诗歌合为事而作，文章合为时而著。话已经说得很滥，已经成了每一个写作者都熟知的常识。但话又说回来，要真正让写作成为"时与事"的承载和担当，却不是一件简单的事。这里面除了一种写作的自觉性之外，还需要具有比如悲悯、比如善良、比如正气、比如勇气等诸多精神的元素作铺垫。李存刚《喊痛》的词语，正是综合了以上这些品质，从而让文章有了必要的思想深度。

关于思想，我一直以为这是一个写作者不可或缺的灵魂，也是衡量一个写作者境界高下，甚至是品质优劣的一个重要标尺。前文已经说过，作为身兼医生和书写者两重身份的李存刚，一方面关注肉体的疼痛，另一方面更注重灵魂的迷失，这两个视角构成了他思想的姿态。他不得不去思考，从肉体到灵魂的疼痛是一条路，这条路隐藏了生活乃至生命的多种可能性。作为一个能洞察肉体与灵魂疾病的医生，这是他的使命——他必须尽可能窥视这条路上的苦乐悲欢、真真假假，他必须要把自己置身在时间的当下，去撕下生活乃至生命的一切伪装，甚至是企图拯救那些迷失的灵魂——这也许是他的宿命(或许也是所有写作者的宿命？)。正是这份宿命，铸成了李存刚的思想的场，也铸成了《喊痛》的价值和意义。

到现在，李存刚依然还在以这样的身份继续他的观察和思考。我相信，这一定是《喊痛》的延伸，更会是《喊痛》的进一步拓展以及升华。但同时，作为李存刚最好的兄弟之一，我也突然涌起了一种隐约的担心——那就是重复。疼痛的形式千差万别，但疼痛的本质或许都是一样的。所以我有点担心，经此之后，李存刚所作的观察和记录，也陷入一种重复的泥潭(尽管重复是每一个作家包括伟大的作家在内都不可逃脱的宿命)，重复从某种程度上来说，就失去了意义——所以我衷心地希望李存刚能不断突破自己的视觉和书写，在不远的将来，给我们再次带来更加神性而别异的《喊痛》……

这是我的期望，更是我的祝福。

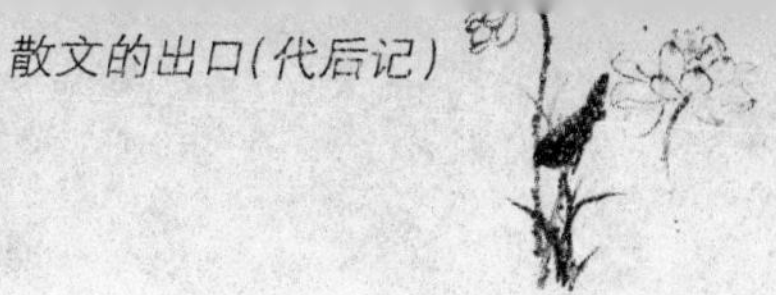

散文的出口(代后记)

关于散文,我说过这样几句话:它在迷陷中置疑,在混沌中引领,以不完整的、片断性的、随意性的甚至是私人化的思维形式,尊崇自身的逻辑与哲学、想象与重构,在人的终点和神的起点上,实现自我与世界、精神与精神、灵魂与灵魂的对接。在一种前所未有的疼痛感中,勾勒、构建并呈现散文之所以为散文的光亮属性。

这里有三个潜台词:第一,散文是自己的事情;第二,散文是具有神性的;第三,散文是疼痛的。

这涉及散文的属性、品质甚至是素质问题。我后来把它理解为一种出口。正如一粒种子,从发芽、开花到结果,在甬道里不断奔突。至于是破坏还是圆满,对泥土上的生命而言,都是一种见证。

这大约就是我自己的散文实践。成熟或者不成熟,正确或者错误,它仅是一个过程,甚至刚刚起步。希望得到读者的宽容和体谅。希望在今后的写作中,能寻找到散文的真正出口,那才是我最终的期盼,也是对自己的祝福。

最后还是要说声谢谢。谢谢近年来为我发表文字的各家期刊、编辑,是他们让我的文字走得更远。谢谢罗吉万先生和杨献平兄,愿意为我稚拙的文字作序鼓励。尤其要谢谢安顺市人才资金、关岭县委组织部以及蔡隆刚先生,没有他们的资助,就没有这本小书的问世。

是为后记。

作 者

二〇一一年十月于贵州关岭